चिट्टी ज़नानियाँ

जीवन के अनछुए पहलुओं की कहानियाँ

राकेश तिवारी

वाणी प्रकाशन

वाणी प्रकाशन
4695, 21-ए, दरियागंज, नयी दिल्ली 110 002
फ़ोन : +91 11 23273167 फ़ैक्स : +91 11 23275710

शाखाएँ

अशोक राजपथ, पटना 800 004, बिहार

कॉफ़ी हाउस कैम्पस, महात्मा गांधी मार्ग, इलाहाबाद 211 001, उत्तर प्रदेश

महात्मा गांधी अन्तरराष्ट्रीय हिन्दी विश्वविद्यालय, वर्धा 442 001, महाराष्ट्र

सुल्तानिया रोड, मोतिया पार्क, भोपाल 462 001, मध्य प्रदेश

www.vaniprakashan.com
marketing@vaniprakashan.in
sales@vaniprakashan.in

CHITTI ZANANIYAN
by Rakesh Tiwari

ISBN : 978-93-89563-67-2
Collection of Stories

प्रथम संस्करण 2020

मूल्य : ₹ 450

सिटी प्रेस, दिल्ली-110 095 में मुद्रित

वाणी प्रकाशन का लोगो मक़बूल फ़िदा हुसेन की कूची से

माँ की स्मृति को

अनुक्रम

चिट्टी ज़नानियाँ

जून का आख़िरी रविवार है। जिस वक़्त मैं भीमताल पहुँचा, बूँदाबाँदी शुरू ही हुई थी। सवा चार बज रहे थे। चाय की तलब लगी थी। मैं बाज़ार से थोड़ा आगे निकलकर एक दुकान पर रुक गया, जहाँ गाड़ी पार्क करने की जगह थी। दुकानदार के साथ बातचीत शुरू की तो उसका लँगोटिया यार दान सिंह बीच में कूद पड़ा। वह पेशेवर और पूर्णकालिक दलाल नहीं था, लेकिन मेरे जैसे ग्राहक टकरा जायें तो उन्हें मंज़िल तक ले जाता था। जो मिल गया वही मुकद्दर। वह ख़ुद को इसी तरह तसल्ली देता है। इसमें दूसरों के लिए भी संकेत है कि वह पैसों के लिए मरने वाला आदमी नहीं। पाँच मिनट की बातचीत के बाद दान सिंह मुझे उस जगह ले जाने को तैयार हो गया, जिसकी मुझे तलाश थी।

रवानगी से पहले वह बहुत उत्साहित लग रहा था। बोला, "चार अकेली ज़नानियाँ हैं। बहुत सीधी और भली। दिखने में एकदम गोरी–चिट्टी हैं। चूने के माफ़िक़। मन भी वैसा ही साफ़ है।" कभी तीन–चार साल दिल्ली रह चुके दान सिंह ने आश्वस्त किया। मुझे पंजाबी समझकर इम्प्रेस करने के लिए वह महिलाओं को 'ज़नानियाँ' कह रहा था। यह हुनर उसे धन्धे ने सिखाया। मेरे बगल में बैठते हुए उसने पूरे आत्मविश्वास से कहा, "उन्हें पैसों की ज़रूरत है। काम हो जायेगा।"

मैंने जैसे ही बेल्ट लगायी, वह हँसने लगा। यहाँ पुलिस नहीं पकड़ती। उसने हाथ नचाकर कहा। मैं मुस्कराकर रह गया। वह मुझे

अंड–बुद्धि लग रहा था। उजबक टाइप। बारिश तेज़ हो चुकी थी। वह उस इलाक़े के बारे में बताता जा रहा था। लेकिन, कसम से, मेरा ध्यान उसकी बातों से हट गया था। मैं सड़क को कनखियों से और दायें–बायें कुछ ज़्यादा ही आँखें खोलकर देख रहा था। हालाँकि जानता था कि यह जोख़िम भरी हरकत है। आधी दूरी तय करने के बाद घने दरख़्तों के बीच से गुज़रने वाला रास्ता शुरू हो गया। मुझे उस इलाक़े से एक अजीब–सी मुहब्बत होने लगी। मौसम की खुनक और हवाओं की ताज़गी रोमछिद्रों से घुसकर आत्मा में उतर रही थी। वह अपनी रौ में बोले जा रहा था और मैं अपनी ही धुन में डूब रहा था।

"बस–बस, यहाँ से बायें लीजिए।"–उसने अचानक कहा। मुझे ब्रेक मारकर गाड़ी धीमी करनी पड़ी। ग़नीमत थी कि पीछे कोई वाहन नहीं आ रहा था। मुख्य मार्ग से एक पक्की लेकिन सँकरी सड़क किसी अनजान इलाक़े की ओर निकल रही थी। दान सिंह के कहने पर मैंने सीधी सड़क छोड़कर कार बायें ले ली। वहाँ ढलान–सी थी।

काली घटाएँ तो रुद्रपुर से ही घिरने लगी थीं। हल्द्वानी पहुँचते–पहुँचते मौसम रूठ गया। भीमताल में बारिश जो शुरू हुई तो रुकने का नाम नहीं ले रही थी। इस पहाड़ी इलाक़े में तो धुँध भी छा गयी थी। जून के अन्त में बादलों और कोहरे की जुगलबन्दी देखकर ख़ुशी से सिहरन–सी होने लगी। यहाँ सूर्यास्त जल्दी होता है और अँधेरा भी– दान सिंह ने बताया। मुझे लगा, समय पर पहुँचना चाहिए था। मौसम ख़राब होने से अँधेरा कुछ ज़्यादा ही तेज़ी से घिरने लगा। धुँधलके के कारण ऐसा लग रहा था सड़क आगे चलकर धुँध के पेट में घुस गयी है। सच बताऊँ, एक क्षण के लिए कोई अज्ञात भय अपनी ओर खींचता, लेकिन मैं उसे पीछे धकेल देता और गोरी ज़नानियों के बारे में सोचने लगता। नकारात्मक विचारों के साथ मैं ऐसा ही करता हूँ।

बारिश थोड़ा हल्की हुई थी। लाल और भूरी टिन की छत वाले घर, गदराये हुए फूल और लदे–फदे पेड़ देखकर मैं मुग्ध था। क्या

ऐसी ही जगह मुझे पसन्द थी? मैं सोचता और अन्दर से बार–बार सकारात्मक उत्तर मिलता। गाँव के नज़दीक पहुँचने पर, सड़क के दोनों तरफ़ फलदार वृक्षों की क़तार शुरू हुई तो मैं अपने ही हाथों फिसलने लगा। यह प्लम और खुबानी का मौसम था। आड़ुओं में भी लाली फूटने लगी थी। दान सिंह ने बताया, बच्चे नमक लगाकर बहुत पहले से खाने लगे हैं। हाँ, सेब अभी छोटे और एकदम हरे थे। पहाड़ी बगीचों को इतने क़रीब से देखने का यह पहला अवसर था। मुख्य सड़क से गाँव बमुश्किल आधा किलोमीटर अन्दर था। इस पतली सड़क पर चारों तरफ़ घनघोर सन्नाटा था। गाँव पहुँचने तक एक भी वाहन नहीं मिला। सन्नाटा कानों में सीटी की तरह बज रहा था। लेकिन हल्के भय के बावजूद मन के अन्दर बाँसुरी–सी बज रही थी। आप लोगों के लिए तो ये स्वर्ग ठैरा। दान सिंह ने मुझे मुग्ध देखकर कहा।

"और आप लोगों के लिए?"

"पता नहीं। ...हम इस बारे में नहीं सोचते।" वह शान्त और उदास स्वर में बोला। थोड़ा और कुरेदता तो शायद उसकी उदासी की तह तक जा पाता। वह सँभला तो कुछ देर इधर–उधर की बातें करने के बाद दिल्ली के अपने खट्टे–मीठे अनुभव बताने लगा।

उन ज़नानियों के घर पहुँचने तक सब ठीक–ठाक था। एकदम सुखद। अंड–बुद्धि के साथ बातचीत कुल मिलाकर मनोरंजक ही रही। आँगन में पहुँचे तो उसने 'रूपा–रूपा' कहकर ज़ोर से आवाज़ दी। रूपा कौन होगी और कैसी होगी, मैं सोचने लगा। उसने मुझे हिदायत दी कि इन लोगों के सामने हँसना नहीं। मैं चौंका। यह तो बड़ी अजीब बात है। मैंने कारण पूछा।

"ऐसे ही कह रहा हूँ," उसने कहा, "थोड़ा नीरस लोग हैं। उन्हें लटके हुए मुँह अच्छे लगते हैं। आपका क्या जा रहा है, लटका लेना थोड़ी देर।"

तभी एक अधेड़ स्त्री बाहर आयी, जिसके बालों में हल्की सफ़ेदी आने लगी थी। वह गदराई हुई औरत काफ़ी गोरी–चिट्टी थी। उसने

दान सिंह से 'आओ' कहते हुए एक बार भरपूर नज़रों से मुझे देखा और बिना मुस्कराये मेरी ओर हाथ जोड़ दिये। भीमताल से रवाना होने के पहले दान सिंह ने शायद इसी को आने की सूचना दी थी। उस स्त्री को देखकर जाने क्यों ऐसा लगा कि वह वर्षों से, हँसना तो दूर, रोई भी न होगी। वह मुड़ी और घर के अन्दर चली गयी। हम दोनों उसके पीछे–पीछे। बिना कोई बात किये वह अन्दर के कमरे में घुस गयी। दान सिंह भी अन्दर वाले कमरे में चला गया। वह उनका पुराना परिचित था। उसने ख़ुद बताया था। मैं उनके बाहरी कमरे में, जो ड्राइंग रूम जैसा क़तई नहीं लगता था, खड़ा रह गया। मुझे किसी ने बैठने तक को नहीं कहा।

मैंने कमरे में सरसरी निगाह दौड़ायी। वहाँ एक पुरानी–सी सेंटर टेबल के चारों ओर चार लकड़ी की कुर्सियाँ रखी थीं, जिन पर बेरंग–सी गद्दियाँ पड़ी हुई थीं। एक दीवान था, जिस पर गलीचा बिछा था और दो गावतकिये रखे हुए थे। एक प्लास्टिक की कुर्सी दरवाज़े के पास पड़ी थी। जब कुछ देर तक कोई बाहर नहीं निकला तो मैं प्लास्टिक की कुर्सी को अन्दर की तरफ़ खिसकाकर उस पर बैठ गया। दलाल बात करने में इतना समय क्यों ले रहा होगा? मैं परेशान हो रहा था। वह अन्दर क्या कर रहा होगा? यह औरत सुन्दर होते हुए भी इतनी डरावनी क्यों लग रही थी? मैं ख़ुद से पूछ रहा था।

लगभग दस–बारह मिनट बाद एक लड़की बाहर निकली और उसके पीछे–पीछे दान सिंह दलाल। लड़की औसत क़द की और छरहरी थी। गोरे पहाड़ियों के गाल और नाक की नोक अक्सर हल्की लाल रहती है। मैंने कश्मीर में देखा था। यह लड़की भी गोरी थी। लेकिन एकदम फीकी। हालाँकि नाक–नक्श बहुत आकर्षक थे। पर बुत जैसी। वह बिजली की कौंध की तरह बहुत हल्के–से मुस्करायी और फिर अपनी पूर्व अवस्था में चली गयी। उसने मुझे आगे आकर लकड़ी की कुर्सी पर बैठने का इशारा किया। गूँगी तो नहीं होगी। मैंने सोचा और बिना बोले आगे आकर बैठ गया। लड़की मेरे सामने बैठ गयी। दलाल उसके बगल में।

तभी देखा एक और लड़की अन्दर से पर्दे की आड़ लेकर झाँक रही है। वह भी वैसी ही गोरी–चिट्टी थी जैसी मेरे सामने बैठी लड़की। वह मामूली मोटी थी। दोनों के चेहरे काफ़ी मिलते थे। साफ़ लगता था बहनें हैं। यह भी पूरी बुत की बहन ही थी। उसका देखना बहुत ही रहस्यमय लग रहा था। मानो, मेरी थाह ले रही हो। मेरी नज़र पड़ी तो वह झेंप गयी। थोड़ी देर बाद वही बुत की बहन चाय लेकर आयी थी।

"हाँ, बताइए।" सामने बैठी सफ़ेद बुत ने साबित किया कि वह गूँगी नहीं है। चाय लाने वाली, जो छोटी बहन जान पड़ती थी, दीवान पर बैठ गयी। उसने दीवार से पीठ टिका ली। गावतकिया गोद में रख लिया था। छोटी बहुत हल्के–से हिल रही थी और बुदबुदा रही थी। शाम का वक़्त था। मुझे लगा कहीं यह छोटी लड़की प्रेतों की दुनिया में लोकप्रिय कोई मन्त्र न बुदबुदा रही हो। हालाँकि दान सिंह ने बाद में बताया कि वह हमेशा मद्धम स्वर में गाती है, क्योंकि उसकी आवाज़ अच्छी नहीं है और सुर–ताल पकड़ना उसके बस की बात नहीं।

"बताना क्या है। इनसे बात हो गयी।" मैंने दलाल की ओर इशारा किया, "सब ठीक ही है, लेकिन थोड़ा पैसा ज़्यादा नहीं है?" बोलते हुए मेरा आत्मविश्वास डगमगा रहा था। यह सोचकर घबराहट और बढ़ने लगी।

"ऐसा नहीं है। फिर भी देख लेंगे।"

मैंने चाय का कप उठाया ही था कि एक बूढ़ी महिला, जिसके गले में पट्टा (सरवाइकल कॉलर) और एक हाथ में प्लास्टर बँध ा था, धीरे–धीरे क़दम बढ़ाती हुई पर्दे के पीछे से अवतरित हुई और नब्बे अंश पर देखती हुई आगे बढ़ती चली आयी। वह सफ़ेदी की चलती–फिरती दीवार लगती थी। मेरे पास से गुज़रते हुए वह अचानक ज़ोर से चिल्लायी, "वो आ गया क्या?"

मैं बुरी तरह डर गया। मेरे हाथ से चाय का कप गिरते–गिरते बचा। छोटी बुत फिक्क–से हँसी। बड़ी बहन ने उसे घूरकर देखा तो

वह सहम गयी। हँसी ग़ायब। बूढ़ी औरत की नज़रें सीधे दरवाज़े पर टिकी थीं। वह गरदन नहीं हिला रही थी। शायद उसने मुझे देखा भी नहीं। उसके आगे के दो दाँत टूटे थे और बाल भुट्टे के बालों जैसे छितरे हुए थे। चेहरे पर इतनी झुर्रियाँ थीं जैसे बासी सेब हो। वे चारों ही हद से ज़्यादा गोरी थीं। लेकिन रक्तहीन। मुझे ज़रा भी अनुमान नहीं था कि उनसे मिलकर एक अजीब–सा ठण्डा डर मेरे रोंगटे खड़े करने वाला है। हालाँकि दान सिंह मेरे साथ था। फिर भी आशंका होने लगी कि कहीं मैं किसी मुसीबत में तो नहीं फँस गया।

"आपके लिए नहीं कह रही हैं," लड़की ने बताया और उस हद दर्जे की सफ़ेद बुढ़िया का परिचय दिया, "मेरी दादी हैं।"

मैंने बुढ़िया की ओर देखा। वह तब तक घर के बाहर निकल चुकी थी। मैंने भीतर घुसते डर को भगाने के लिए दान सिंह की तरफ़ देखा। वह मन्द–मन्द मुस्करा रहा था। उसके दोनों होंठ बहुत चौड़े और जबड़ों की ओर खिंचे हुए थे। आँखें बाहर को निकली हुईं। यह तो एकदम मेढक जैसा है। इस ओर मेरा ध्यान पहले क्यों नहीं गया, जबकि यह मेरे ही बगल में बैठकर भीमताल से यहाँ तक आया? क्या मैं इसी डरावने आदमी के साथ आया था? मैंने सोचा और नज़रें हटा लीं। लेकिन इस ख़याल ने मुझे और ज़्यादा डरा दिया। मैं मनुष्यों के बीच हूँ या कहीं और? मेढकमुखी दान सिंह की ओर दुबारा देखा। उसने दोनों लड़कियों की नज़रें बचाकर कनपटी पर पेचकस–सा घुमाया। यह संकेत था कि बूढ़ी औरत खिसकी हुई है। लेकिन मैंने ग़ौर नहीं किया। यह बात तो उसने बाद में बतायी। मैं तो उसके होंठों और आँखों को ही देखे जा रहा था। सचमुच वह उन चार सफ़ेद और ठण्डी औरतों जितना ही, बल्कि उनसे थोड़ा ज़्यादा, डरावना था।

"बाक़ी बातें तो मम्मी करेंगी।" लड़की ने बताया।

मैं चाय पी चुका था। बिस्किट सीले हुए थे, इसलिए छोड़ दिये। चाय पीने और कुछ खाने में भी डर–सा लग रहा था। मैंने लड़की से पूछा, "वह क्या करती है?"

उसने थोड़ा सोचा और बोली, "कुछ नहीं।"

मेढकमुखी बीच में कूद पड़ा, "रूपा ने एम.बी.ए किया है।" इस बात पर मैंने प्रशंसात्मक लहजे में 'ओह' कहा तो वह बोला, "दिल्ली में नौकरी करती थी। छोड़कर आ गयी।"

"हाँ, लड़कियों का घर से दूर नौकरी करना थोड़ा मुश्किल तो है। बल्कि, मैं तो कहूँगा, ठीक भी नहीं है। आपने सही किया।" मैंने कहा। यह सुनकर लड़की के चेहरे पर मामूली असन्तोष नज़र आने लगा। मेढकमुखी ने बताया कि वह अपनी माँ और ख़ास तौर पर दादी की देखभाल के लिए नौकरी छोड़ आयी। मैंने इस बात को ज़्यादा तवज्जो नहीं दी। मेरे लिए केवल छोड़ आने का महत्त्व था। छोड़ने की इस फ़ालतू वजह का नहीं। तभी लड़कियों की माँ लौट आयी। मुँह धोकर और थोड़ा सँवरकर आयी थी शायद। इस वक़्त पहले से मामूली बेहतर और तरोताज़ा लग रही थी। लेकिन चेहरा निर्जीव और निचुड़ा हुआ ही था। बिना ख़ून का मुँह कितना ही धो लो, मैंने सोचा।

उसने हमारी बातचीत सुन ली थी, लेकिन उसमें दख़ल नहीं दिया। बारिश रुक गयी थी। अन्धकार थोड़ा छँट गया। पर शाम का अपना अँधेरा तो था ही, जो बग़ीचे, घर और उस पूरे इलाक़े को धीरे-धीरे अपनी आग़ोश में ले रहा था। उन्होंने एक मरा हुआ-सा बल्ब जला दिया था, जिसकी रोशनी उसी के आसपास खो गयी थी। मरियल रोशनी में वह कमरा और उन लोगों के चेहरे और अधिक रहस्यमय लगने लगे। मैं मेढकमुखी को पहले से नहीं जानता था। उस घर की महिलाओं को जानने का तो सवाल ही नहीं होता। कहीं ग़लत जगह तो नहीं फँस गया? मेरी जेब में पचास हज़ार रुपये थे। मैं कसमसाया।

"चलिए, पहले देख लीजिए। वरना अँधेरा हो जायेगा।" रूपा की माँ ने कहा और घर से बाहर निकल गयी। उसके पीछे मेढकमुखी, मेढकमुखी के पीछे मैं और मेरे पीछे बड़ी बुत। छोटी अन्दर रह गयी। बुढ़िया पहले से बाहर टहल रही थी। हवा में मामूली नमी थी, जो

अच्छी लग रही थी। मुझे ठण्ड से झुरझुरी होने लगी। वे लोग पेड़ों के बीच से घर के बायीं ओर बढ़ने लगे। पत्तियों से कभी–कभी पानी सिर पर टपक पड़ता। इससे बचने के लिए लड़की ने सिर पर दुपट्टा ओढ़ लिया था। बुढ़िया बग़ीचे के आख़िरी छोर पर पहुँची हुई थी। वह अपना एक हाथ माथे पर रखे सड़क की ओर टकटकी लगाये देख रही थी। बाहर आकर मेरा भय थोड़ा कम हुआ। घर से लगभग सौ गज आगे निकलकर रूपा की माँ ने बताया, "ये है वो ज़मीन।"

यह उनकी ज़मीन का आख़िरी हिस्सा था। इसी के अन्तिम छोर पर बुढ़िया खड़ी थी, जहाँ से सड़क साफ़ दिखाई देती थी और उनके बग़ीचे से कई फुट नीचे थी। घर के बगल से शुरू होकर आख़िरी छोर तक उन लोगों का फलों का बग़ीचा था। शायद ऊपर भी हो, क्योंकि सीढ़ीदार बग़ीचा और उसके पेड़ काफ़ी ऊँचाई तक नज़र आ रहे थे।

"ये ग्रीन स्वीट है।" सेब के एक पेड़ की ओर उँगली लगाते हुए मेढकमुखी ने कहा। मैंने अनुमान लगाया कि यह सेब की कोई प्रजाति होगी। इस जगह उतने अच्छे सेब नहीं होते, जैसे रामगढ़ में। उसने बिना पूछे ही बताया। फिर उसने उछल–उछलकर ठिगने पेड़ों से कुछ प्लम और खुबानी तोड़ीं और मुझे खाने को दीं। उन ताज़ा फलों का स्वाद अद्भुत था। ज़मीन का आख़िरी हिस्सा थोड़ा उजाड़–सा लग रहा था। शायद बेचना है यह सोचकर इन लोगों ने इसकी ठीक से देखभाल नहीं की थी। ऐसा मेरा अनुमान था। इस बारे में मेढकमुखी से बात की तो सफ़ाई देने लगा कि जो पेड़ घर के पास होते हैं वो ज़्यादा स्वस्थ होते हैं। पेड़ भी मनुष्यों की बातचीत सुनते हैं। संगीत सुनते हैं। इसी का असर पड़ता है।

मैंने आश्चर्य जताया कि यहाँ के पेड़ों को इन बुतों की बातचीत और संगीत सुनने को मिलता होगा? मेढकमुखी हँसने लगा। उसे देखकर ऐसा लग रहा था जैसे मेढक हँस रहा है।

"आपको पाँच नाली चाहिए ना?" लड़की ने मेरे पास आकर पूछा।

"चार काफ़ी है। पाँच भी ले सकते हैं।"

"ठीक है, आप जैसा चाहें।" उसने कहा। हम लोग वापस उनके घर की ओर बढ़ने लगे। तभी लड़की ने अपनी दादी को आवाज़ दी, जो अब भी खेतों के अन्तिम छोर से सड़क की तरफ़ देख रही थी। उसकी आवाज़ सुनकर दादी धीरे–धीरे लौटने लगी। मेरे मन में सवाल आया कि वह क्या देख रही होगी। मैंने यह बात लड़की से पूछ ली। वह थोड़ा असहज हो गयी। बोली, "कुछ नहीं, ऐसे ही। इन्तज़ार करती हैं।"

"किसका?"

उसने जवाब नहीं दिया। माँ ने बात सुनी, पर वह भी कुछ नहीं बोली। दान सिंह पीछे था। उसने मेरा हाथ खींच लिया। मैं ठिठक गया। लड़की और उसकी माँ आगे हो गये थे। वह फुसफुसाया, "ये बुढ़िया पागल है। अपने बेटे का इन्तज़ार करती है। इन लड़कियों के पिता का। उनकी दो साल पहले नदी में डूबकर मौत हो गयी थी। ऋषिकेश गये थे। पता नहीं क्या हुआ, नहाने की धुन सवार हो गयी। डुबकी लगायी और ग़ायब। लाश भी नहीं मिली। केवल नदी किनारे रखे कपड़े मिले। बुढ़िया को यक़ीन है कि उसका बेटा मरा नहीं। वह कपड़े किनारे पर रखकर ग़ायब हो गया। हो सकता है साधु बन गया हो। या कोई और वजह हो। बस, तभी से खिसक गयी। दिन–भर रास्ते पर नज़रें गड़ाये रहती है। जब रात हो जाती है और रास्ता दिखना बन्द हो जाता है, तब जाकर घर के अन्दर आती है। कभी–कभी रात को भी अचानक उठ खड़ी होती है और सबको जगा देती है। कहती है, टार्च लाओ, मैं सड़क तक जाऊँगी। वो आ रहा है।"

हम लोग पीछे–पीछे चलते हुए वापस आ गये। घर के अन्दर बैठे ही थे कि बूढ़ी औरत ने अन्दर घुसते हुए चिन्तित स्वर में बहू से कहा,"बारिश हो रही है। छाता दे दे। मैं उसे ले आऊँ।"

बारिश कुछ देर पहले बन्द हो चुकी थी। मैं उसे देखकर काफ़ी सतर्क था। ऐसे लोगों का कोई भरोसा नहीं। बहू ने बूढ़ी औरत को समझाया, "आ जायेंगे। तुम आराम करो।"

बुढ़िया का मन नहीं माना। वह घर के बाहर निकलकर आँगन में बैठ गयी और रास्ते की तरफ़ टकटकी लगाये देखने लगी। लड़कियों की माँ दीवान पर बैठ गयी थी। वहाँ से आँगन दिखाई नहीं देता था। लेकिन जिस कुर्सी पर बेटी बैठी थी, वहाँ से दूर तक साफ़ दिखाई देता था। माँ ने बेटी से कहा, "देखते रहना। निकल न जायें।"

लड़की ने आवाज़ दी, "आमा (दादी), चाय बन रही है। कहीं जाना मत।"

बुढ़िया मन्द–मन्द कुनमुनाने लगी। बीच–बीच में उसके मुँह से गुरगुराहट–सी निकलने लगती। औरत का ध्यान बार–बार उस ओर जा रहा था। मैं भी कनखियों से सुनने की कोशिश कर रहा था कि ये आवाज़ें आख़िर कहाँ से आ रही हैं। औरत ने मेरा ध्यान अपनी ओर खींचा, "सास जो हैं, रूपा के पापा का इन्तज़ार करती रहती हैं।"

मुझे पता चल चुका था। इसलिए चौंका नहीं। उसका गला रुँध रहा था। कुछ देर सन्नाटा छा गया। उसने ख़ुद को सँभाला और बताने लगी कि वह घर को दुमंज़िला बनाना चाहती है। इसीलिए पैसों की ज़रूरत है। मुझे आश्चर्य हुआ। मैंने इधर–उधर नज़र दौड़ायी। घर में पर्याप्त जगह थी। वह बोली, "हमारे बगल में वन विभाग वाले मोहन काण्डपाल जी का घर है। दुमंज़िला है। मेरी सास कई बार वहाँ घुस जाती हैं और ऊपर की मंज़िल के उस कमरे में पहुँच जाती हैं जहाँ पश्चिम की ओर एक खिड़की है। उस खिड़की से सड़क साफ़ दिखाई देती है। उनकी खिड़की पर खड़ी होकर वे घण्टों सड़क की तरफ़ देखती रहती हैं। बड़ी मुश्किल से ये दोनों उन्हें लाती हैं।"

उसका गला फिर से रुँधने लगा। कुछ देर चुप होकर उसने छत की ओर देखा। अपना ध्यान बँटाकर ख़ुद को संयत किया। बोली, "यह सब अच्छा नहीं लगता। बग़ीचे के किनारे भी कई बार खड़े–खड़े चक्कर खाकर गिर चुकी हैं। आये दिन चोट लगा लेती हैं। अभी हाल में हाथ तुड़वा लिया। इससे पहले पता नहीं कैसे गर्दन में झटका लग गया।"

वह उदास हो गयी थी। दोनों बेटियों की आँखें डबडबा आयीं। जब वह काफ़ी देर तक कुछ बोली नहीं तो दान सिंह अपनी ओर से बताने लगा। ये लोग दूसरी मंज़िल में, पश्चिम की तरफ़, एक बड़े हिस्से को खुला रखना चाहते हैं। बालकनी जैसा। जिसमें कुर्सियाँ पड़ी रहें, चारपाई रहे, ताकि आमा बैठकर इत्मीनान से सड़क को ताकती रहें। जब बैठे–बैठे थक जायें तो लेट जायें।

बड़े अजीब लोग हैं। मैं सोचता रहा। ये भी तो एक तरह का पागलपन है।

अब तक अँधेरा पूरी तरह घिर आया था। घर में रोशनी थोड़ा तेज़ लगने लगी थी। लड़की की माँ पूछने लगी कि मुझे ज़मीन किसलिए ख़रीदनी है? मैंने बताया, "मुझे पहाड़ पसन्द हैं। एक घर यहाँ बनाना चाहता हूँ। कभी–कभार आते रहेंगे। फिर बुढ़ापे में यहीं बस जायेंगे। भागमभाग से दूर सुकून से रहेंगे।" यह सुनकर उसके चेहरे पर सन्तोष की हल्की–सी लहर दौड़ी। उसने ग़ौर से मेरी ओर देखा। शायद मेरी उम्र का अनुमान लगा रही थी। या उसे आश्चर्य हुआ हो कि चालीस की उम्र में बुढ़ापे के सुकून की चिन्ता करने वाला यह कैसा व्यक्ति है।

लड़की ने बुढ़िया को फिर से आवाज़ दी, "आमा, बैठे रहना। चाय बन रही है।"

बूढ़ी ने कोई उत्तर नहीं दिया। केवल पलटकर देखा। उसके मुँह से लार निकल रही थी। छोटी बुत, जो अब प्लास्टिक की कुर्सी पर बैठ गयी थी, झट से उठी और एक कपड़े से बुढिया का मुँह पोंछ आयी। बुढ़िया फिर से चूँ–चूँ का स्वर निकालने लगी। मैं काफ़ी देर बाद समझ पाया कि यह आवाज़ कहाँ से आ रही है। मुझे अब तक छोटी बुत पर शक हो रहा था। लड़कियों की माँ ने मेढकमुखी की ओर देखने के बाद मुझे सम्बोधित किया, "आप सोचेंगे, ज़मीन बेचने वाले को मन मुताबिक़ पैसा चाहिए। लेकिन ऐसी बात नहीं है। लोग अच्छे होने चाहिए।"

"बहुत अच्छी सोच है आपकी। पड़ोसी का अच्छा होना ज़रूरी

है। हर किसी पर भरोसा नहीं किया जा सकता।" मैंने कहा और अपने बारे में बताने लगा कि मेरा एक बेटा है दो साल का। तीन लोगों का परिवार है। शाकाहारी हूँ। कुछ साल पहले तक रोज़ सुबह पूजा करता था। फिर सोचा, हमें भी पाँच नहीं तो दो वक़्त तो करनी ही चाहिए। अब सुबह–शाम का नियम बना लिया है। कई धार्मिक संस्थाओं से जुड़ा हूँ। हम लोग दिल्ली में रामनवमी और दुर्गापूजा का आयोजन करते हैं। सावन में कावड़ियों की सेवा भी करते हैं।

तीनों के मुँह सपाट बने रहे। केवल मेढकमुखी के चेहरे पर प्रशंसा का भाव था। वह ख़ुद नवरात्रि में नौ दिन के व्रत रखता था और दाढ़ी नहीं बनाता था। वह अपने इलाक़े में कुछ साल पहले बन्द हुई रामलीला फिर से शुरू करवाने की तैयारी में था। यह उसने रास्ते में बताया था।

"आप तीन ही लोगों का परिवार है? मतलब...माता–पिता... भाई–बहन...?"

"दो बहनें हैं। उनकी शादी हो चुकी है। एक मुम्बई में है और एक चण्डीगढ़ में। माता जी हमारे साथ रहती हैं।"

लड़कियों की माँ चौंकी कि तब तीन लोगों का परिवार कैसे हुआ? मैंने स्पष्ट किया, "माता जी का कोई एक ठिकाना नहीं है। कभी हमारे यहाँ, कभी चण्डीगढ़, कभी–कभार मुम्बई और कभी पिताजी के पास।" पिताजी का ज़िक्र होने पर वह और चौंकी। उसने पिताजी के बारे में पूछा। उसे लगा था वे या तो होंगे नहीं या दिल्ली से बाहर नौकरी अथवा व्यवसाय करते होंगे। मैंने बताया कि पहले दिल्ली रहते थे। अब पास ही में हैं, ग्रेटर नोएडा में। वह पिताजी के अलग रहने का कारण पूछने लगी। मैंने बता दिया। उन्हें अकेले रहना अच्छा लगता है।

उस स्त्री ने और उसकी दोनों बेटियों ने एक–दूसरे को देखा। फिर उसने पूछा, "क्यों, क्या दिक़्क़त है उनके साथ?"

"दिक़्क़त कुछ नहीं है। बस ऐसे ही।" मैं बेवजह मुस्कराया। लेकिन उनकी आँखों में अविश्वास था। तब मैंने झिझकते हुए सारी

बातें विस्तार से बता दीं– मैं सरकारी नौकरी में हूँ। मेरी पत्नी बुटीक चलाती है। छुट्टी के दिन मैं भी उसकी मदद करता हूँ। जब ज़्यादा काम हो तो छुट्टी ले लेता हूँ। सरकारी नौकरी का यही फ़ायदा है। दिल्ली में एक आदमी की कमाई से कुछ नहीं होता। पिताजी रिटायर हो चुके। उन्होंने दिल्ली में तीन कमरों का फ्लैट बना लिया था। आप लोग जानते ही हैं कि बड़े परिवार में रहना बड़े शहर वालों के लिए कितना मुश्किल होता है। मेरी पत्नी ने कहा कि मैं पिताजी से बात करूँ। मैंने उन्हें साफ़–साफ़ बता दिया। हम अलग रहना चाहते हैं। पिताजी चुप रहे। न 'हाँ' कहा और न 'ना'। हम चले गये।

किराये पर हमें बड़ी दिक़्क़त हो रही थी। पिताजी को समझाया कि वो इस घर को बेच दें और आधा पैसा हमें दे दें। आधे पैसों से वे अपने लिए एक छोटा घर ले लें। काफ़ी हील–हुज्जत के बाद वो मान गये। उन्होंने आधे पैसों से ग्रेटर नोएडा में एक छोटा और सस्ता फ़्लैट ले लिया और आधा पैसा हमें दे दिया। हमने कुछ नकद और कुछ लोन लेकर पिछले साल अपना घर ख़रीद लिया। कुछ रक़म बच गयी तो हम उसे यहाँ इनवेस्ट कर रहे हैं। आपको साफ़–साफ़ बताऊँ, मेरे पास भी कोई ब्लैक मनी नहीं है।

हालाँकि मेरे दिमाग़ में एक और योजना चल रही थी। लेकिन मैंने बताया नहीं कि अगर भविष्य में इस जगह की क़ीमत बहुत ज़्यादा बढ़ गयी तो मैं इसे पूरा या आधा बेच भी सकता हूँ। बता देने से वे लोग बिदक सकते थे। मेरी बात ध्यान से सुनने के बाद उन तीनों के चेहरों पर तनाव–सा दिखाई दिया। बड़ी लड़की अचानक रोने लगी और उठकर अन्दर चली गयी। उसने इशारे से अपनी माँ को अन्दर बुलाया। छोटी बुत बिना बुलाये उनके पीछे–पीछे चली गयी। मैं हैरान था। मेढकमुखी ने कन्धे उचकाकर संकेत दिया कि उसे नहीं पता क्या हुआ। कोई पाँच–सात मिनट बाद तीनों एक साथ बाहर निकलीं। बड़ी ने अपने आप को सँभाल लिया था। वे अपनी–अपनी जगह पर बैठ गयीं। बड़ी बुत ने मेढकमुखी की ओर देखकर कहा, "ज़मीन नहीं बेचनी।"

यह सुनकर मैं हक्का–बक्का रह गया। मेढकमुखी की अंटा आँखें हैरानी से और ज़्यादा बाहर को निकल आयीं।

"अभी तक तो आप लोग तैयार थे, अचानक क्या हुआ?" मैंने पूछा। फिर हताश होकर कहने लगा कि मैंने हर बात सही–सही बता दी। मैं इसी वक़्त एडवांस देने को तैयार हूँ। जिस दिन आप लोग चाहेंगे उसी दिन रजिस्ट्री के लिए आ सकता हूँ। पैसे मेरे पास तैयार हैं।

मेरी बात सुनकर लड़की की माँ ने गहरी साँस छोड़ी, "बात पैसों की नहीं है।"

"तो क्या है, साफ़–साफ़ कहिए।" मेढकमुखी बोला। माँ कुछ कहना चाहती थी, लेकिन बेटी उसे रोकती हुई ख़ुद बोल पड़ी, "इरादा बदल गया।"

अब तक घर के बाहर घुप्प अँधेरा छा गया था। दान सिंह बातचीत में आये इस अप्रत्याशित मोड़ से अकबकाया हुआ था। मैं अपमानित मसहूस कर रहा था और निराश हो गया था। पत्नी से कहकर आया था कि पहाड़ पर ज़मीन का सौदा करके लौटूँगा। मैंने आख़िरी बार कोशिश की,"देखिए, मैं दस–बीस हज़ार ज़्यादा दे सकता हूँ। इससे बाक़ी मेरे पास नहीं हैं। छोटी–मोटी बातों को छोड़िए और फ़ाइनल कीजिए।"

"हम फ़ाइनल कर चुके। नहीं बेचनी।" छोटी बुत ने पहली बार मुँह खोला। उसकी आवाज़ मुझे बड़ी कर्कश और झल्लायी हुई लगी। दान सिंह ने अन्दर के कमरे में जाकर कुछ देर उन लोगों से मन्त्रणा की, पर वे नहीं माने। वह बाहर निकल आया और मुझे चलने का इशारा दि्या। गाड़ी स्टार्ट करते ही मैंने उससे पूछा, "इन औरतों को अचानक क्या हुआ?"

"ये तीनों उस बुढ़िया से ज़्यादा पागल हैं," उसने कहा और फिर धीरे–से बोला, "ज़िद्दी भी हैं।"

"लेकिन नहीं बेचने का कारण तो बताया होगा आपको? और वो लड़की रोयी क्यों?"

"पिताजी की याद आ गयी थी।" कहकर वह चुप हो गया। फिर एक क्षण बाद बोला, "मैं कल आपको इससे अच्छी जगह दिखाता हूँ।"

मैंने उसे बताया कि यह जगह मुझे पसन्द आ गयी थी। अब तो बाद में कभी देखेंगे। दान सिंह मेरे साथ अपनापा जताने लगा, "मैं भी ज़िद्दी हूँ। आपको ज़मीन दिलाकर रहूँगा।"

हम लोग लौट रहे थे। आधा किलोमीटर के रास्ते में हम दोनों ही चुप रहे। मुख्य सड़क पर आते ही मैंने गाड़ी रोक दी और उतरकर सिगरेट जला ली। वह भी उतर आया। एक लम्बा कश खींचने के बाद मैंने उससे फिर पूछा कि आख़िर वे तीनों बिदक क्यों गयीं?

"देखिए ऐसा है," उसने कुछ बताते–बताते बात सँभाली, "औरतों की खोपड़ी है, पलट गयी।"

मैं जानता था कि बात कुछ और है। दान सिंह ने एक बार फिर उन्हें पागल करार दिया, ताकि मुझे भरोसा हो कि बात सिर्फ़ इतनी–सी है। कहने लगा, तभी तो पढ़े–लिखे होकर भी ऐसी हालत में हैं। बड़ी तो नौकरी छोड़ आयी। छोटी वाली ने एम.एससी. करने के बाद बी.एड. कर रखा है और यहीं एक प्राइवेट स्कूल में चार–पाँच हज़ार रुपये की मास्टरनी है। शादी की चिन्ता न माँ को है और न बेटियों को। आप समझ सकते हैं। पागल नहीं तो और क्या हैं?

"ये लोग नास्तिक हैं क्या?"

"नहीं, ऐसी बात नहीं है। केवल छोटी बेटी पूजा–पाठ में विश्वास नहीं रखती।"

"लेकिन आप उनके इनकार की वजह को छुपा क्यों रहे हैं?"

वह बगलें झाँकने लगा। साफ़ लग रहा था धर्मसंकट में पड़ गया है। बोला, "उनको लगा...उनको ठीक नहीं लगा। ...देखिए ये ऐसे लोग हैं जो बुढ़िया को पागलखाने भेजने की जगह उसके लिए दुमंज़िला बनवा रहे हैं। ...सोचने की बात है, आप तो ज़मीन के पूरे पैसे दे रहे हैं।"

मैं सिगरेट के कश तेज़–तेज़ खींचने लगा। दान सिंह ने मेरा पक्ष लेते हुए फिर कहा, "अजीब बात है। ज़मीन बेच रहे हो, दान में तो नहीं दे रहे?"

मैं चुपचाप सुनता रहा। मेढकमुखी जोश में आ गया, "एक धार्मिक प्रवृत्ति के व्यक्ति को चार पागल औरतें क्या समझेंगी?...नहीं जी, ये लोग इस लायक हैं ही नहीं कि आप इनके पड़ोस में रहें। इन्हें तो सबक तब मिले जब कोई 'पाकिस्तानी' इनके बगल में आकर बस जाये।"

जो वह कहना चाहता था, मैं समझ रहा था। मुझे दान सिंह से सहमत होना चाहिए था, क्योंकि अन्ततः वह मेरा ही पक्ष ले रहा था। लेकिन मैं चुपचाप गाड़ी में बैठ गया। वह भी अन्दर आ गया। मैंने चाभी लगायी पर उसे घुमाया नहीं। स्टीयरिंग व्हील पर हाथ रखे सोचता रहा। दान सिंह लगातार मुझे ही देख रहा था। कुछ तो गड़बड़ है। या तो मैं ग़लत हूँ या वे लोग। मैंने उसकी ओर देखकर कहा। उसे केवल धन्धे की चापलूस भाषा आती थी। बोला, "आप कभी ग़लत नहीं हो सकते। सनकी और पागल लोगों के साथ आप अपनी तुलना कैसे कर सकते हैं?"

मुझे उनका इनकार परेशान कर रहा था। दान सिंह ने समझाया कि उन्हें भूल जाऊँ। कल इससे अच्छी ज़मीन दिखाता हूँ। "मैं भूल नहीं पा रहा।" मैंने गाड़ी स्टार्ट करते हुए उससे कहा।

"कहीं आपको बड़ी वाली पसन्द तो नहीं आ गयी?" कहकर वह ज़ोर से हँसा, "लड़की मस्त है। बल्कि चारों से थोड़ा कम पागल है।"

बकचोद कहीं का। मैंने मन–ही–मन सोचा। उसकी बात से मेरे अन्दर गुदगुदी–सी नहीं हुई। उसे छोड़ने के बाद जब मैं होटल पहुँचकर बिस्तर पर गिरा तो नीम बेहोशी की हालत में या शायद नींद में बहुत दुखी था। चारों चिट्टी ज़नानियाँ सफ़ेदी की तरह मेरे अन्दर फैल रही थीं। उसी सपने में या नीम बेहोशी में धीरे–धीरे मुझे लग रहा था कि यह जो उजली औरतें और उनकी सफ़ेदी मेरे अन्दर पसर रही है, वह मुझे लोरी जैसा सुकून दे रही है। मुझे धीरे–धीरे चैन की नींद आने लगी है। शायद आ चुकी है। और इसी नींद में उदास और बीमार पिताजी मेरे सपने में प्रवेश कर रहे हैं।

हंस (फ़रवरी, 2019)

सूराख़ तो होगा

उस आदमी के घर उन्होंने भोर से पहले उस वक़्त दबिश दी थी जब पूरा शहर सो रहा था। आकाश धुँधला था, लेकिन ग़ौर से देखने पर तारे नज़र आते थे। दरवाज़े की घण्टी बजने पर वह आँखें मलता हुआ बाहर आया। उसे समय का अनुमान क़तई नहीं था। 'आओ ज़रा' कहकर एक ने उसके कन्धे पर हाथ रख दिया। एक बगल में और एक पीछे-पीछे चलने लगा। उनमें से एक तेज़-तेज़ क़दमों से आगे चलकर कार का फाटक खोल चुका था। वे लोग उसे फुसलाकर गाड़ी के पास तक ले आये। अगर वह आनाकानी करता तो वे उसे धकेलकर ले आये होते। ऐसी योजना उन्होंने बनाई थी। पर वह शरीफ़ लोगों की तरह चुपचाप आ गया। गाड़ी के पास पहुँचकर उन्हें हल्का-सा बल प्रयोग करना पड़ा। जितना एक सूटकेस उठाने में करना पड़ता है। और वे उसे गाड़ी के अन्दर धकेलने में कामयाब हो गये। गाड़ी चलाने वाले ने नीली टी-शर्ट पहनी थी। बाक़ी तीनों सलेटी रंग के सफारी सूट में थे और तीनों ही अधेड़ उम्र के थे। टी-शर्ट वाला तीसेक साल का होगा। लगभग उसी की उम्र का। चारों कसरती कम, खा-पीकर मुटाये हुए ज़्यादा लगते थे। उनके मुकाबले वह दुबला और काफ़ी युवा लग रहा था।

गाड़ी को चलते हुए कुछ देर हो चुकी थी। उन्हें आश्चर्य हो रहा था कि पट्ठे ने केवल एक बार पूछा, हाँ, केवल एक बार, कि वे लोग कौन हैं और उसे कहाँ ले जा रहे हैं। चारों ने मुँह सी रखे थे। उसने भी सवाल नहीं दोहराया। इस तरह व्यवहार करने लगा जैसे

उसे कोई परवाह नहीं है। नहीं बोलते तो भाड़ में जाओ। वह कुछ देर गरदन उठा कर दायें–बायें देखता रहा। वे लोग कनखियों से देखकर अनुमान लगा रहे थे कि यह अवश्य ही सूँघने की कोशिश कर रहा है।

"हम जानते हैं कि तुम अन्धे नहीं हो।" –बहुत देर बाद अगली सीट पर बैठे सफारी सूट वाले ने, जिसके आधे टकले के बाल झड़ गये थे, गरदन घुमाकर पीछे की ओर देखते हुए कहा।

"ज़ाहिर है।" उसने संक्षिप्त–सा उत्तर दिया।

"तो फिर सूँघते क्यों हो?"

वह हँसा, "अपने आँख, कान और दिमाग़ की मदद करना ग़लत है?"

"अपने या दूसरों के?" उसी ने पूछा। पर उठाये गये युवक ने कोई जवाब नहीं दिया, बल्कि कार के शीशे से बाहर झाँकते हुए थोड़ा उत्साह में चिल्लाया, "वह देखिए, भोर का तारा।"

फिर से सन्नाटा पसर गया। कार की मन्द–मन्द घुर–घुर उन्हें सुनाई देती रही। उस घुरघुराहट में फचड़–फचड़ की एक अतिरिक्त आवाज़ शामिल थी। जैसे कार के टायर में कुछ फँस या चिपक गया हो। उसने आँखें मूँद लीं और बुदबुदाया, "भोर का तारा शुक्र ग्रह है।"

चारों ने सुना, पर कोई बोला नहीं। गाड़ी में बैठे–बैठे काफ़ी देर हो चुकी थी। वह फचड़–फचड़ से तंग आ गया था। पता नहीं कहाँ ले जा रहे हैं, उसने सोचा और आँखें मूँदे–मूँदे ही 'पौ फटने वाली है' कहकर चुप हो गया। उनमें से दो लोगों ने अपनी–अपनी घड़ी में समय देखा। वे समझ गये कि वाक़ई इसने सुबह को सूँघ लिया। लेकिन कुछ बोले नहीं। अँधेरे और सुनसान रास्तों से चली आ रही गाड़ी जब भूमिगत पार्किंग में घुसी तो वहाँ ज़्यादा रोशनी लगी। किन्तु पार्किंग की कोई पहचान नहीं थी। वह शहर के किसी इलाक़े की किसी भी बहुमंज़िला इमारत की पार्किंग हो सकती थी। वे लोग शायद उसे चकमा देने के लिए अनजान और सुनसान रास्तों से यहाँ लाये थे। उसने रास्ते पहचानने की कोशिश नहीं की, जैसा

कि उनकी आशंका थी। उसके बीच–बीच में आँखें मूँद लेने से यह स्पष्ट था।

पार्किंग में उतरने के बाद वे लोग लिफ़्ट की ओर बढ़ गये। लिफ़्ट का दरवाज़ा बन्द होने पर उनमें से एक ने छह नम्बर पर उँगली का दबाव डाला तो वह समझ गया कि छठी मंज़िल पर जा रहे हैं। उजाला छठी मंज़िल पर पहुँचने के कुछ देर बाद हुआ था। वहाँ चिड़ियों का चहचहाना नहीं सुनाई दिया। बाहर की रोशनी भी नहीं आ रही थी। केवल ट्यूब लाइट का दूधिया प्रकाश था जो बिना तस्वीरों वाली ऑफ़ व्हाइट दीवारों पर दमक रहा था। पर वह दीवार घड़ी देखे बिना जान गया कि सुबह हो गयी। तब तक वे चारों जा चुके थे। वे उसे बताते गये कि वॉशरूम जाना हो तो दूसरे कमरे में घुसकर बायें हाथ पर देखे। उन लोगों के जाने के बाद उसने कमरे का दरवाज़ा खोलकर देखा। फिर अन्दर वाले कमरे का बाहर खुलने वाला दरवाज़ा खोलने की कोशिश की। दोनों बाहर से बन्द थे। वह समझ गया कि दो कमरों में वह एक तरह से क़ैद है। उसके पास फ़ोन नहीं था। उन्होंने फ़ोन उठा लाने का अवसर ही नहीं दिया। मुचड़ी हुई ट्रैक पैंट और टी–शर्ट में उसे ले आये थे। उसने चुपचाप एक कुर्सी पर पीठ टिकाकर आँखें मूँद लीं। उन लोगों के सामने वह ख़ुद को लापरवाह और निडर दिखाने में कामयाब रहा। हालाँकि वह उसी वक़्त बुरी तरह डर गया था जब उन्होंने उसे गाड़ी के अन्दर धकेला। रास्ते–भर वह डर पर काबू पाता रहा। फचड़–फचड़ ने भी थोड़ा ध्यान बँटाया। वरना वह बेसिर–पैर की बातें सोचकर परेशान होता। अब यहाँ इस तरह क़ैद कर लिए जाने के बाद उसकी घबराहट बढ़ने लगी थी। थुरथुरी छूट रही थी। लेकिन बहुत तेज़ नींद भी आ रही थी।

घण्टे–भर तक झपकियाँ लेने के बाद वह वॉशरूम हो आया। निश्चिन्त होकर सो नहीं सकता था। कोई भी नहीं सो सकता। उसने एक बार फिर से दरवाज़ों की जाँच की। दोनों अब भी बन्द थे। उसे उन दो कमरों में घुटन–सी होने लगी थी। कुछ–कुछ समझ आ रहा

था कि माजरा क्या है। लेकिन उसके साथ वे क्या करेंगे, यह नहीं जानता था। उसे उन उजले कमरों को देखकर विश्वास था कि यह जगह कोई यातनागृह या क़त्लगाह नहीं हो सकती। जिबह ही करना होता तो सुनसान रास्तों में ज़्यादा आसानी रही होती।

वे चारों लगभग तीन घण्टे बाद लौटे, जब दरवाज़े के ठीक सामने वाली दीवार पर टँगी घड़ी नौ बजा रही थी। इस बीच उसे बड़ी तेज़ प्यास लग आयी थी। उसने वॉशरूम की टोंटी खोलकर, यह जानते हुए भी कि इसमें टंकी का पानी आता होगा, दो घूँट पीकर गला तर किया। उनमें से तीनों अब भी वही सफारी सूट पहने हुए थे, जिनका सलेटी रंग उजाले में रात से कुछ हल्का लेकिन चमकदार लग रहा था। नीली टी–शर्ट वाले की पैंट गहरी सलेटी थी। उन्होंने चाय मँगायी और उसे चाय के साथ खाने को सैंडविच दी। ख़ुद वे पैटीज़, उबले अण्डे और काफ़ी कुछ भकोसते रहे। लगभग दस बजे एक टाई वाला आया। उसने आसमानी कमीज़ और टाई के रंग की ही गहरी नीली पैंट पहन रखी थी। वह देखने में सजा–धजा वनमानुष लगता था। वनमानुष मेज़ के पीछे वाली ऊँची कुर्सी पर बैठ गया। घड़ी इस कुर्सी पर बैठने वाले के ठीक पीछे थी। टाई वाले वनमानुष ने उठाकर लाये गये युवक की ओर देखा। उसके बायें गाल पर हल्का–सा टेढ़ापन दिखाई दिया। उसने अनुमान लगाया कि यह कोई ढीठ आदमी है जो मन्द–मन्द मुस्करा रहा है। हालाँकि वह इस स्थिति में भी सचमुच मुस्करा सकता है, इस पर भरोसा नहीं होता था। टाई वाले को उसकी मुस्कराहट चुनौती–सी जान पड़ रही थी। वह जितनी बार उसकी ओर नज़र उठाता उसके अन्दर खदबदाहट–सी होती और बेचैनी बढ़ने लगती। उसके गाल का टेढ़ापन टाई वाले की बर्दाश्त से बाहर हो रहा था।

"ये आदमी प्रेम भी करता है सर।" टी–शर्ट वाले ने कहा, जो खड़ा था।

"इसमें क्या है, कोई भी कर सकता है।"

"सर, ये प्रेम को हथियार कहता है।"

"एटम बम कहे, क्या फ़र्क़ पड़ता है?" वनमानुष ने, जो मनुष्यों की ज़ुबान बोल रहा था, थोड़ा रुककर पूछा, "बाय द वे...कैसा हथियार?"

"घृणा को जीतने वाला।"

"बकवास।"

"वो लड़की मुम्बई रहती है सर। ...इसकी प्रेमिका। दोनों के बीच दो साल से लफड़ा चल रहा है।"

युवक कमरे के दूसरे छोर पर ठीक टाई वाले की सीध में बैठा था। दरवाज़े की तरफ़। दूरी इतनी थी कि उनकी फुसफुसाहट वह नहीं सुन सकता था। फिलहाल वे फुसफुसा नहीं रहे थे। 'लफड़ा' सुनकर उसका मन आपत्ति जताने को हुआ। किन्तु वह जानता था कि ये आदमी नहीं, मशीन हैं। इन पर 'शब्दों की गरिमा' जैसी बातों का असर नहीं होगा। उसने चेहरे की मुस्कराहट बनाये रखी। टी–शर्ट वाले ने बताया, "अभी तीन महीने पहले इनकी पहली मुलाक़ात हुई। असल में फेसबुक से दोनों का प्रेम हुआ था। मज़ेदार बात यह है सर, जैसा कि लड़की बताती है, जब यह पहली बार उससे मिला तो इसने उसकी ख़ुशबू से उसे पहचान लिया था।"

उसने टाई की गाँठ ढीली कर कमीज़ के दूसरे बटन तक सरका दी। वह उन चारों का सीनियर लगता था, क्योंकि बाक़ी लोग उसे 'सर' कह रहे थे। उसके माथे पर पसीना था। वह उस ढीठ आदमी से डरा हुआ तो यक़ीनन नहीं था, लेकिन खीझा हुआ और परेशान लग रहा था। सीनियर के चेहरे पर किसी भारी दबाव के लक्षण दिखाई दे रहे थे। जैसे चेहरा वैक्यूम में रखा हो और बाहर की हवा अन्दर जाने के लिए दबाव बना रही हो।

जिससे कभी मिला नहीं, उसकी ख़ुशबू को कैसे पहचाना होगा? टाई वाला वनमानुष सोच रहा था। टी–शर्ट वाले ने मानो उसके मन की बात पढ़ ली, "यही तो इसकी ख़ूबी है सर। जब वह लड़की रेलवे

स्टेशन पर उतरी तो इस आदमी ने कह दिया कि बाहर चली आओ, मैं तुम्हें पहचान लूँगा। वह अपना हुलिया बताना चाहती थी, लेकिन इसने फ़ोन काट दिया। यह एक खम्भे से लधर कर खड़ा था। इसने आँखें बन्द कर रखी थीं। लड़की जब इसके क़रीब पहुँची तो इसने गहरी साँस खींचकर उसका नाम पुकारा–'नन्दिता'।"

"सर इससे भी मज़ेदार बात यह है कि यह आदमी मैसेंजर और व्हट्सऐप पर चैटिंग करते या फ़ोन पर बात करते हुए लड़की को बता देता है कि वह किसी बाग़ से गुज़र रही है या समुन्दर के किनारे खड़ी है। फ़ोन पर ख़ुशबू सूँघ लेता है सर।"

"बकवास बन्द करो।"

"ऐसा लड़की का मानना है सर।"

उठाकर लाया गया युवक बीच में बोल पड़ा, "वह उड़ती है, उसके पास पंख हैं।"

"पागलपन दिखा रहे हो?" उन चारों के बॉस यानी वनमानुष ने तल्ख़ी के साथ कहा, "तुमसे किसी ने पूछा कि लड़की उड़ती है या तैरती है?"

डपट दिये जाने से युवक चुप हो गया। टाई वाले (बॉस) की नज़र उसकी नाक पर जम गयी थी। सामान्य नाक थी। फिर उसकी नज़र युवक के गाल पर चली गयी। गाल पर वही बाँकपन मौजूद था। बॉस के लिए वह बर्दाश्त से बाहर हो गया या उसकी उपस्थिति में बात करने से बचना चाहता था। उसने टी–शर्ट वाले से कहा कि उस ढीठ युवक को दूसरे कमरे में ले जाये। जाते–जाते युवक कहता गया, "वह मुझे भी उड़ाती है। लेकिन मैं कुछ ही पल में धरती पर आ जाता हूँ। धरती मुझे खींचती है।"

वह चला गया तो टाई वाले ने सफारी सूट वालों में से एक से पूछा, "एसी कितने में चल रहा है?" उसका तात्पर्य तापमान से था। सफारी सूट वाले ने बताया कि बाईस डिग्री पर है। टाई वाले ने रिमोट अपने हाथ में लिया और उसे अठारह डिग्री पर कर दिया। वह बड़बड़ाया, "या तो नाटक कर रहा है या पागल है।"

उसके चुप हो जाने से सन्नाटा पसर गया। अन्ततः उसी ने झड़े बालों वाले की तरफ़ देखकर 'हूँ' कहते हुए सन्नाटा तोड़ा। जिसका अर्थ था– आगे बढ़ा जाये। झड़े बालों वाले ने, जो टीवी एंकरों की तरह उचक–उचककर बात करता था, बताना शुरू किया, "देखिए सर, यूँ देखा जाये तो इसके ख़िलाफ़ कुछ भी ठोस चीज़ हाथ नहीं लगी।"

टाई वाले ने आश्चर्य से एक–एक के चेहरे को देखा। उनकी नाकामी पर उसे झुँझलाहट हो रही थी। शायद उसे गुस्सा भी आ जाता, लेकिन झड़े बालों वाले ने उसके गुस्से को थाम लिया, "लेकिन ऐसा भी नहीं है सर कि कुछ नहीं मिला। इस बात की तो पुष्टि हो गयी कि इसके बारे में ऊपर से जो सूचना आयी है वह एकदम सही है। ये आदमी सूँघ तो लेता है।"

"अजीब बात है सर। ये सूँघकर बता सकता है कि सुबह हो गयी। सुबह को कोई सूँघ सकता है भला? कितने आश्चर्य की बात है। हम तो खिड़की से बाहर झाँके बिना केवल इतना बता सकते हैं कि बूँदाबाँदी शुरू हो गयी है। ज़ाहिर है, मिट्टी की सौंधी ख़ुशबू नाक तक पहुँच जाती है।"

ब्योरा देने वाले ने हँसने की कोशिश की लेकिन हँस नहीं पाया, क्योंकि बॉस उकता रहा था। उसने कुछ–कुछ हताश–सा होकर फिर से बताना शुरू किया, "अँधेरे के बारे में इसका अनुमान और भी सटीक होता है। भरी दोपहरी में आँख मूँदकर भी यह घटाटोप का अनुमान लगा सकता है। अँधेरी गुफा में यह अँधेरे से ज़्यादा गाढ़े और घने अँधेरे को अलग से पहचान लेता है।"

अफ़सर ब्योरे से बहुत प्रभावित नहीं लग रहा था। उसके चेहरे पर खीज के लक्षण गहरे हो रहे थे। इसे भाँपकर सफारी सूट वाला दूसरा व्यक्ति कुछ कहने को कुनमुनाया। उसका चेहरा बहुत ही बड़ा था और जबड़े की हड्डियों के ऊपर माँस गलफड़ों की तरह फूला हुआ था। उसने हाथों को मलते हुए अतिरिक्त जानकारी जोड़नी चाही, "इसके एक दोस्त का कहना है सर, एक दिन लाल और पीले गुलाब के पौधों की तरफ़ इसकी पीठ थी। इसने बता दिया कि लाल

गुलाब पीले का चुम्बन ले रहा है। दोस्त ने पलटकर देखा तो, हवा से हिलकर सचमुच दोनों पौधे गुत्थमगुत्था हो रहे थे।"

वह रुका और अपनी डायरी देखकर बोला, "सॉरी सर, उसने 'गुत्थमगुत्था' नहीं कहा था। उसने कहा था, 'सट रहे थे'। इसने उसे बताया था कि पीला मादा और लाल नर गुलाब है। इसीलिए बार–बार लाल ही पीले की तरफ़ ज़्यादा झुकता था और उसके गाल पर अपने होंठ रख देता था।"

"हप्प।" टाई वाला ज़ोर से चिल्लाया और फिर स्वर को उतार पर ले आया, "साले पागल कहीं के! उस चूतिया ने गुलाब के होंठ देख लिए, और पता नहीं क्या–क्या देख लिया...और तुमने यक़ीन कर लिया?"

"सर, हमें सचमुच यक़ीन नहीं हुआ। हम तो उसके दोस्त का बयान ज्यों का त्यों आपको बता भर रहे हैं।"

उसने थोड़ा रुककर और थोड़ा संकोच के साथ आगे बताया, "लेकिन सर, कुछ तो बात है इसमें। ये सूँघना तो जानता है। आप ही सोचिए, अगर नहीं जानता तो यह बात इतने ऊपर तक कभी न गयी होती। और न ही वे लोग इतना परेशान होते।"

"कहीं तुम लोग उन आरोपों के मुताबिक़ ही तो प्रमाण नहीं जुटा लाये?"

अफ़सर की बात पर मोटे गालों वाला हकलाने लगा, "नहीं सर, ऐसा नहीं है।"

"तो जो कुछ तुमने बताया उसमें परेशान कर देने वाली तो कोई बात नहीं है?"

"सर, ये तो परेशान होने वाला जानता है कि उसे कौन–सी बात परेशान कर रही है। हो सकता है उन्हें गुलाबों का चुम्बन लेना परेशान करता हो। ...नहीं, मैं केवल उदाहरण दे रहा हूँ।"

बॉस मोटे गाल वाले की बात से थोड़ा सन्तुष्ट लगा तो उसका उत्साह बढ़ा, "एक और बात है सर, जो कन्याकुमारी में होटल सी–शोर के मैनेजर ने बतायी।"

अफ़सर ने नज़रें उठायीं तो मोटे गाल वाले ने तीसरे सफारी सूट वाले की ओर देखा। तीसरा घुन्ना क़िस्म का लगता था और कम बोलता था। वह बिना मुस्कराये बोला, "समुद्र के किनारे एक बच्चा अपनी अँजुरी में पानी भरकर अपने पिता को दिखा रहा था। इस आदमी ने होटल की बालकनी से बच्चे की ओर उँगली लगाकर मैनेजर को बता दिया कि बच्चा अपने पिता से क्या पूछ रहा है। इसने बताया था, वह पूछ रहा है कि ये पानी अगर इतना सफ़ेद है तो समुद्र नीला क्यों दिखता है?"

घुन्ने ने जेब से रूमाल निकालकर अपने गोल चेहरे को पोंछा, "आप यक़ीन नहीं मानेंगे सर, मैनेजर ने जब इस बारे में उसके पिता से पूछा तो उन्होंने स्वीकार किया कि बच्चे ने हू–ब–हू वही सवाल किया था। होटल वाले हैरान रह गये थे और इससे घबराने लगे थे।"

बॉस को कँपकँपी छूटने लगी थी। उसने एसी को फिर से बाईस डिग्री पर कर दिया और पूछने लगा, "यह आदमी क्या–क्या बता सकता है?"

"कह नहीं सकते सर। पर ये जो बताता है, वे दरअसल बड़ी मामूली बातें होती हैं। लेकिन परेशान तो कर देती हैं। ...परेशान ज़रूर करती होंगी सर। वरना 'वे लोग' इतना पिनपिनाये हुए न होते।"

वह चुप हो गया। टाई वाला फिर से परेशान लगने लगा। उसकी हालत देखकर टी–शर्ट वाले ने माहौल को हल्का करना चाहा, "सर, ये पिछले जन्म में कुत्ता होगा, इसीलिए सूँघता है।"

इतना कहकर वह हँसा और शीशे के उस पार झाँकने लगा जहाँ युवक बैठा था। इधर से उधर साफ़ देखा जा सकता था, लेकिन उधर से इधर नहीं। शीशे की बनावट ऐसी थी। साहब ने उसकी ओर भौंहें उचकायीं। जैसे पूछ रहे हों कि क्या झाँक रहे हो? उसने सफ़ाई दी, "कुछ नहीं सर। भाग तो नहीं सकता। उधर का दरवाज़ा बाहर से लॉक है। ...मैं तो ये देख रहा था कि क्या उसे सुनाई देता है?"

"इस कमरे की बातें वहाँ नहीं सुनाई पड़तीं।"

"फिर तो यह सूँघ लेता है सर। 'कुत्ता' कहते ही इधर देखकर मुस्कराने लगा।"

"ये तुम लोगों का वहम है। यूँ ही मुस्करा रहा होगा। वैसे भी, कुत्ता कहने से कौन मुस्करायेगा?"

"सर ये मुस्करा सकता है।"

"क्यों?"

"ये सोचकर कि जो कुछ हम बोल रहे हैं, वह सब वो सूँघ रहा है। हमारी बेवकूफ़ी पर मुस्कराता होगा सर।"

बॉस के नथुने फड़कने लगे। गुर्राते हुए उसे बुलाने का आदेश दिया और उँगलियाँ मरोड़ने लगा। जब वह आया तो बॉस के मुँह खोलने से पहले ही उसने अपना सवाल दाग दिया, "आप लोग किस महकमे से हैं? मतलब किस ख़ुफ़िया महकमे से?"

"हम किसी ख़ुफ़िया महकमे से नहीं है।" टाई वाले ने उसके कपड़ों की ओर देखकर कहा।

"आप लोगों ने मेरा अपहरण तो किया नहीं। मैं थाने में भी नहीं हूँ। तो ज़ाहिर है, किसी ख़ुफ़िया महकमे से होंगे।"

"तुम्हारा अपहरण क्यों नहीं हो सकता?"

वह मुस्कराया। उन पाँचों को पता नहीं था कि वह अपना भय छुपाने के लिए मुस्कराता है। बॉस समझा कि वह उसकी खिल्ली उड़ा रहा है। बाक़ी चारों एकदम चौंके हुए थे। बॉस ने झट से उसे टोक दिया, "हँसते क्यों हो?"

वह उनके बारे में सोचकर हँस रहा था। इतनी सामान्य बुद्धि किसी में कैसे नहीं होगी कि अपहर्ता टाई या सफारी सूट नहीं पहनते, कि इतनी शालीनता से अपने बॉस को 'सर' नहीं कह सकते। लेकिन इसकी जगह उसने दूसरी बात कही, "अपहर्ताओं की पिस्तौलें जेबों में ठुँसी और कमर में खुँसी नहीं होतीं। वे दहशत पैदा करने के लिए उन्हें बाहर निकालते हैं।"

बॉस को आश्चर्य हुआ कि इसे हमारी पिस्तौलों के बारे में कैसे पता। उसने धीरे से मेज़ के नीचे से हाथ बढ़ाकर जेब को छुआ।

पिस्तौल वहीं थी। बाक़ी सब ख़ुश नज़र आ रहे थे और बॉस से कहना चाहते थे, 'देखा सर, सूँघ लेता है ना?' लेकिन ऐसा कुछ उन्होंने कहा नहीं। तीसरे सफारी सूट वाले ने, जिसका मुँह ग्लोब की तरह था, बॉस के मिज़ाज को जानते हुए भी अपनी डायरी निकालकर पढ़नी शुरू कर दी, "हम लोग चीड़ के जंगलों में हवा की सनसनाहट सुन सकते हैं। ये आदमी बन्द कमरों की सनसनाहट में हवा को सूँघ सकता है। पूनम की रात में हरी घास के मैदानों, पेड़ों और नदियों के ऊपर बिछी चाँदनी को हम देख सकते हैं। सिर्फ़ देख सकते हैं। ये सूँघ सकता है कि चाँदनी ओढ़ते हुए नदी क्या महसूस करती है, घास क्या सोचती है। बर्फ़ जब गिरती है सर, तो चारों ओर बिखरी स्फटिक–सी चमक को हम देख सकते हैं। ये उस चमक को सूँघता है। ये बच्चे को दूध पिला रही माँ के स्तनों की गुनगुनाहट को सूँघ सकता है। ये स्त्री और पुरुष के अन्दर तड़ककर फूट रहे प्रेम को सूँघ लेता है। मनुष्यों की बिलबिलाती नफ़रत को सूँघ सकता है। ये आदमी के पागलपन को भी सूँघ सकता है।"

अफ़सर को छोड़ बाक़ी तीनों के चेहरों पर एक अजीब–सी ख़ुशी झलकने लगी। उनके चेहरे बता रहे थे कि उन्होंने जो तफ़तीश की है, वह महत्त्वपूर्ण ही नहीं है, बल्कि उसकी दिशा भी एकदम सही है। लेकिन बॉस नाख़ुश लग रहा था। उसने डायरी पढ़कर बताने वाले को घूरा, "ये जो तुम बता रहे हो, इस पागल आदमी का बयान है?"

"नहीं सर, इसकी प्रेमिका का।"

टाई वाला अचानक युवक की ओर मुख़ातिब हुआ और झिड़की देने के अन्दाज़ में बोला, "तुम गूँगे नहीं हो तो इसकी पुष्टि क्यों नहीं करते? या फिर इससे इनकार करो।"

"अगर ये सचमुच नन्दिता का बयान है तो मैं इनकार नहीं करता। मैं उससे प्रेम करता हूँ। प्रेम करते हुए हम नहीं कह सकते कि सच क्या है और कल्पना क्या।"

बॉस ने अपने बाल नोच लिए और उसे अपनी आँखों से दूर ले जाने का आदेश देकर हाँफने लगा। युवक के दूसरे कक्ष में जाते

ही वह भिनभिनाया, "या तो ये आदमी पागल है या इसकी प्रेमिका। लेकिन तुम चारों मूर्ख हो, यह तय है। ...और वे...उन पर तो आश्चर्य होता हैं। बताओ, आसमान चिड़िया की उड़ान से डरता है?"

उसी वक़्त टाई वाले का सेलफ़ोन बजा। वह सावधान–सा हो गया। बाक़ी चारों सतर्क होकर उसके चेहरे को देखने लगे। उधर से किसी ने कुछ पूछा तो टाई वाला बोला, "ये आदमी तो पागल लगता है सर।"

उधर वाले ने कुछ कहा जिससे टाई वाले का चेहरा उतर गया। शायद उसने कहा हो कि पागल तो तुम लगते हो बे।

"हाँ सर, सूँघ तो सकता है, लेकिन ये बड़ी ही मामूली और फ़ालतू चीज़ों को सूँघता है।"

इतना कहकर वह फ़ोन करने वाले को वही सब ब्योरा देने लगा जो उसकी मातहती में काम करने वालों ने उसे दिया था। उधर से शायद डाँट पड़ी, क्योंकि टाई वाले के चेहरे की रंगत बदल गयी। फिर कोई सख़्त निर्देश दिया गया या सख़्त बात कही गयी। जवाब में टाई वाले ने कहा, "आपकी बात सही है सर। ख़तरा तो है। इतना ग़ुस्सा आता है कि...। लेकिन जस्टिफाइ कैसे करेंगे? किसी आदमी की नाक इसलिए काट दी क्योंकि वह सूँघता था?"

उधर से कोई और निर्देश दिया गया, जिसे टाई वाले ने 'जी–जी' कहते हुए बड़े ध्यान से सुना और शिथिल पड़ता चला गया। फ़ोन कटने के बाद उसके हाथ लूले हो गये थे और आँखें शून्य में देख रही थीं। वह बड़बड़ाया, "डर अगर इतना भारी होता है तो भाप बनकर इतने ऊपर कैसे चला जाता है? हद है!"

"क्या हुआ सर, क्या कह रहे हैं?" लटके गालों वाले ने पूछा।

"कहते हैं ओजोन की परत में छेद न हो जाये यह इंश्योर करना तुम्हारा काम है।"

"सर ओजोन की परत में छेद तो हो गया बताते हैं?" टी–शर्ट वाले ने डरते हुए यह सूचना दी लेकिन सवाल की शक्ल में। टाई वाले ने उसकी बात पर ध्यान दिये बिना अपनी टाई को तीसरे

बटन तक पहुँचा दिया और उँगलियों को मरोड़ने लगा, "ये लोग कुछ मामलों में बड़े ही संवेदनशील हैं। इन्हें कुछ चीज़ें क़तई पसन्द नहीं।"

थोड़ी देर के लिए सन्नाटा छा गया। टाई वाले ने बारी–बारी से सबके चेहरे देखे और बोला, "इनका भय अलग तरह का है। वह इन्हें आक्रामक बना देता है।"

टाई वाले बॉस ने परेशान होकर दो बार मेज़ पर मुक्का मारा और बड़बड़ाता हुआ कमरे के चक्कर काटने लगा। बाक़ी सब खड़े हो गये। टी–शर्ट वाले को लग रहा था, किसी क्षण बॉस को दिल का दौरा पड़ सकता है। तभी बॉस के फ़ोन की घण्टी फिर से बजी।

"जी सर।" उसके सम्बोधन में सवाल नहीं, केवल सम्मान था। इस बार किसी और का फ़ोन था। विषय वही था। उधर से शायद कसकर लताड़ा गया था। जवाब में टाई वाला घिघियाने लगा। उसके मुँह से 'जी–जी' के अलावा कुछ निकल ही नहीं रहा था। इससे बाक़ी चारों को कँपकँपी छूटने लगी। अन्त में बॉस के मुँह से दो वाक्य फूटे, "हाँ सर, चालाक तो है सर। पता करते हैं सर कि सूँघता कैसे है?"

फ़ोन कटने के बाद उसने माथा पकड़ लिया। बाक़ी चारों की ज़ुबान को लकवा मार गया। आख़िर बॉस ने रुआँसे स्वर में बताया कि सब गड़बड़ हो गया। हम लोग जाँच करते रहे कि यह आदमी सूँघता है या नहीं। लेकिन उन्होंने यह पता करने को कहा था कि सूँघता कैसे है।

झड़े बालों वाले ने थोड़ा आश्चर्य के साथ पूछा, "इसका क्या मतलब हुआ?"

"तुम लोग किसी काम के नहीं हो। उनका मतलब है, इसे सारी सूचनाएँ कैसे मिल जाती हैं?"

"सर देखा जाये तो, हमने यही तो पता लगाया कि यह हर चीज़ को सूँघ लेता है। ज़ाहिर है, सूचनाएँ भी सूँघ सकता है।"

"शटअप। यह तो उन्हें भी पता है। सवाल है, सूँघता कैसे है?"

झड़े वालों वाले का मन तो हुआ 'नाक से' कह दे, लेकिन वह बॉस की हालत देखकर चुप रहा। बॉस काफ़ी सोचने के बाद इस नतीजे पर पहुँचा कि उन्होंने ग़लत निर्देश जारी किया। सूँघना तो मुहावरा है।

फिर अपनी टाई को एक बटन ऊपर सरकाकर बोला, "गन्ध लीक होती है। और इन (युवक जैसे) लोगों के पास ऐसा डिवाइस होता है, जिसके ज़रिये ये गन्ध को लपक लेते हैं। उस डिवाइस को ये स्रोत कहते हैं। जानते हो, इसी तरह ख़बरें मीडिया में आती हैं।"

फिर से बॉस का फ़ोन बजा। वह फिर तनाव में आ गया। उधर वाले की बात सुनकर वह बेतरह चौंक पड़ा, "लेकिन क्यों सर?"

उधर से कुछ और कहा गया, तो टाई वाला बोला, "नहीं सर, सामने नहीं बैठा है। ...हमारे बारे में इसे कुछ पता नहीं है सर। हमने इसे कन्फ़्यूज़ करने के लिए यह समझाने की कोशिश की है कि इसका अपहरण हुआ है।"

उधर वाले ने फिर कुछ और कहा, तो टाई वाला बोला, "हाँ, शातिर तो है सर। एकदम कर्रा क़िस्म का है। ...ठीक है सर। लेकिन सर, अगर इतना ख़तरनाक आदमी है तो...एक बार फिर सोच लें सर।"

उधर से कोई अन्तिम बात कही गयी, तो टाई वाले ने कड़क आवाज़ में कहा, "ठीक है सर, जयहिन्द।"

टाई वाला बहुत परेशान हो गया था। वे चारों घबरा गये। पूछने का साहस नहीं हो रहा था। आख़िर उसने ख़ुद ही बताया, "छोड़ देने को कहते हैं।"

"टंटा कटा सर जी।" टी-शर्ट वाले ने ख़ुशी व्यक्त की। लेकिन बॉस ख़ुश नज़र नहीं आ रहा था। वे चारों उसे समझ नहीं पा रहे थे। बॉस फिर से छटपटाने लगा। अचानक वह पलटकर घड़ी की तरफ़ देखने के बाद बोला, "उनकी हाँ में हाँ तो मिलानी पड़ती है, पर मैं मानता हूँ कि ये आदमी, नुकसानदेह बेशक हो, शातिर नहीं है। तुम लोगों को क्या लगता है?"

"शातिर नहीं है सर।" चारों ने एक साथ कहा। टाई वाला कुछ देर सोचने के बाद बोला, "इसके लिए तो कानूनी कार्रवाई ही फ़ायदेमन्द रहती। अदालतों में ऐसे मुक़द्दमे अक्सर टिक नहीं पाते।"

वे लोग समझ नहीं पा रहे थे कि अचानक बॉस को उस युवक से सहानुभूति क्यों होने लगी। बॉस बोलता रहा, "वो कहते हैं, ये समाज के लिए ख़तरा है, तो समाज को निपटने दो।"

चारों की समझ में साफ़–साफ़ आने लगा कि बॉस किस बात से चिन्तित हैं और उन्हें उससे सहानुभूति क्यों होने लगी। सभी ने अपने चेहरे लटका लिए। टाई वाले ने युवक को बुलाने का आदेश दिया। जब वह उबासी लेता हुआ आया तो उसे बैठने के लिए अपने सामने वाली कुर्सी दी। उसके लिए कॉफ़ी मँगवायी और सोचता रहा। इस दौरान युवक के बालों की एक लट उसके चेहरे पर आ गयी थी। झड़े बालों वाले का मन हुआ कि वह उस लट को पीछे कर दे। टी–शर्ट वाले को अफ़सोस हो रहा था कि सुबह उसने युवक को उबले अण्डे क्यों नहीं दिये।

अफ़सर लगातार युवक की नाक को देख रहा था। एकाएक बोला, "इतनी अच्छी नाक है तुम्हारी। इसे कहाँ फँसाये हुए हो?"

"मतलब?"

टाई वाले ने उसकी बात का उत्तर नहीं दिया, "तुम तो प्रेम करते हो। फिर भी बेकार की चीज़ों में उलझे हो? अभी तुम्हारी उम्र ही क्या है?"

"आप अपना काम पूरी ईमानदारी से करते हैं ना सर?"

"हमेशा। पर आज थोड़ा–सा बेईमान हो रहा हूँ।"

"कभी–कभी मैं भी हो जाता हूँ। पर अक्सर ईमानदारी से ही करता हूँ।"

"अरशद वारसी को भी बड़ा दुख होगा सर। ये तो उनके फैन हैं सर।" टी–शर्ट वाला एकाएक रुआँसा होकर उसके लिए सम्मानसूचक बहुवचन में बात करने लगा। अरशद वारसी वाली बात से बॉस को जैसे कुछ याद आ गया, "और ये सोशल मीडिया में क्या लिखते हो?"

"आप केमिकल कचरे की बात तो नहीं कर रहे हैं?" युवक ने पूछा।

"मुझे कहना नहीं चाहिए, लेकिन फिर भी बता रहा हूँ कि नाराज़गी बढ़ रही है।"

"टालने की कोशिश मत कीजिए सर।"

"तुमने क्या लिखा था कि 'ज़मीन में केमिकल कचरे की रिवर्स बोरिंग करने से कैंसर हो सकता है तो, सीधे लोगों के दिमाग़ में कचरा डालने के नतीजे क्या होंगे? असल में ऐसा वही कर सकते हैं ख़ुद जिनके दिमाग़ में केमिकल लोचा हो।' ...इसका क्या मतलब है?"

"आप बेहतर समझते हैं।"

"ऐसी और बहुत–सी बातें हैं। मसलन...जाने दो, तुम्हें तो पता ही है। ...पर ये बहादुरी नहीं है। मैं इस मामले में तुमसे इत्तफ़ाक़ नहीं रखता।"

वह चुपचाप कॉफ़ी के घूँट भरता रहा। टाई वाला भी चुप हो गया। फिर अचानक युवक ने टाई वाले की आँखों में देखा, "सुबह जब आप आये तो आपकी आँखों में मेरे लिए ग़ुस्सा था। अब कुछ और देख रहा हूँ।"

"देख रहे हो या सूँघ रहे हो?"

युवक पहली बार खुलकर हँसा और अपनी मासूम हँसी के साथ टाई वाले बॉस की पुतलियों में उतरता चला गया। फिर जब वह बोला तो टाई वाले को लगा वह स्वप्नलोक में है। युवक ने बताया, "आजकल वो गमलों में फूल लगा रही है। कहती है, जब फूल खिलेंगे और उनकी ख़ुशबू फैलेगी तो तुम ख़ुद–ब–ख़ुद खिंचे चले आओगे।"

"वह ख़ूब उड़ती है। ...तुम शादी क्यों नहीं कर लेते?" उसने पूछा। युवक उसे देखता रहा। बॉस ने फिर से कहा, "तुम जानते हो, तुम्हारे साथ क्या हो सकता है?"

युवक ने इसका उत्तर देने की जगह सवाल किया, "तो अब मैं जा सकता हूँ?"

उसने 'हाँ' कहने के बाद, जब उसकी जाती हुई पीठ दिखाई दे रही थी, अपनी उँगली से हवा में घोड़ा दबाते हुए थोड़ा ज़ोर से कहा, "वो सूराख़ कर देंगे।"

टाई वाला बॉस इन दिनों अख़बार में छपने वाली उसकी बाई लाइन ख़बरों के साथ–साथ सोशल मीडिया पर भी उसे फॉलो कर रहा था। उसकी आशंका के मुताबिक़ दूसरे दिन युवक ने फिर से दो पोस्ट डालीं। एक में लिखा था– अगर प्रदूषण बढ़ेगा तो ओजोन की परत में सूराख होना लाज़िमी है।

इस पोस्ट को पढ़कर बॉस को बहुत गुस्सा आया और उसको 'ज़िद्दी आदमी' कहकर वह काफ़ी देर तक भनभनाता रहा। लेकिन दो घण्टे बाद उसकी दूसरी पोस्ट से टाई वाला उदास हो गया। इतना कि उसे लगा वह गहरे अवसाद में चला जायेगा। उसे युवक की प्रेमिका रह–रहकर याद आने लगी। वही जो उसके लिए फूल लगा रही थी। जिसे फूलों के महकने का इन्तज़ार था। टाई वाला उस दिन के बारे में सोच रहा था जब लड़की के गमलों में फूल खिलेंगे। ओह, वह इस गीत को पूरा का पूरा सुनेगी। यही गीत, जो युवक ने लिखा है। वह इसे कई बार सुनेगी। शायद बार–बार सुनेगी और धीरे–धीरे उसकी बर्दाश्त से बाहर होता जायेगा।

यह सोचकर टाई वाले का गला भर आया। पहले लगा, टाई फँस रही है, पर बाद में अहसास हुआ कि कुछ छलकना चाहता है। युवक की दूसरी पोस्ट में 'ममता' फ़िल्म के एक गीत का मुखड़ा था– केवल छह शब्द– ***रहें ना रहें हम महका करेंगे...।***

जनसत्ता, वार्षिक अंक (2017)

छन्ने की लौंडिया गुनगुनाती है

- छन्ने की लौंडिया के कल्ले फूटते ही गली बड़ी बेसब्र हो गयी।
- कुछ–कुछ बेसुरी।
- बिना तिराहे–चौराहे वाली इस गली में, जहाँ वह रहती है, लोग आजकल भटक जाते हैं।
- वह सड़क पर आहिस्ता और घर में खुलकर गाती है।
- छन्ने की लड़की इन दिनों क़तार में खड़ी गुनगुनाती है।
- उसी क़तार में लगे एक उजले, मुलायम और लचकदार युवक ने उसे 'अमृता शेरगिल की पेंटिंग से निकल भागी लड़की' का ख़िताब दिया है।
- मुहल्ले की बेडौल और झाईंदार स्त्रियाँ उसे ईश्वर की बेहतरीन कलाकृति मानती हैं।
- लाइन मारने की उम्र पार कर गये अधेड़ उसे चोर निगाहों से देखते हैं।
- गली के लड़कों को यह सोचकर घबराहट होती है कि किसी दिन लड़की के घर के नीचे भी क़तार न लग जाये।
- अठारह की उम्र में उसके छत्तीस दीवाने हैं और बहत्तर फ़साने।
- वह ऐसी ही है। पर कहते हैं, 'वैसी' नहीं है।
- पता नहीं।

स्कूटर–बाइक के मैकेनिक आसपास की गलियों से निकलकर ब्रेक जाँचने इसी तरफ़ आते हैं। कालिख लगे कपड़ों में दुपहियों की

कानफोड़ हूँ–हूँ के साथ गली में फर्राटे भरते हैं और बीच–बीच में ब्रेक की चिंघाड़ गुँजाते हैं। कॉलेज के लड़के आते–जाते इसी गली से होकर गुज़रते हैं। नये–नये मूँछें निकाल रहे स्कूली बच्चे झुण्ड बनाकर एकाध चक्कर गली का लगा जाते हैं। इन दिनों पुलिस भी गुण्डे–मवालियों की धर–पकड़ के लिए इसी गली में दबिश दे रही है। कुछ पुलिसिये यूँ ही सूँघते–मँडराते हैं। किसी ठेले के हत्थे पर डण्डा बजा दिया। किसी की दुआ–सलाम क़बूल की और किसी को बेवजह डपट दिया। नज़र उनकी दुमंज़िले पर रहती है। मँडराने वालों में शादीशुदा फ़रेबी भी हैं। लकदक वर्ग के इज़्ज़तदार लोग भी आजकल यहाँ पाये जा रहे हैं, जो आम तौर पर ऐसी गलियों में नहीं घुसते। जिनके टहलने और पाये जाने के इलाक़े अलग होते हैं। जहाँ चौड़ी–चिकनी सड़कों के किनारे म्युनिसिपल्टी के माली फूल–पौधे लगाते हैं।

गली कौड़ियों वाली एक सँकरी गली है। जिसमें दोनों तरफ़ मकान हैं। कुछ मकान बिना पलस्तर के हैं। कुछ जर्जर हैं। कुछ पैंतीस फुट के प्लाट में कुतुबमीनार की तरह खड़े हैं। दुमंज़िले, तिमंज़िले मकानों के नीचे दुकानें हैं। कहीं हुक में बकरे लटके हैं, कहीं पंक्चर लग रहे हैं। कहीं से मूँगफली भुनने की गन्ध आती है, तो कहीं से तन्दूरी रोटी की। यहाँ सब्ज़ी, फल, छोले–कुलचे और चने–मुरमुरे से लेकर ब्रा तक ठेलों में बिकती हैं। ठेलेवाले दुकानों के आगे खड़े रहते हैं और गली को ज़्यादा सँकरी बना देते हैं। कई घरों की खटिया और लद्दड़–गूदड़ भी सड़क पर फैला रहता है। औरतें सर्दियों की दुपहरी में धूप की ओर पीठ किये बैठी रहती हैं और बच्चों को कूटती–गरियाती हैं। गर्मियों की रातों में वे आँचल गिराये हाथ–पंखा झलती हैं। हवाओं को लगातार एक ही सूचना देती हैं कि बड़ी उमस है। बच्चे सुबह–शाम नालियों में शौच करते मिल जाते हैं। कभी–कभी उनके शौच में केंचुए (राउण्ड वर्म) निकलते हैं।

छन्ने कबाड़ी की लड़की इसी गली में रहती है। इन दिनों इसे 'छन्ने कबाड़ी की लौंडिया वाली गली' कहा जाने लगा है।

गली में हर वक़्त किसी–न–किसी घर से लड़ने–झगड़ने की आवाज़ें आती रहती हैं। अन्यथा ठोंक–पीट का शोर और बरतनों की खटर–पटर लगातार चलती है। सुबह से शुरू हुई ये आवाज़ें रात को दस–ग्यारह बजे के बाद थकने लगती हैं। लेकिन सुबह चार बजे से आवाज़ों का जागरण फिर शुरू हो जाता है। इन आवाज़ों को आराम नहीं है।

इसी गली में एक दुकान छन्ने कबाड़ी की है। जिसके सामने सलीम भाई मुर्गे वाला क़ाबिज़ है। जहाँ बीमार लगने वाले पंख नुचे मुर्गे और मुर्गियाँ छोटे–छोटे खानों वाली जालियों में बन्द रहते हैं। उसके दायीं तरफ़ तीन दुकान छोड़कर मितराँ दा ढाबा है। यहाँ से, साठ डिग्री के कोण से, छन्ने का दुमंज़िला साफ़ दिखाई देता है। कुछ हरामी लौंडों का अड्डा यहाँ भी है। असल में, सलीम भाई की दुकान से आँखों की 'कसरत' में गर्दन को तकलीफ़ उठानी पड़ती है। उस पर सामने बैठा छन्ने और अन्दर बैठे सलीम भाई, दोनों ताड़ लेते हैं। इसीलिए सलीम भाई के 'कसरती' लौंडे भी दिन में दो–चार बार मितराँ दा ढाबा की ओर चले आते हैं।

छन्ने की दुकान घर के नीचे है। या यूँ कहिए कि दुकान के ऊपर छन्ने का घर है। कभी छन्ने का बाप इस जगह झुग्गी डालकर रहता था। वह फेरी लगाकर रद्दी ख़रीदा करता था। छन्ने की दुकान के सामने एक बड़ा–सा तराजू लटका रहता है और तराजू के एक पलड़े में हमेशा बड़े–बड़े बाट रखे होते हैं। छन्ने पुराने अख़बार, शराब की खाली बोतलें, प्लास्टिक, लोहा, पीतल, ताँबा और एल्यूमीनियम ख़रीदता है। पर आपको कोई भी पुरानी चीज़ बेचनी हो और उसके पास जायें तो वह दाम ज़रूर लगाता है। जैसे कुछ साल पहले एक महिला अपने लकवा पड़े ससुर का हारमोनियम बेचने आ गयी थी। हारमोनियम में न लोहा, न पीतल। छन्ने ने दो सौ से बोली लगायी। उस औरत ने पाँच पर छोड़ दी। सोचा– चल छोड़ परे, बेकार में जगह घेर रही है। पर छन्ने हारमोनियम का क्या करता? घरवाली के आगे पटककर बोला, "ये ले, इसे बजाया कर। दिल बहलेगा।"

क़सम ख़ुदा की, इन दिनों गली कौड़ियों वाली में रौनक–मेला लगा है। जिसे देखो वही गली का रुख़ किये हुए है। कुछ लोग जिज्ञासावश आते हैं। एक बार आते हैं तो दुबारा आते हैं, तिबारा आते हैं। कुछ बार–बार आते हैं। गली के लोग सब समझते हैं। उन्हें पता है कि इतनी तरह के नमूने आख़िर क्यों दिखाई दे रहे हैं।

पर, माफ़ी चाहते हुए, पहले मैं छन्ने की लुगाई का ज़िक्र करना चाहूँगा। एक ज़माने में उसकी ख़ूबसूरती के बड़े चर्चे थे। इसके बावजूद कि लोगों ने उसे उतनी ही बार देखा था जितनी बार गिनती करने में भ्रम नहीं होता। एक बार जब छन्ने सरेआम उसका हाथ दबोचे फ़िल्म दिखाने ले गया था। उन दिनों गली में दुकानें कम थीं और ऐसी खुल्लमखुल्ला दीवानगी भी कोई नहीं दिखाता था। कुछ लोग गश खा गये थे। तीन–चार बार उसे तब देखा गया जब वह पेट से थी और छन्ने उसे अस्पताल ले गया था। पहली जचगी तो घर पर ही कर ली थी। एक बार लोगों ने उसे तब देखा था जब वह छन्ने से लड़कर गली में दौड़ती हुई सरपट निकल गयी थी और उसके गालों पर डेढ़ आँसू थे। रोती हुई औरत गली के लोगों को बेहद ख़ूबसूरत लगी थी। जब गली के लोगों को पता चला कि वह छन्ने से अनबन के बाद भागी है तो उनकी निगाह में वह और ख़ूबसरत हो गयी थी। कइयों ने उसे पलकों पर बिठा कर रोज़ सुबह रबड़ी–जलेबी और शाम को लाल–हरी चटनी के साथ समोसे खिलाने की कल्पना कर ली थी।

छन्ने की घरवाली जैसे सरपट गयी, घण्टे–भर में वैसे ही सरपट लौट आयी। लोगों के दिल में फिर छुरी चली। हाय! ये क्या हो गया। इतनी जल्दी सुलह–सफ़ाई? कुछ दिन तो सब्र करती। पर खड़ूस तो असल में मायके वाले निकले। बैरंग लौटा दिया– अरे, मार–कूट लिया तो क्या हो गया? सब मारते हैं। सबर से काम लो। थोड़ा बर्दाश्त करना सीखो। आहिस्ता–आहिस्ता मुट्ठी में करो और पुचकार कर गले में पट्टा डाल दो।

लकड़बग्घे पट्टा नहीं पहनते। छन्ने ने भी नहीं पहना। उल्टा घरवाली नज़रबन्द हो गयी। हर दो–ढाई साल में एक बच्चा जनती

और महीने–डेढ़ महीने आराम के बाद फिर वही चूल्हा, वही चौका। सुन्दरता के पुरस्कार में उसे दीवारें मिली थीं। जिनसे छनकर कभी–कभार सिसकियाँ और कराहें बाहर जा आतीं। मानो दीवार सिसकती हो। पड़ोसी अनुमान लगाते कि कबाड़ी अपनी उजली और मूक दीवार पर लात–घूँसे बरसाता होगा। आश्चर्य, ख़ासकर उन्हें होता जिन्हें अपनी दीवारें कुछ कम उजली या बदरंग लगती थीं। या जिनकी दीवारों के आँख, कान, नाक और मुँह निकले हुए थे।

ख़ैर, यहाँ बात कबाड़ी की औरत की नहीं हो रही। वैसे भी, वह अब धुआँई–पीली दीवार बन चुकी थी।

घिसी हुई पीली दीवार।

पिटी हुई पीली दीवार।

बात कबाड़ी की लड़की की हो रही है, जो हर सुबह सूरज की तरह गली में उगती है। धूप से विटामिन–डी लेती है और हवा से खनिज पदार्थ। इसीलिए इतनी सुर्ख़ है। इतनी कि अगर अगले साल उसका सपना सच हो गया तो खाते–पीते घर की लड़कियों पर कहर बरपेगा। वह बारहवीं का इम्तिहान देने वाली है। उसने तय कर रखा है कि बारहवीं करते ही कॉलेज जायेगी। कॉलेज जायेगी तो तय था कि वहाँ औसत रूप–रंग की नख़रीली, गुस्सैल और घमण्डी लड़कियों की छुट्टी हो जानी है।

छुट्टी इसलिए हो जानी है, क्योंकि छन्ने की लड़की ख़ूबसूरत है। हरदम मुस्कराती है। बात–बेबात गुनगुनाती है।

लड़की हर सुबह ज़्यादा खिली और स्वस्थ लगती है। उसका निखार दिन–पर–दिन बढ़ता जाता है। बढ़ते निखार के साथ उसके दीवानों की संख्या बढ़ रही है। इससे छन्ने की दिक़्क़तें बढ़ रही हैं। वह डरा हुआ रहता है। अपनी पत्नी से कहता है, "लौंडिया सयानी हो गयी।"

"अभी अठारा की भी ना हुई।"

छन्ने चुप। कुछ सोचकर फिर कहता है, "लौंडिया के पर निकल रए हैं।"

औरत भुनभुनाती है, "थोड़ा तो उड़ लेन दो। फिर तो...।"

कबाड़ी के दाँत बजते हैं। आँखें बाहर निकल आती हैं। भुजाएँ फड़कने लगती हैं।

आजकल कई जगह लम्बी क़तारें लगती हैं। लगती क्या हैं, लोग क़तार लगाने को बावले हुए पड़े हैं। एक क़तार गली के बाहर, आधा किलोमीटर की दूरी पर लगी है। छन्ने की लड़की रोज़ इस क़तार में खड़ी होती है। क़तार में खड़ी बुदबुदाती है। शायद प्रार्थना करती है। वह कसमसाती है। कसमसाहट काम नहीं आती। वह गुनगुनाती है। गुनगुनाहट बेअसर हो गयी है। वह थोड़ी–थोड़ी देर में पीछे मुड़कर देखती है। क़तार लगातार लम्बी होती जाती है। वह पंजों के बल उचककर आगे देखती है।

लोग बातें करते हैं। ख़ूब बातें करते हैं। ज़्यादातर भविष्य को लेकर आश्वस्त करने वाली बातें कहते हैं। कुछ सियाचिन की बर्फ़ीली बातें करते हैं। कुछ भ्रष्टाचार की तूफ़ानी बातें। कुछ मीठी तो कुछ गुनगुनी बातें। कुछ लोग उनसे असहमत होते हैं। पर उनके तेवर देखकर निराश हो जाते हैं। बाक़ी लोग सहम जाते हैं और छन्ने की लड़की को देखने लगते हैं। कुछेक की निगाहें हटती नहीं। मानो, सुन्दरता देश–दुनिया और रोटी–पानी से बड़ी चीज़ हो। छन्ने की लड़की तड़पकर गेट के अन्दर देखती है। पर कुछ नहीं दिखाई देता। वह बेबसी से क़तार को देखती है। लेकिन आगे से क़तार छोटी होने का नाम नहीं लेती, जबकि पीछे से लम्बी होती चली जाती है। लोग खिसक क्यों नहीं रहे? आगे क्या हो रहा है? वह सोचती है।

लड़की रोज़ क़तार में खड़ी होती है और बुदबुदाती है। मानो, किसी के पसीजने की प्रार्थना करती हो। वह आकाश की ओर देखती है। इधर–उधर देखती है। अपने पैर के नाख़ूनों को देखती है। चुपचाप। फिर अपनी ही चुप्पी से परेशान हो जाती है और गुनगुनाती है।

वह अब भी गुनगुना रही है। पर अचानक क़तार में भगदड़–सी मच गयी है। मायूस लोग क़तार से हटने लगे हैं। आगे से एक कातर–सी आवाज़ आती है। बड़ी ही मायूस और निराशा में डूबी। यह आवाज़ पीछे की तरफ़ आती चली जाती है। क़तार की पूँछ तक पहुँच जाती है। सब निराशा में डूब जाते हैं। कुछ लोग भुनभुनाते हुए क़तार से हट जाते हैं। कुछ निराशा के बावजूद आवाज़ पर भरोसा नहीं करते और खड़े रहते हैं। क्या पता, सच न हो। 'विसर्जन' की आवाज़ धोखा हो। वे एक हाथ पेट पर रखते हैं और दूसरे से कन्धों को सान्त्वना देते हैं। उम्मीद नहीं छोड़नी चाहिए।

कबाड़ी की लड़की क़तार में लगने के लिए अगले दिन फिर निकलती है। स्कूटर मिस्त्री नसीर अपना खटारा स्कूटर लेकर उसके पीछे लग गया है। गली से बाहर निकलते ही वह मुख्य सड़क पर पहुँच जाती है। नसीर बड़ी अदा से उसका रास्ता काटकर दायें से बायीं तरफ़ निकलता है और कुछ आगे चलकर स्कूटर खड़ा कर देता है। वह बिना हैलमेट के है और स्कूटर पर बैठे–बैठे कंघा निकालकर बाल सँवारता है। उसके क़रीब आने से पहले पान की पीक थूकता है। वह पीछे मुड़कर नहीं देखता, सिर्फ़ कनखियों से देखता रहता है। अपने सेलफ़ोन के साथ खुचर–पुचर करता है। दुबारा कनखियों से देखता है। वह आ रही है। नसीर इधर–उधर देखता है। कहीं कोई है तो नहीं। कोई नहीं है। सिवाय एक झटियल–से आदमी के, जो कन्धे पर कोई थैला–सा लिए दूर से चला आ रहा है। वह गली में जायेगा। नसीर अनुमान लगाता है। लड़की के क़रीब आते ही वह ज़ोर से कहता है, "आई लव्यू।"

तुरन्त स्कूटर पर किक मारता है और सर्र–से आगे निकल जाता है। कुछ आगे चलकर पलटता है। लड़की मुस्कराती है। नसीर रुक जाता है। वह क़रीब आती है। नसीर ग़ौर करता है। वह ख़ुश–ख़ुश लगती है। गुनगुनाती हुई उसके बगल से निकल जाती है। वह दायें हाथ को बायीं तरफ़ ले जाकर सीने पर रखता है और

'हाय, क्या बात है' कहता हुआ उसी तरफ़ निकल जाता है जहाँ, उसे पता है, लौंडिया क़तार में लगेगी।

अगले दिन राजू 'सिक्स पैक' से मुलाक़ात के दौरान नसीर बताता है, "कल मज़ा आ गया उस्ताद, 'आइ लभ्यू' बोल दिया।"

"उसने क्या जवाब दिया?"

"मुस्करा दी।"

"वह तो हमेशा मुस्कराती है।"

"गुनगुनाने लगी।"

"उससे क्या होता है? वह हमेशा गुनगुनाती है। ...मैंने तो फिलाइंग किस दी थी।" राजू सिक्स पैक ने अपना हाथ चूमते हुए हवा में लहराया, "ऐसे।"

"तो फिर उसने क्या किया?" नसीर ने पूछा।

"मुस्करा दी...और गुनगुनाने लगी। ...पर लपेटे में नहीं आती। बड़ी बेरहम लौंडिया है।"

"बेमुरव्वत।" नसीर का उत्साह मानो ठण्डा पड़ गया।

कोई नहीं जानता कि वह मुस्कराती–गुनगुनाती क्यों है। कोई नहीं जानता कि वह किसी भी फबती का ज़वाब क्यों नहीं देती। कोई कुछ भी बोल दे वह चुपचाप सुनती ही नहीं, बल्कि मुस्करा देती है। उसके मुस्कराने और गुनगुनाने के चर्चे हैं। लोग रीझे हुए हैं। पर सच तो यह है कि वह गली कौड़ियों वाली के लड़कों की परवाह नहीं करती। किसी की नहीं करती। असल में, वह जिन दो सपनों को पोस रही है, उन्हीं में खोयी रहती है। एक तो बारहवीं के बाद कॉलेज में एडमिशन लेना है। दूसरा, टीवी पर चलने वाले किसी रियलिटी शो में गाने का एक मौक़ा हासिल करना है।

इसके सिवा उसे कुछ नहीं दिखाई देता। कुछ सुनाई नहीं देता। सच पूछें तो छन्ने की लड़की को पता ही नहीं कि वह अनजाने में मुस्कराहट बाँट रही है कि लोग उससे उम्मीदें लगा बैठे हैं। अभी तो वह ख़ुद बड़ी उम्मीदों के साथ क़तार में खड़ी बुदबुदाती है। पर बुदबुदाहट काम नहीं आती। वह निराश हो जाती है और गुनगुनाती

है। गुनगुनाहट में बड़ी ताक़त है। यह निराशा से उबारती है। गुनगुनाहट ठण्डे आदमी को भी गुनगुना बनाये रखती है।

वह हरदम संगीत में रमी हुई सुरीली लड़की है। संगीत उसकी मुस्कराहट है और संगीत ही गुनगुनाहट। वह इतनी सुन्दर है कि पेंटिंग तो क्या, तस्वीर में मौजूद लड़कियाँ भी झेंप जायें। इतना ही सुरीला उसका गला है। वह फ़िल्मी गानों को हू–ब–हू गा लेती है। उतने ही दर्द के साथ, उतने ही आनन्द के साथ। वैसे ही उतार–चढ़ाव के साथ। वैसी ही मुरकियाँ लेकर। लेकिन उसने संगीत सीखा नहीं है। माँ को हारमोनियम बजाने का शौक़ बचपन से था। कभी वह भी गाती थी। कुछ साल पहले छन्ने ने पांच सौ की हारमोनियम क्या निछावर की, उसे जीने का मक़सद मिल गया। उसने यह मक़सद अपनी लौंडिया को सौंप दिया।

तब से दोनों माँ–बेटी साथ बैठकर हारमोनियम पर गाने–बजाने का रियाज़ करने लगीं। अब माँ बजाती है, बेटी गाती है। जब वह गाती है, उसकी गोरी गर्दन पर फूली हुई नीली नसें साफ़ दिखाई देती हैं। जब माँ बजाती है, बैठे–बैठे उसकी कमर टेढ़ी हो जाती है। उनकी जुगलबन्दी देखकर कई बार ऐसा लगता है, जैसे दोनों गुरु–शिष्य हों और गाने–बजाने के लिए ही बनी हों। गाते–गाते बेटी के दिमाग़ में रियलिटी शो में जाने की धुन सवार हो गयी– वहाँ गाना है जहाँ सितारे गाते हैं। वहाँ गाना है, जहाँ सितारे बनते हैं।

नीले आकाश में टँगे पीले सितारे।

नीले आकाश में टँगने के लिए क्या किया जाये? उसने कई लोगों से सलाह–मशविरा किया। माँ ने भी किया। माँ उसे आकाश के भी ऊपर टाँगना चाहती है। अलग नज़र आने वाला चमकदार सितारा बनाकर। माँ–बेटी को ज़्यादातर ने यही बताया कि किसी अच्छे गुरु से संगीत की बारीकियाँ सीखनी चाहिए। फ़िल्मी गीत गा लेने से काम नहीं चलेगा। तब उन्होंने गुरु की तलाश शुरू की। कई गुरु मर्द मिले। लेकिन संगीत में अनाड़ी बाप ने भेजने से इनकार कर दिया। ना, क़तई नहीं। गला पकड़ कर कहेगा, गले से आवाज़

निकालो। फिर पेट पकड़कर कहेगा, पेट से निकालो। और अगर छाती से आवाज़ निकालनी हो तो...। ना। ना बाबा, ना।

आख़िर लड़की की मुलाक़ात एक गुरुवाइन से हो गयी। बिल्लौरी आँखों और कटे बालों वाली गुरुवाइन। जो बिना कत्थे का पान खाती थी। चूना लगा हुआ। गाते हुए उसके मटमैले दाँत मुँह से बाहर छलक आते हैं। गदराई औरत और गदराई हुई आवाज़। जब वह गाती है, अपने गदराये हुए पैर हिलाती है। लेकिन बड़ी ही बदमिज़ाज। अक्खड़ और लठमार भाषा में बात करने वाली। बात–बात में अपमानित करती है। लौंडिया का मन तो नहीं था उससे सीखने का, लेकिन धुन के आगे मन हार गया।

पर गुरुवाइन का एक दूसरा चेहरा भी है। उसे लौंडिया की माँ ने देखा है। उसने एक दिन लौंडिया की माँ को समझाया था कि लड़की होनहार है। सातवें सुर की तरह चढ़ेगी।

माँ ने पूछा कि आसमान पर टँगेगी? गुरुवाइन ने कहा– हाँ, पर दिमाग़ सातवें आसमान में न चढ़े। उससे मत कहना कि मैं उसके बारे में क्या सोचती हूँ। कभी मत कहना। सितारे प्रशंसा से नहीं, अपमान और आलोचना से बनते हैं।

जिस वक़्त छन्ने कबाड़ी के जीने में भगदड़ मची, राजू 'मितराँ दा ढाबा' में चाय पी रहा था। कौड़ियों वाली गली का यह ढाबा अँधेरी सुरंग जैसा लगता है। दोपहर हो या रात, वहाँ चौदह वाट का इकलौता सी.एफ.एल. जलता रहता है, जो धुएँ से पीला पड़ गया है और ढाबे के अँधेरेपन में जिसका काफ़ी योगदान लगता है। कुछ लोग भागते हुए ज़ीना चढ़ रहे थे। कुछ उतर रहे थे। बच्चों के रोने की आवाज़ें तेज़ होने लगीं। तभी छन्ने एक रोते हुए बच्चे के पीछे–पीछे गोली की तरह सीढ़ियाँ फलाँग गया। अगले ही पल वह अपनी घरवाली को गोद में उठाये ज़ीने से सड़क पर उतर आया। दुकान के बाहर से, दायीं तरफ़ की, नौ खड़ी सीढ़ियाँ दुमंज़िले में

पहुँचाती हैं। दो–तीन लोग उसकी ऐंठती–छटपटाती घरवाली का सिर और पैर पकड़े छन्ने की मदद कर रहे थे। छन्ने की दुकान के ठीक सामने एक ऑटो खड़ा हो गया था। उसने तेज़ी से घरवाली को ऑटो में डाला और पीछे खड़ी एक महिला को उसके अन्दर लगभग ठेल दिया। दो–तीन बच्चे चीख़ते हुए ऑटो की तरफ़ लपके लेकिन छन्ने ने उन्हें बाहों से झिंझोड़कर वापस ज़ीने की ओर धकेल दिया।

ढाबे वाला ऑटो की रवानगी देखकर बोला, "लो, छन्ने ने एक और मॉडल तैयार कर दिया।"

छन्ने ने दूसरे ऑटो को हाथ दिया और बिना कुछ बोले उसमें घुस गया। ऑटो चल पड़ा। एक लड़का दौड़ता हुआ उस ऑटो के अन्दर बैठ गया और उसने रफ़्तार पकड़ ली।

"नहीं, यह जचगी का मामला नहीं है।" बगल वाला अधेड़ पनवाड़ी, जो अपनी छोटी–सी दुकान के अन्दर पालथी मारकर बैठता है, मुँह बाहर निकालकर ढाबे वाले को बताने लगा, "वह परास्त होकर कभी नहीं गयी।"

पनवाड़ी के मुँह में कोई आधा कप पीक होगी। उसने पीक थूककर बताया कि छन्ने की घरवाली जचगी के लिए हमेशा मुस्कराती हुई गयी है। वह योद्धाओं की तरह जाती है। पहले ज़ीना उतरकर पति की दुकान के सामने खड़ी होती है। फिर छज्जों की तरफ़ देखती है और पेट आगे निकालकर स्कूटर की ओर बढ़ती है। फिर वह स्कूटर पर बैठते–बैठते बच्चों को हाथ हिलाती है। मानो, जंग जीतने की शुभकामनाएँ माँग रही हो।

"नहीं, जचगी का मामला नहीं है। बात कुछ और है।" –उसने पूरे विश्वास के साथ कहा और अपने खोखे से उतरकर छन्ने की दुकान की ओर बढ़ गया, जहाँ कुछ लोग अब भी खड़े थे। कुछ लुगाइयाँ भी थीं। मर्द और औरतें, सभी फुसफुसा रहे थे। छन्ने ने किसी को कुछ नहीं बताया। पर बच्चे बता रहे थे कि माँ को कोई फ़ोन आया था। वह चीख़ी। बिलबिलाती हुई पूरे घर का चक्कर काटने लगी। गुसलख़ाने की तरफ़ भी भागी थी। फिर धड़ाम की

आवाज़ आयी। बच्चों ने देखा, माँ फ़र्श पर गिरी है। उसे क्या हुआ यह पक्के तौर पर कोई नहीं जानता था। बच्चों ने छन्ने को बुलाया। छन्ने ने अपनी पत्नी के मुँह पर पानी के छींटे मारे। माँ ने बाप से आधे–अधूरे–से कुछ वाक्य कहे– मेरी लौंडिया। ...मेरी सुरीली लौंडिया का आसमान...। पता नहीं क्या हुआ...कोई देखो।

असल में आज लौंडिया फिर क़तार में खड़ी थी। नसीर ने आज उसका पीछा नहीं किया। वह अब भी उदास था। राजू 'सिक्स पैक' ने दुबारा फ्लाइंग किस दी। वह उसी तरह मुस्करायी और क़तार में समा गयी। बाप नहीं चाहता था कि वह क़तार में खड़ी हो। लेकिन मजबूरी। एक तो वह अँगूठा छाप। दूसरा, दुकान छोड़ नहीं सकता। तीसरा, सारी ज़िन्दगी नकद का धन्धा करता रहा। जेब में लिया और जेब से दिया। पर अचानक ही, जेब धोखा दे गयी। जो था, सब मिट्टी हो गया। लौंडिया वही मिट्टी लेकर क़तार में लगती है। किसी तरह बदली हो जाये।

क़तार में खड़े होते छठा दिन है। केवल क़तार का मुँह गेट में घुस पाता है। न पूँछ, न पेट। वह कभी पूँछ में होती है, कभी पेट में। सारा दिन खड़ी रह जाती है। राजू 'सिक्स पैक' जैसे धैर्यवान लड़के तक घण्टे–दो घण्टे में लौट जाते हैं। आख़िर कितनी देर लड़की को देखता रहेगा। पर लड़की के धैर्य ने अब तक जवाब नहीं दिया है। गुनगुनाहट उसका सबसे बड़ा संबल है।

छन्ने को पता था कि आज लड़की तड़के निकल पड़ी थी। किसी ने लड़की को बताया था कि लोग तो खा–पीकर रात से ही क़तार में लग जाते हैं। जिस वक़्त वह पहुँची, क़तार उतनी बड़ी तो नहीं थी, लेकिन कई लोग पहले से खड़े थे। उसने अनुमान लगाया और पीछे खड़ी महिला से, जो नाक से बोलती थी, अपनी ख़ुशी साझा की– आज बारी आ सकती है। महिला की नाक ने भी ख़ुशी में मामूली मिनमिन–सी की। मानो, वह पूरी तरह आश्वस्त न हो। गेट खुलने तक क़तार इतनी बड़ी हो गयी कि घुमाकर लगाई जाने लगी। दोपहर बारह बजे तक क़तार धीरे–धीरे खिसकते हुए आगे बढ़ने

लगी। वह गेट चढ़ने वाली सीढ़ियों तक पहुँच गयी थी। उसे उम्मीद होने लगी कि आज बारी आ जायेगी। उसने पीछे वाली महिला से फिर कहा। महिला की नाक से उम्मीद निकली– हाँ, लगता तो है।

लौंडिया को बड़ा अच्छा लग रहा था। वह गुनगुनाने लगी। आगे–पीछे खड़े लोग ग़ौर से उसे देख रहे थे। घण्टों क़तार में खड़ी होने के बावजूद लड़की गुनगुना रही है! ग़ज़ब का धैर्य है भई। लोगों को आश्चर्य हो रहा था। पीछे खड़ी औरत को नहीं हुआ। वह जानती थी कि यह उम्मीद की गुनगुनाहट है। पर उसी वक़्त अचानक भगदड़ मच गयी। कुछ लोग घूमकर आ रही क़तार की पूँछ से निकलकर मुँह में घुसने लगे। कुछ लोगों ने हल्ला मचा दिया। लड़की भी चिल्लायी। देखते–देखते धक्का–मुक्की होने लगी। लड़की आख़िरी सीढ़ी पर पहुँच चुकी थी। उसे पाँच–दस मिनट बाद गेट के अन्दर होना था। लेकिन धक्का–मुक्की में वह सीढ़ियों से गिर गयी। कहते हैं, ठोढ़ी पर लगने से उसकी जीभ कट गयी। कुछ लोगों का कहना था आगे के दो दाँत टूटे। लड़की का फ़ोन छिटककर दूर जा गिरा था। उसके मुँह से एक बार 'सा–सा, रे–रे, गा–गा' निकला और फिर ख़ून बहने लगा। लोग घबरा गये। किसी ने लड़की के फ़ोन से की गयी आख़िरी कॉल देखी। नम्बर मिलाया। उधर से उसकी माँ बोल रही थी। फ़ोन करने वाले ने घटना बयान कर दी– लड़की की ठोढ़ी फूट गयी। शायद जीभ कट गयी हो। या फिर दाँत टूट गये। लड़की के मुँह से सरगम के साथ बहुत ख़ून निकल रहा है।

यह सुनते ही माँ पागलों की तरह घर के अन्दर भागने लगी। फिर छटपटाकर गिर पड़ी। घर पहुँचा एक पुलिसवाला लगातार एक ही सवाल पूछ रहा था, "बाथरूम की तरफ़ क्यों भागी? वहाँ फ़िनाइल रखा था?"

दूसरे नम्बर की लड़की ने कहा, "नहीं।"

"उसके मुँह से फिनाइल की बदबू आ रही थी?"

"जब फिनाइल था ही नहीं तो बदबू कैसे आयेगी?"

"जवाब 'हाँ' या 'ना' में दे लौंडिया। ज़्यादा होशियार बनने की ज़रूरत नहीं।" पुलिस वाला खिसिया गया था, इसलिए भुनभुनाने लगा, "किसने क्या पिया और क्या खाया, ये तय करना हमारा काम है।"

घबराये हुए बच्चे पुलिसवाले का चेहरा देखने लगे। अब इस मुसीबत की घड़ी में यह फिनाइल कहाँ से आ गया?

छन्ने के घर और दुकान पर भीड़ उमड़ पड़ी। सब बुझे हुए थे। लड़कों की आँखें टपकने को थीं। वे एक–एक कर अस्पताल की ओर भाग रहे थे। कौन जाने ख़ून देना पड़ जाये। किसी ने कहा कि ख़ून देने से भाई–बहन का रिश्ता हो जाता है। नसीर तैश में आ गया, "मुझे परवाह नहीं है। लौंडिया की जान बचनी चाहिए।"

राजू 'सिक्स पैक' लगभग रो पड़ा, "मैं तो ख़ून दिये बिना भी उसे बहन बना सकता हूँ। बस, उस सुरीली आवाज़ को बचना चाहिए।"

दीवानों की पलकें सगे भाइयों की तरह भीग गयीं।

छन्ने जब मौके पर पहुँचा तो क़तार फिर से लग रही थी। लोग तेज़ या मद्धम स्वर में बातें कर रहे थे। उसने घृणा से क़तार की ओर देखा। क़तार के बाहर भी चार–चार, छह–छह लोगों के झुण्ड दिखाई दे रहे थे। रुई के फाहे जैसा उजला और नाजुक लड़का भीगी पलकों वाला दीवाना लग रहा था। वह रुआँसे स्वर में कह रहा था, "काश! लड़की पेंटिंग से निकल कर क़तार में खड़ी न हुई होती। काश!..."

किसी ने उसे टोका, "वह पेंटिंग से नहीं, बाँसुरी से निकलकर आयी होगी या फिर सितार से या हारमोनियम से।"

छन्ने ने सुना और तड़पकर रह गया। वह ऑटो घुमाकर अस्पताल की ओर भागा, जहाँ लौंडिया को ले जाया गया था। जहाँ अब तक उसकी माँ भी भर्ती हो चुकी होगी। जहाँ, हो सकता है, दोनों को अगल–बगल लिटाया गया हो। जहाँ, हो सकता है, अब तक दोनों आपस में बातें करने लगी हों। जहाँ, हो सकता है, दोनों गुनगुनाने लगी हों। जहाँ, हो सकता है, दोनों रो रही हों। हो सकता है दोनों ही सो रही हों।

छन्ने भागा चला जा रहा था। उसके दिमाग़ पर लगातार हथौड़ा बज रहा था। क्या हुआ होगा? लौंडिया की जीभ तो नहीं कटी होगी। दाँत भी नहीं टूटे होंगे। लेकिन ठोढ़ी कितनी फूटी होगी? उसका सुर तो निकल रहा होगा? और उसकी माँ? वो पागल हारमोनियम? उसकी धौंकनी तो चल रही होगी? सोचा भी नहीं कि बिना जुगलबन्दी के, बिना सरगम के, घर क्या सचमुच घर रह जायेगा? क्या अब हम दीवारों के बीच के सन्नाटे को सुनेंगे?

वैसे, अगर सन्नाटे का कोई संगीत होता होगा, तो वह ज़रूर उसे पागल कर देगा।

कथादेश (मई, 2017)

नुक्कड़ नाटक

सड़क के दायीं तरफ़ देखते ही पिंकी की साँस की नली में डाट–सा लग गया। इससे पहले उस युवा स्त्री का दिल इतना तेज़ कभी नहीं धड़का। न मुहब्बत में और न संकट में। वह ज़ोर से चिल्लायी और रिक्शेवाले से रिक्शा किनारे लगाने को कहा। उस अस्त–व्यस्त और ख़ूबसूरत महिला के बगल में दो–ढाई साल की एक बच्ची बैठी थी, जिसे उसने थाम रखा था। सब्ज़ी का थैला उसने रिक्शे की सीट के ठीक नीचे पैरों के पास रखा था और उसे दोनों पैरों के बीच दबाये हुए थी। उसने साधारण सूती सूट पहन रखा था, जो मामूली मुचड़ा हुआ था। लेकिन इससे उसके आबताब में कोई कमी नहीं आ रही थी।

अनमने–से रिक्शेवाले ने रिक्शा किनारे लगा दिया। उसने सवारी (पिंकी) से जल्दी आने को कहा और दबे स्वर में सलाह दी कि वह बेकार ही उतर रही है। पता नहीं क्या लफड़ा है। लेकिन पिंकी ने उसकी बात पर ध्यान नहीं दिया। वह बच्ची को गोद में उठाये बदहवास–सी भीड़ की ओर भागने लगी।

भीड़ ने तमाशबीनों की तरह वृत्ताकार गोला बना रखा था। कभी–कभी 'हे' की मिली–जुली आवाज़ें एक लहर की तरह उठतीं। लहरों के बीच में एक अकेली और कमज़ोर चीख़ तैरती और डूब जाती। वृत्त एक झटके में फैल जाता। लोग एक–दूसरे पर लगभग झुक पड़ते। अगले कुछ क्षणों में वृत्त फिर से सिकुड़कर उसी आकार का हो जाता। उस अस्तव्यस्त और सुन्दर महिला से सब्र नहीं हो

रहा था। उसे सड़क के उस पार जाना था। यह दूरी साठ गज से ज़्यादा नहीं होगी। इसे पार करने में उसकी साँसें थमने लगी थीं।

उसका पति संजू किसी प्राइवेट कम्पनी में नौकरी करता है। वह इसी रास्ते से आता–जाता है। बाइक से। इस छोटे–से क़स्बे में ज़्यादा दफ़्तर नहीं हैं। कुछ सरकारी हैं और कुछेक निजी। बाक़ी सारे खटारा धन्धे हैं। यहीं खटारा धन्धे क़स्बे की धमनियाँ हैं। क़स्बे के सीने पर खिंची सड़क हाईवे तो नहीं है, लेकिन आगे चलकर हाईवे से मिल जाती है। सड़क पर वाहनों की आवाजाही बहुत नहीं रहती। साइकिलें ख़ूब हैं। रिक्शे भी इफ़रात। फिर हैं मोटरसाइकिलें। इक्का–दुक्का कारें भी हैं। इक्का–दुक्का से कुछ ज़्यादा ही होंगी। ट्रक इस सड़क पर ख़ूब चलते हैं। पता नहीं कहाँ से आते हैं और धूल उड़ाते कहाँ चले जाते हैं। आवारा–से। ज़ाहिर है इस सड़क पर कभी–कभार दुर्घटनाएँ भी हो जाती हैं।

आज सुबह उन दोनों का झगड़ा हुआ था। संजू ने उसे बदतमीज़ औरत ठहराते हुए ऐलान कर दिया कि वह उससे आजिज़ आ गया। पिंकी ने गुस्से में कह दिया, "तो मर क्यों नहीं जाते? दोनों को छुटकारा मिलेगा।"

वह मर जाता तो बेहतर था। संजू भुनभुनाया। आकाश की ओर हाथ उठाकर बोला, "हे ऊपरवाले, मुझे उठा लेना। नहीं उठाया तो आज से तुझे भगवान नहीं कहूँगा। एक बार भी जो कह दिया ना, तो ऊपर से मेरे मुँह पर थूक देना।"

यह सुनते ही पिंकी का मुँह उतर गया। संजू को तसल्ली मिली। बोला, "आज कोई ट्रक मुझे कुचल दे। तभी इसके कलेजे में ठण्डक पड़ेगी।" इतना कह लेने के बाद उसने बाइक स्टार्ट की और दनदनाता हुआ दफ़्तर के लिए निकल गया। ग़ुस्से में टिफिन भी छोड़ गया था।

पिंकी की घबराहट इतनी बढ़ गयी कि उसके हाथ–पैर काँपने लगे। साँस रुँध गयी। घेरे के पास पहुँची तो उसे चीख़–पुकार सुनाई देने लगी। कई सारे क्रोधित स्वर एक साथ गूँज रहे थे। जिनमें एक

कातर–सी आवाज़ घुली हुई थी। वह कुछ समझने की स्थिति में नहीं थी। उसने अनुमान लगाया कि वह कराह दुर्घटनाग्रस्त व्यक्ति की होगी। हुँकार उस भीड़ की होगी जो दुर्घटना करने वाले वाहनचालक पर बरस रही होगी। यह सोचते–सोचते वह भीड़ के घेरे को कुहनियों से ठेलने लगी। ताज्जुब की बात यह थी कि सामने का दृश्य बेहद हौलअंगेज़ होने के बावजूद, पिंकी ने जब वह सब देखा, तो उसकी साँस में साँस आ गयी। एक तरह से उसे तसल्ली हुई। उसने मन–ही–मन ईश्वर को याद किया और उसका आभार जताया।

शाम का झुटपुटा अभी नहीं हुआ था। लोगों के दफ़्तर से लौटने का वक़्त था। काम–धन्धे वाले तो और देर से लौटेंगे। जो घट रहा था उसे 'दिनदहाड़े' कहना ग़लत नहीं होगा। घेरे के बीच में बीस–पच्चीस लोग एक अकेले और साधारण–से युवक को दौड़ा–दौड़ाकर मार रहे थे। यानी घेरे के भीतर भी एक भीड़ थी। जो अपनी आक्रामकता के कारण घेरे में खड़ी भीड़ से अलग थी। सिल की तरह सपाट और पाषाण युगीन चेहरे वाली। भीतरी भीड़ का भी एक घेरा था, जिसके बीच में एक फड़फड़ाता–सा मनुष्य था। जब दयनीय मनुष्य खड़ा होता तो वे उसे रगेद–रगेदकर मारते और नीचे गिरा देते। जब वह सड़क पर गिर पड़ता तो वे एक साथ उस पर टूट पड़ते। वे विजयी सैनिकों की तरह चिल्लाते। जितनी ज़ोर से चिल्लाते, उतनी ही दर्दनाक उसकी चीख़ होती। जैसे किसी सूअर को घेरकर बरछी घोंपी जा रही हो।

पिंकी ने बच्ची को नीचे उतारकर उसका हाथ थाम लिया। वहाँ खड़े बहुत सारे लोग इस दृश्य को अपने–अपने मोबाइल फ़ोन में क़ैद कर रहे थे। भीड़ में खड़े लोगों के फ़ोन सिर के ऊपर उठे हुए थे। इन उठे हुए हाथों की संख्या उन लोगों से ज़्यादा थी जो उस साधारण और लगभग फटीचर युवक का कचूमर निकाल रहे थे। वह मामूली दर्जे का कामकाजी लगता था। कोई उसे पहचान नहीं रहा था, तो सम्भव है वह बाहरी हो या आसपास के किसी गाँव–क़स्बे का। उसने फुटपाथों पर बिकने वाली सस्ती जींस पहन रखी थी।

ऊपरी बदन पर धारीदार टी–शर्ट थी। वह काफ़ी मैली थी और मिट्टी में लिथड़ने से उसकी रही–सही रंगत भी चली गयी थी। बाहरी घेरे की भीड़ में ज़्यादातर चेहरे सहमे हुए थे।

पिंकी ने फ़ोन सिर के ऊपर उठाये एक युवक से पूछा, "क्या किया इसने?"

"पता नहीं। मैं भी अभी आया हूँ। शायद जेब काटी हो। ...या कुछ और काटा हो।"

पिंकी को दया आ गयी। बेचारा। जेब काटने वाले को इतना कौन मारता है? उसकी बात पर किसी ने कोई प्रतिक्रिया नहीं की। जिससे यह पता नहीं चल पाया कि जेबकतरों को लोग कौन–सी सज़ा देना पसन्द करते होंगे। फ़ोटो खींच रहे युवक का जवाब सुनकर एक अधेड़ पिंकी की ओर मुख़ातिब हुआ, "जेबकतरा नहीं लगता। वरना अब तक छुड़ा लिया गया होता।"

"तो?" एक हट्टे–कट्टे आदमी ने जिज्ञासा व्यक्त की। अधेड़ की नज़रें अस्त–व्यस्त और ख़ूबसूरत पिंकी पर टिकी थीं। उसने एक वीडियो का हवाला देते हुए कहा, "बच्चाचोर गिरोह का हो सकता है।"

पिंकी ने झटपट बच्ची को गोद में उठा लिया और थैला पैरों के बीच में रख दिया। पाँच मिनट के अन्दर ही रिक्शेवाला भी भीड़ को चीरता हुआ उसके पास आ पहुँचा और जल्दी चलने का आग्रह करते–करते फ़ौरन पैसे देने की ज़िद पर अड़ गया। पिंकी ने आश्चर्य जताया कि उसे इतना भी सब्र नहीं। रिक्शेवाले ने बताया कि सब्र की बात नहीं है। ऐसे झंझटों में वह नहीं फँसना चाहता। सवारियों का क्या है, पुलिस के आते ही ग़ायब हो जाती हैं। पुलिसवालों से कहो कि कुछ नहीं देखा, तो डण्डे और गालियों में बात करते हैं। भूतनी के, आँख बन्द करके रिक्शा चलाता है?

पिंकी के घर की दूरी इस जगह से आधा किलोमीटर रह गयी थी। उसने बिना हील–हुज्जत के रिक्शेवाले को पन्द्रह रुपये दे दिये। रिक्शेवाले ने उसे समझाने की गरज से कहा, "चलना है तो

चलिए। छोड़ देता हूँ। पाँच रुपये और दे देना। ...यहाँ कुछ बड़ा काण्ड होगा।"

पिंकी 'बड़ा काण्ड' का सही–सही मतलब नहीं समझी। उसने रिक्शेवाले की ओर सवालिया निगाहों से देखा। रिक्शावाला ख़ुद भी नहीं जानता था कि क्या होगा। बोला, "लोग वीडियो दिखा रहे हैं। इस आदमी को कसाई–उसाई बताते हैं।"

महिला को समझ में नहीं आया कि उसे कैसी प्रतिक्रिया करनी चाहिए। उसने पिट रहे युवक के चेहरे को देखा। फिर उन पीट रहे युवकों में से कइयों के चेहरे देखे। वह कसाई चेहरे को ढूँढ रही थी। रिक्शेवाला जा चुका था। पिंकी का ध्यान भीड़ को चीरकर गोले के अन्दर दाख़िल हो रहे एक मीडियाकर्मी की ओर चला गया था, जो अपना कैमरा निकालने में बुरी तरह हड़बड़ाया हुआ लग रहा था। पिट रहा युवक लगातार मिन्नतें कर रहा था। वह उत्तेजित लोगों के पैरों में गिरता और वे उसे ठोकर मार देते। वह कातर स्वर में चीख़ता। कभी–कभी, जब उसकी पसलियों या पेट में ठोकर पड़ती तो वह जिबह हो रहे बकरे की तरह चीत्कार करता। वह चीख़ इतनी मर्मांतक होती कि बरमे की तरह हृदय में घुसकर पेट के निचले हिस्से तक मथती–छेदती चली जाती। इस चीत्कार में किसी गर्भवती का हमल गिरा देने की सामर्थ्य थी। पिंकी की बेटी बुरी तरह डर गयी थी।

एक पुलिसवाला डण्डा लेकर भीड़ के पीछे मौजूद था। एक आदमी ने पुलिसवाले की ओर इशारा करते हुए दूसरे आदमी से कहा, "ये देखो इन्हें, यहाँ खड़े हैं।"

पुलिसवाले ने उसे घूरकर देखा। पर कोई जवाब नहीं दिया। ज़रूरी है कि ड्यूटी पर हों? घर का राशन लेने आये होंगे। दूसरे आदमी ने सवाल पूछ रहे व्यक्ति को सम्बोधित करते हुए सफ़ाई–सी दी। व्यंग्य समझ में आ रहा था। इसीलिए पुलिसवाले ने सफ़ाई देने वाले को तिरछी नज़र से देखा। सवाल करने और जवाब देने वालों ने भी एक–दूसरे को देखा। दोनों को मुस्कराने के लिए यह जगह

उपयुक्त नहीं लगी। पुलिस वाला थोड़ा कसमसाया और चुपचाप भीड़ से निकलकर सड़क पार कर गया। उसके जाने के बाद एक तमाशबीन दुकानदार ने, जिसकी एक नज़र बराबर अपनी दुकान पर थी, एक बुजुर्ग को बताया कि पुलिसवाला ड्यूटी पर है। इसकी ड्यूटी यहीं रहती है। चुपचाप सोचते रहने और कम बोलने वाले उस बुज़ुर्ग ने गहरी साँस छोड़ी। शायद वह सोचता हो कि उसकी उम्र सार्वजनिक स्थल पर टिप्पणी करने की नहीं रही।

इसी बीच एक अधेड़ महिला भीड़ में घुसी और पिंकी को देखकर उसके बगल में खड़ी हो गयी। ''बताते हैं, इसने एक बच्ची के साथ कुकर्म किया।'' अधेड़ औरत ने पिंकी के कान के पास मुँह लगाकर कहा। पिंकी ने चौंक कर उसकी और देखा और अपनी बेटी को कसकर काँख में दबोच लिया। पिट रहा युवक अब रुक–रुककर चीख़ रहा था। जैसे पस्त हो गया हो। बीच–बीच में वह दर्शक–भीड़ पर दयनीय दृष्टि डालता। उसकी आँखों में जितनी गहरी याचना होती, उतनी ही तीव्र वेदना। जिस–जिस की ओर उसने देखा उसी की आँख में ख़ौफ़ की तस्वीर छप गयी।

"उधर कुछ लोग खड़े हैं। बता रहे हैं, रँगे हाथ पकड़ा गया।" उस अधेड़ स्त्री ने इस बार ज़ोर से कहा। उसके होंठों के दोनों किनारों से फेन–सा निकलने लगा। पता नहीं क्रोध का फेन था कि भय का। बुज़ुर्ग ने आसमान की ओर देखा। उमस बहुत थी। लेकिन आकाश में बादल का एक भी टुकड़ा नज़र नहीं आ रहा था। उसने बची–खुची उम्मीद के साथ युवाओं से भरी भीड़ को देखा। उनके चेहरे मोबाइल फ़ोन के स्क्रीन जैसे नज़र आ रहे थे।

पिंकी और कुछ दूसरे लोग जब अधेड़ औरत के बताये झुण्ड के करीब पहुँचे तो वे लोग व्हट्सएप पर देखे गये दो अलग–अलग वीडियो पर चर्चा कर रहे थे। एक वीडियो में पिट रहे युवक जैसा ही एक व्यक्ति गाय की गर्दन सहला रहा था। दूसरे वीडियो में वैसा ही एक लड़का किसी रोती हुई लड़की को खाने के लिए टॉफी दे रहा था। वे लोग कह रहे थे कि यह घेरा गया युवक दोनों में से

कोई एक तो अवश्य है। कुछ लोगों का तर्क था कि सम्भव है वह दोनों में कोई न हो, क्योंकि दोनों का ही चेहरा बहुत स्पष्ट नहीं है। गाय की गरदन सहलाने का एक ही नतीजा निकाला जा रहा था। जबकि दूसरे वीडियो को लड़की को फुसलाने वाला माना जा रहा है। लेकिन आशंकाएँ दो तरह की जताई जा रही थीं कि या तो वह बच्चा चुराने वाला था या उसका इरादा लड़की के साथ दुष्कर्म करना था। हालाँकि कुछ लोगों का कहना था कि बच्ची वाला वीडियो तो उत्तर भारत का है ही नहीं। झुण्ड में इसी पर गम्भीर बहस चल रही थी। तभी एक कातर चीख़ फिर से उभरी और काफ़ी लम्बी खिंचने के बाद डूब–सी गयी। एक काले भुजंग ने शिकार को फुटबॉल की तरह ठोकर मारी थी। उसके मुँह से ख़ून का परनाला बहने लगा था। एक बार उसके हाथ–पैर हिले और स्थिर हो गये। लोगों के मुँह से 'च्च–च्च' भी नहीं निकला। मानो यह प्रतिबन्धित शब्द हो। पीटने वालों की भीड़ में से एक लड़के ने सड़क पर बिछ गये युवक की गरदन पर दो उँगलियाँ रखीं। फिर एक झटके में बाक़ी सारे लोगों को गरदन हिलाकर निकल चलने का इशारा किया। इशारा मिलते ही बाहरी घेरे के अन्दर खड़ी भीड़ इस तरह दृश्य से ग़ायब हुई जैसे उनकी भूमिका ख़त्म हो गयी हो।

डरी हुई बच्ची ने माँ के कान में कहा कि उसे सू–सू लगी है। माँ ने उसे अपने कूल्हे पर ठीक से टिका लिया और थैला उठाकर सड़क पार करने लगी। उस पार पहुँचकर वह बीस–पच्चीस क़दम आगे तक पैदल चलती रही। वहाँ दुकानें ख़त्म हो जाती थीं। उसने बच्ची को उतारा। उसका कच्छा सरकाया और सड़क किनारे बैठा दिया। फिर पलटकर उस ओर देखा, जहाँ वारदात को अंजाम दिया जा रहा था।

लेकिन अब तक दृश्य बदल गया था। एक पुलिस जीप रॉन्ग साइड पर खड़ी दिखाई दे रही थी। घटनास्थल पर पुलिस अवतरित हो चुकी थी। उनमें वह पुलिसवाला भी शामिल था जो कुछ देर पहले वहाँ मँडरा रहा था। भीड़ छँटने लगी! थी। बाहरी वृत्त छितरा गया

था। पुलिसवालों ने सड़क पर गिरे युवक को उलट–पलटकर देखा। वे आपस में बातचीत करने लगे। शायद उन्हें भरोसा हो गया था कि वह मर चुका है। बच्ची सू–सू कर चुकी थी। पिंकी ने उसका कच्छा ऊपर और फ्रॉक नीचे कर दी। उसने मौक़ा–ए–वारदात को एक बार फिर पलटकर देखा। अब तक बचे–खुचे लोग भी खिसक लिए थे। कुछ लोग दुकानों के अन्दर घुस कर दूर से देखने लगे। आमने–सामने के दुकानदार नज़रें चुरा रहे थे या अपने काम में व्यस्त होने का अभिनय कर रहे थे। पुलिस मौक़े पर की जाने वाली औपचारिकताएँ पूरी कर रही थी। फटीचर युवक की अस्पताल के लिए रवानगी अभी नहीं हुई थी। उसके हाथ–पैर अभी तक गरम थे।

आश्चर्यजनक बात थी। नाटक के पटाक्षेप से पहले ही दर्शक ग़ायब हो गये थे। केवल एक बूढ़ा बचा था। वही, बेवजह सोचने वाला बूढ़ा। अस्त–व्यस्त और ख़ूबसूरत पिंकी अपनी बच्ची को गोद में लिए पैदल चली जा रही थी। अचानक उसके क़रीब आकर कोई बाइक रुकी। उसने पलटकर देखा, उसका पति था। दोनों एक–दूसरे से कुछ नहीं बोले। पिंकी उसके कन्धे का सहारा लेकर बाइक पर सवार हो गयी। बच्ची को उसने गोद में बैठा लिया। पलक झपकते ही उसने दोनों हाथों से संजू को कसकर पकड़ लिया और उसकी पीठ पर सिर धँसा दिया।

मुर्दा ठण्डा होते ही पुलिसवाले उसे लेकर दृश्य से ओझल हो गये। वह बुज़ुर्ग सिर झुकाये सड़क पार कर रहा था। चूँकि वह इस उम्र में सीने पर ज़्यादा बोझ नहीं ढो सकता था, इसलिए अपने–आप को समझा रहा था कि वह नुक्कड़ नाटक देखकर लौट रहा है। वे रंगबाज़ नहीं बल्कि रंगकर्मी थे। वे काफ़ी कुशल थे। उन्होंने किसी–न–किसी नाट्य विद्यालय से प्रशिक्षण अवश्य लिया होगा। इस ख़याल के आते ही वह सड़क के बीचोबीच ठिठक गया। जैसे कुछ कौंध गया हो। फिर तो कोई इस नाटक का निर्देशक भी होगा? और पटकथा भी किसी ने लिखी होगी?

पिंकी पति के सीने पर अपनी बाहें अजगर की तरह कसती जा रही थी और रोती जा रही थी। संजू एक अजीब–सी गुदगुदी महसूस कर रहा था। पिंकी ने इस दौरान उस युवक के बारे में बड़ी शिद्दत से और भारी मन से सोचा। अगर वह शादीशुदा हुआ, तो उसकी पत्नी अब किसे कसकर पकड़ेगी?

हक़ीक़त को नाटक मान लेने की तमाम कोशिशों के बावजूद, पता नहीं क्यों, सड़क पार कर चुके बूढ़े के सीने का बोझ कम होने के बजाय बढ़ने लगा था।

जनसत्ता (5 अगस्त, 2018)

मुचि गयी लड़कियाँ

धनंजय कहता है यह तारा सती वह लड़की नहीं हो सकती। क़तई नहीं। वह तो बड़ी मस्त–मलंग थी। चीज़ों के पीछे–पीछे भागना उसकी फ़ितरत में नहीं था। वह चाहती तब भी इतनी दूर नहीं निकल पाती। उसके बस का नहीं था। आपको बनाने और बिगाड़ने वाली सारी बातें आपके अन्दर होती हैं और आपके आसपास होती हैं। वहाँ तो ऐसा कुछ नहीं था। पानी की तरह बहता चला जाता जीवन था। उस पानी में ज़्यादा से ज़्यादा कोई पनचक्की लगा लेगा। ज़्यादा से ज़्यादा। बाँध कैसे बना सकता है? वह नौ–दस साल पहले की उस तारा के बारे में सोचता है, तो अब भी हँसी आ जाती है। उसे अब भी वैसी ही कल–कल बहती कोसी होना चाहिए। सचमुच वह वैसी ही होगी। कहीं–न–कहीं दीवार धकेलती होगी।

एक बात उसकी समझ में कभी नहीं आयी। वह लड़की उसे याद क्यों आती है। किसी को एक मुलाक़ात के बाद– केवल एक मुलाक़ात के बाद– कोई एक दशक तक क्यों याद रखता है? महज़ नाम की वजह से क्यों किसी लड़की में उसको ढूँढ़ना शुरू कर देता है? क्या तुक है?

मन में उठ रहे सवालों से वह इस वक़्त भी पीछा नहीं छुड़ा पा रहा। पता नहीं कहाँ होगी वह और कैसी होगी? और उसकी सहेलियाँ? वह उम्र का हिसाब लगाता है तो जीराकोट की उस तारा की उम्र भी तारा सती की उम्र के आसपास बैठती है। लेकिन जीराकोट की तारा जैसे लोग ज़िन्दगी से ज़्यादा नहीं चाहते। बशर्ते

कोई ज़िद न ठान लें। ज़िद्दी तो वह भी बहुत थी। लेकिन हर ज़िद्दी आदमी एवरेस्ट की तरफ़ तो कूच नहीं कर जाता। नहीं। असम्भव। वह लड़की हरगिज़ तारा सती नहीं हो सकती। नो वे।

सन् 2009, जीराकोट।

वह इस मौसम का एक सामान्य दिन था। ठण्डा और हाड़ कँपा देने वाला। जीराकोट गाँव में सूरज ढल रहा था। इस मौसम में यहाँ लोग सूरज ढलते ही घरों को गर्म रखने और बच्चों व बूढ़ों के आग तापने का इन्तज़ाम करने लगते हैं। पहाड़ की चोटी पर बसे इस गाँव में हवाओं की गुण्डागर्दी चलती थी और उन दिनों उन तीन लड़कियों की भी चल रही थी बल। लोग लकड़ियाँ इकट्ठा करने लगे थे या कर चुके थे। एक आमा (दादी अम्मा) सिर पर लकड़ियों का गट्ठर लिए सँकरी पगडण्डी पर तेज़ी से घर की तरफ़ जा रही थी। आमा के पीछे–पीछे, कोई डेढ़ सौ गज की दूरी पर एक बैल चला जा रहा था। खरामा–खरामा। बैल के पीछे वही तीन लड़कियाँ चल रही थीं। अपनी मस्ती में। चूँकि बैल धीमे और लड़कियाँ तेज़ चल रही थीं, इसलिए उनके बीच की दूरी लगातार कम होती जा रही थी। लड़कियों के पीछे बी.डी.ओ. साहब (रिटायर्ड खंड विकास अधिकारी) और उनकी पत्नी चले आ रहे थे। वे शाम की सैर पर निकले थे। बातों में मशगूल। मानो, घर में बतकही के लिए वक़्त कम पड़ जाता हो। हालाँकि वक़्त उनके पास इफ़रात था।

हवाएँ सूरज डूबने का इन्तज़ार कर रही थीं, ताकि साँय–साँय मचा कर गाँववालों को परेशान कर सकें। दोनों बुजुर्गों ने ऊनी कपड़े डाट रखे थे, भले ही सूरज अभी पहाड़ की ओट में नहीं गया था। उसी वक़्त इन लड़कियों में से एक ने जो किया वह एकदम अप्रत्याशित था। तारा ऐसी हरकत कर बैठेगी इसका गुमान उसके साथ चल रही नीता और कान्ता को भी नहीं था। लड़कियाँ ऐसा करती हैं भला? उस घटना के बाद यह सवाल गाँव में हर किसी

की ज़ुबान पर था। लड़कियाँ ऐसा क्यों नहीं कर सकतीं, यह सवाल लड़कियाँ पूछ रही थीं। उनके इस तरह के सवाल से लोग बिदक गये थे। बदतमीज़ कहीं की। यह भी कोई बात है? औरत जात और ऐसा उत्पात?

तेरह साल की नीता और कान्ता। चौदह की तारा। तीनों जीराकोट के उच्चतर माध्यमिक विद्यालय में आठवीं कक्षा में पढ़ती थीं। किशोर उम्र की और युवा होती हुई। नीता और कान्ता औसत नाक–नक्श की और रंग तक़रीबन गोरा। तारा की सफ़ेदी में जीराकोट की आबोहवा ने दो बूँद लाल रंग भी घोल दिया था। नाक–नक्श भी बनिस्बत ज़्यादा तीखे थे। लेकिन समस्या दूसरी थी। पूरे गाँव में तीनों इस उम्र में ही कुख्यात हो गयी थीं। लोग गुस्से में उन्हें 'गुण्डियाँ' कहने लगे थे। 'गुण्डियाँ' का अर्थ था शरारत और बदमाशी करने वाली। केवल इतना ही। बदतमीज़, नालायक, बिगड़ैल छोकरियाँ जैसे विशेषण तो आम बात थी। लेकिन 'गुण्डियों' से कुछ ख़राब–सी ध्वनि निकलती है, यह लड़कियों को हमेशा महसूस होता था। इससे उनका गुस्सा और नाराज़गी बढ़ गयी थी। शरारतें और बदमाशियों के लिए ज़िद भी इसी कारण बढ़ी थी। हालाँकि, देखा जाये तो तमाम शरारतों के बावजूद तीनों गाँव की सरल लड़कियाँ ही थीं। थोड़ा नासमझ और थोड़ा–थोड़ा मासूम। गड़बड़ केवल यह कि वे जीराकोट की लड़कियों के लिए तय शरारतों की सीमा लाँघ रही थीं। बस।

'गुण्डियाँ' कहे जाने के बाद एक बात उन्होंने और गाँठ बाँध ली। ठीक है, लड़के गुण्डे हो सकते हैं तो लड़कियाँ गुण्डियाँ क्यों नहीं हो सकतीं? लड़कों की बराबरी करने की ऐसी ही बेवजह की ज़िद में पिछले साल तीनों ने लड़कों की तरह बाल कटा लिए थे। बाल कटाने का क़िस्सा समझने के लिए थोड़ा गाँव का भूगोल समझना ज़रूरी है। असल में जीराकोट गाँव काठगोदाम–अल्मोड़ा मोटर मार्ग से आधा किलोमीटर की चढ़ाई पर है। पैदल रास्ता है। गाँववालों के लिए यह मामूली दूरी है। नीचे, अल्मोड़ा जाने वाली सड़क के दोनों

तरफ़ कुछेक दुकानें हैं। सड़क के ठीक नीचे कोसी नदी बहती है और बहुत दूर तक सड़क से बात करती हुई–सी चलती है। सड़क किनारे की इन्हीं दुकानों पर रोज़मर्रा की ज़रूरत का सामान मिल जाता है। वरना बाज़ार करने के लिए किसी जीप या बस में बैठकर सात–आठ किलोमीटर दूर जाना पड़ता है। गाँव के कुछ कंजूस बुड्ढे पैदल ही निकल जाते हैं। गाँव को जाने वाले पैदल रास्ते की जड़ पर, जहाँ मोटर मार्ग है, चन्द दुकानों के बीच एक दुकान नाई की भी है। जीराकोट में अब तक बाल सिर्फ़ मर्द कटवाते थे। लड़कियों के बाल लीख और जुई की भरमार होने या चोट–पटक लगने पर ही कटवाये जाते। वरना थोड़ी–बहुत लीख–जुई तो घर की औरतें दोनों अँगूठों के नाख़ून से ही पुड़का (फोड़) देती हैं।

ये लड़कियाँ स्वेच्छा से और फ़ैशन के कारण आयी हैं, ऐसा नाई ने समझ लिया था। उसे ख़ुशी हुई कि उसके तीन और स्थायी ग्राहक हो गये। लड़कियाँ घरवालों को बिना बताये बाल कटाने निकली थीं। कान्ता ने उस बाईस–तेईस साल के युवा नाई को निर्देश दिया कि लड़कों से अच्छे बाल कटने चाहिए, नहीं तो वे उसका शीशा फोड़ देंगी। बाक़ी दोनों ने समर्थन किया। नाई घबरा गया। जवाब में उसका कहना था, "बिल्कुल बैंणी (बहन), लड़कों को फेल कर दूँगा।"

वह इन लड़कियों को तब से जानता था, जब ये बहुत छोटी थीं। वह इन्हें 'आवारा' कहने लगा था क्योंकि लड़कियाँ दिन में कई चक्कर गाँव से उतरकर नीचे चली आती थीं। खास तौर पर जब इनके पास पैसे आ जायें। ग्राहक बनने के बाद नाई ने लड़कियों के बारे में अपनी धारणा बदलने का फ़ैसला किया था। इन लड़कियों की एक आदत और थी। सड़क से उतरकर कोसी में पहुँच जातीं। गर्मियों के दिन हों तो नदी में घण्टा–डेढ़ घण्टा नहातीं। उसके बाद दो लड़कियाँ पहरा देतीं और तीसरी किसी पत्थर के पीछे छुपकर कपड़े बदल लेती। इस तरह दूसरी की बारी आती। नहा–धोकर वे सबसे ऊँचे और चौड़े पत्थर पर पसर जातीं और रिंगाल की बंसी लेकर लड़कों की तरह मछलियाँ मारतीं। दो–चार मछलियाँ हाथ

लग जायें तो दम साधकर गाँव की तरफ़ दौड़ पड़तीं। घर से बर्तन और तेल, मसाले, नमक वगैरह चुराकर जीराकोट की चोटी पर पहुँच जातीं, जहाँ जंगल था। वहीं तीन पत्थर अड़ाकर चूल्हा लगातीं, जलातीं, मछलियाँ पकातीं और खा–पीकर जंगल में ही सो रहतीं। कभी–कभी घर से रोटियाँ भी चुरा लातीं। यहीं एक बार तीनों ने बीड़ी पीकर भी देखी। लेकिन बीड़ी इन्हें रास नहीं आयी।

बाल कटाने से लड़कियों को लेकर नयी चर्चा छिड़ गयी। ज़्यादातर का मानना था कि छोकरियाँ इतराने और उड़ने लगी हैं। गाँववाले 'हरकतें' तो थोड़ा–बहुत बर्दाश्त कर लें, इतराना भी पचा लें, लेकिन उड़ने–उड़ाने से उन्हें सख़्त एतराज़ था। इस गाँव में औरतों को कभी किसी ने उड़ते नहीं देखा। किसी औरत ने कभी सोचा ही नहीं कि उड़ना कोई ज़रूरी क्रिया हो सकती है। औरत जैसे दोपाये को उड़ना क्यों चाहिए? सुबह उठना, खाना पकाना, बर्तन माँजना, कपड़े धोना, ढोर–डंगरों के लिए घास–पात और सानी–पानी का इन्तज़ाम करना, घर में जलावन की लड़की की व्यवस्था देखना, आटा पिसाकर सिर पर लाना, बच्चे पैदा करना, उनका हगा–मूता साफ़ करना, खाँसना, कराहना, चुपके–से रोना और आधी नींद सोना। यह निरन्तर चलने वाला चक्र था, जैसे कोल्हू का बैल। इसी में सारे दृश्यमान सुख थे, इसी में तमाम अदृश्य दुख। इस सबके बाद पंख फड़फड़ाने की कूवत बचती है क्या? पर इन लड़कियों को जाने क्या सूझी कि फुर्र–फुर्र करने लगीं। भुगतेंगी। ऐसा गाँव में जब ख़ुद तीनों की माँएँ कह रही थीं तो बाक़ी जाने क्या–क्या बकते होंगे। अपनी लड़कियों को इन तीनों की कुसंगत से बचाना है। यह गाँववालों की आम धारणा थी।

पिछले दो–तीन सालों से तीनों के ही घरवाले उन्हें मुचि गयी चेलीं (हाथ से निकल गयी लड़कियाँ) कहने लगे थे। गुण्डियाँ नाम तो पिछले साल से पड़ा जब इन्होंने छेड़छाड़ करने वाले एक लड़के का नाक–मुँह फोड़ दिया। इस घटना से गाँव के लड़के सनाका खा गये थे। इससे पहले चिड़ियों पर निशाना लगा रहे एक लड़के की

गुलेल तारा ने तोड़ दी थी। उसने छूटते ही गाली दे दी। इस पर तीनों ने उसे पटक–पटक कर मारा था। वरना इनका सबसे प्रिय शगल था लड़कों पर पथराव करना। मक़सद चोट पहुँचाना नहीं, डराना–भर होता था। पर 'नाकफोड़ काण्ड' को इनकी बढ़ती गुण्डई का सबूत मान लिया गया था। तारा की बदक़िस्मती यह कि गाँव में दो तारा थीं। इस तारा की पहचान के लिए झट–से कहा जाता–अरे वही, तरुलि (तारा) गुंडी। बदनामी के नुकसान हज़ार हों, पर एक फ़ायदा उन्हें हुआ। अब अकेले–दुकेले इनसे उलझने में अच्छे–खासे सूरमाओं की हिम्मत जवाब दे जाती। एक ही बहाना होता। बदतमीज़ लड़कियाँ हैं। कौन मुँह लगे।

तीनों की अनन्त कथाएँ थीं। हरि की तरह। लेकिन उस दिन बैल के पीछे चलते हुए जो इन्होंने किया वहाँ से इनकी छवि को एकदम बट्टा लग गया। वहीं से इनकी ज़िन्दगी में एक नया मोड़ भी आया। दरअसल बैल को देखकर तारा ने पूछा था, "जैसे गाय लड़की (मादा) होती है, वैसे ही बैल लड़का (नर) होता है ना?"

पता तीनों को ही था, लेकिन फिर भी तारा ने यह निरर्थक सवाल किया था। ज़ाहिर है दोनों ने 'हाँ' ही कहना था। अब तक तीनों बैल के ठीक पीछे पहुँच चुकी थीं। पगडण्डी बहुत पतली थी और बैल की चाल बेहद धीमी। उससे आगे निकलने में जोखिम था। सींग मार सकता था। पीछे–पीछे चलने में उलझन हो रही थी। दो–चार बार वे 'हट–हुट' कह चुकी थीं। लेकिन बैल अपनी मस्ती में चल रहा था। तारा को पता नहीं क्या सूझा कि उसने बैल की पिछली दोनों टाँगों के बीच लात जमा दी। बैल बिदक गया। अगर पगडण्डी की जगह चौड़ा रास्ता होता तो सम्भव है वह पलटकर पीछे आया होता। मगर वह रॉकेट की तरह आगे की ओर दौड़ा। दौड़ते हुए उसने लकड़ी का गट्ठर लेकर चल रही आमा को सींगों पर उछाल दिया। आमा खाली टोकरे की तरह हवा में तैरती हुई चारों खाने चित। सीधा पगडण्डी के नीचे खेत में गिरी। लकड़ियों का गट्ठर कई फुट दूर जाकर गिरा। अच्छा ही हुआ। वरना वही लकड़ियाँ उसके

काम आ गयी होतीं। बुढ़िया की कराह से लड़कियों के साथ–साथ बुज़ुर्ग पति–पत्नी भी दहल गये।

आमा के खेत में गिरते ही लड़कियाँ भी पगडण्डी से नीचे कूद गयीं। उन्होंने भागकर आमा को उठाया। वह कराह रही थी और उठने को तैयार नहीं थी। उलटा–पलटाकर देखा। खड़े सींग वाला बैल था। कहीं बुढ़िया की पीठ या कमर न चीर दी हो। लेकिन आमा के बदन पर कोई घाव नहीं था। फिर भी वह उठने को तैयार नहीं थी। इतनी देर में रिटायर्ड बी.डी.ओ. और उनकी पत्नी भी एक–दूसरे का हाथ पकड़कर बेढब–से रास्ते से पगडण्डी के नीचे उतर आये। बी.डी.ओ. दूर से ही लड़कियों को डाँटते आ रहे थे। तभी उनकी पत्नी ने आगे बढ़कर लड़कियों को एक–एक थप्पड़ जड़ दिया। लड़कियाँ सन्न रह गयीं। पर अभी उन्हें थप्पड़ और डाँट की नहीं, चित पड़ी बुढ़िया की चिन्ता थी। डर था कि कहीं गुम चोट से मर–मरा न जाये।

थोड़ी ही देर में उनकी कोशिशों से आमा खड़ी हो गयी। कुछ दूर लंगड़ाकर चली और फिर कमर पकड़कर सीधी हो गयी। अब उसे लकड़ी के गट्ठर की चिन्ता हुई। उसने इधर–उधर देखा। लड़कियों ने कहा कि वे लकड़ी का गट्ठर घर पहुँचा देंगी, लेकिन वह नहीं मानी। उन्होंने गट्ठर उसके सिर पर रख दिया और वह लचकती हुई घर की ओर चल दी। इसके बाद गाँव में काफ़ी हंगामा हुआ। हर किसी को लड़कियों की इस करतूत पर सख़्त एतराज़ था। लड़कियाँ उल्टा बहस कर रही थीं कि इसमें लड़कियों वाली क्या बात है। अगर यह ग़लत है तो लड़कों के लिए भी ग़लत है।

तारा की इजा (माँ) ने तीनों को डाँट लगायी, "लड़कियों को अपने हाथ, पैर और ज़बान पर काबू रखना चाहिए। ये क्या हुआ बेहूदा हँसना, बेहूदा हरक़तें करना। लड़की मतलब गाय–बकरी।"

कान्ता और नीता तो उसकी इजा का लिहाज़ कर रही थीं, लेकिन उसने तड़ाक–से सवाल किया, "गाय–बकरी का मतलब?"

"शान्त, संयमी। ...बैल के ऐसी जगह लात मारना...लड़कियों को

ऐसा कोई काम नहीं करना चाहिए कि आदमियों को अकेले में हँसने और मज़ाक़ करने का मौक़ा मिले। पीठ में मार देते।"

"क्यों मार देते पीठ में? जहाँ मन करेगा, वहीं तो मारेंगे।"

"चुप बदतमीज़। ऐसी जगह नहीं मारते।"

"क्यों?"

इजा क्या जवाब दे। बोली, "वहाँ प्राण होते हैं।"

"अभी तक तो तू दिल पर हाथ लगाकर कहती थी कि प्राण हृदय में होते हैं।"

तीनों हँसने लगीं। उसकी इजा को कुछ नहीं सूझा। बोली, "हर नाजुक जगह पर प्राण होते हैं।"

तीनों नसीहतों की अनसुनी करके भाग गयीं।

बहरहाल, लड़कियों के मन में बी.डी.ओ. दम्पति को लेकर गाँठ पड़ गयी थी। अगर आमा को चोट लगी होती तो शायद उन्हें ग़लती का अहसास हुआ होता और यह गाँठ मज़बूत न हुई होती। शायद। पर बी.डी.ओ. की डाँट और उनकी पत्नी के थप्पड़ उन्हें भूल नहीं रहे थे। यों बदला लेने के रास्ते बहुत थे। जैसे कि एक बार उन्होंने गाँव के मैदान से थोड़ा नीचे, खाई की तरफ़ रहने वाले चतुर सिंह के लौंडे हरिया से बदला लिया। हरिया ने अकेले में नीता का हाथ मरोड़ दिया था। वह उम्र में बड़ा और हट्टा–कट्टा था। इसलिए लड़कियों ने योजना बनाकर उसी रात उनके घर की टिन की छत पर पथराव कर दिया। एक–एक लड़की ने दस–दस पत्थर मारे। गाँव में हंगामा मच गया। लेकिन लड़कियाँ पकड़ में नहीं आयीं। पथराव का यह क़िस्सा भूतों के कारनामे से लेकर किसी दुश्मन की कारगुजारी तक कई कथाओं में बदल गया था। शक नाते–बिरादरी वालों तक भी पहुँच गया। दुश्मनी की नौबत आ गयी। जितने मुँह उतनी बातें। यह राज़ लड़कियों ने किसी और पर ज़ाहिर नहीं होने दिया। हाँ, शक की गिरफ़्त में वे भी आयी थीं।

ऐसा ही इलाज बी.डी.ओ. का किया जा सकता था लेकिन इसमें पहली दिक़्क़त उनके घर की लोकेशन के कारण थी। जीराकोट

जिस पहाड़ी पर बसा था, वह आदमी की तोंद की तरह थी। वहाँ से डामर की सड़क दिखाई नहीं देती थी। लेकिन नदी साफ़ नज़र आती थी। तोंद का आगे निकला हुआ हिस्सा गाँव का मैदान था। उस जगह स्कूल था और कुछ घर थे। बाक़ी घर पहाड़ी पर अलग–थलग और छिटके पड़े थे। कोई चोटी पर था तो कोई मैदान से नीचे के ढलाव में। जहाँ भी थोड़ा चौड़ी जगह थी, वहीं घर बना लिए गये थे। आसपास ऊँची–नीची जगहों पर लोगों के खेत थे। संयोग से गाँव में पानी पर्याप्त था और इन खेतों में ज़्यादातर सब्ज़ियाँ उगाई जाती थीं। बी.डी.ओ. का घर मैदान से थोड़ा ऊपर और गाँव के सबसे आख़िरी छोर पर था। उसके दूसरी तरफ़ जंगल लग जाता था। वहाँ वन विभाग ने कँटीले तारों की बाड़ लगा रखी थी। बी.डी.ओ. के घर जाने के लिए मैदान वाले रास्ते से थोड़ा–सा चढ़ना पड़ता था। अन्यथा छोटी पगडण्डी पकड़नी होती थी, जो उनके घर के पिछवाड़े ख़त्म हो जाती। जहाँ से खड़ी उतराई में उनका घर था। पगडण्डी गाँव के मैदान से थोड़ा ऊपर चढ़कर शुरू होती और यहाँ तक आती थी। पगडण्डी के नीचे या बराबर में भी कुछ घर थे। ऊपर केवल कुछ सीढ़ीनुमा खेत थे। थोड़ा ऊपर चले जाने पर बी.डी.ओ. साहब के घर के बराबर से चले आ रहे कँटीले तार मिल जाते थे। अगर वे तीनों पथराव करके भागतीं तो अपने घर की ओर लौटना उसी पगडण्डी से पड़ता। इसमें पकड़े जाने का ख़तरा था।

एक तरकीब और थी। ऊपर पहाड़ पर चढ़ जाओ। खेतों और जंगल की तरफ़। वहाँ से पथराव करो। उसमें जोख़िम था। एक तो उस इलाक़े में रात को घुसना ख़तरे से खाली नहीं था। वहाँ अक्सर बाघ दिखाई देता था। दूसरा, बी.डी.ओ. साहब के घर में तीन सेल का टॉर्च तो था ही, उनकी छत पर एक सर्चलाइट जैसा तेज़ रोशनी वाला बल्ब भी लगा था। वह बल्ब था या कुछ और, लड़कियों को ठीक से पता नहीं था। लेकिन लोग उसे सर्चलाइट कहते थे। बी.डी.ओ. साहब उसे तभी जलाते जब गाँव में बाघ देखे जाने की ख़बर हो। इसके अलावा जब दीपावली पर उनके परिवार के लोग गाँव

आते। पथराव होने पर वे सर्च लाइट जला सकते थे। तीसरा ख़तरा यह था कि गाँव में दो रसूख़दार लोगों के अलावा बी.डी.ओ. साहब ही थे जिनके घर बन्दूक़ थी। उन्हें कभी किसी ने बन्दूक़ चलाते तो नहीं देखा, लेकिन सर्दियों में वे धूप में बैठकर कभी–कभी लाल मिर्च की तरह कारतूस सुखाने डाल देते थे और बैठे–बैठे बन्दूक़ साफ़ करते थे। पर जिसने कभी बन्दूक़ नहीं चलाई, वह चला तो सकता था।

एक रोज़ हुआ यों कि कान्ता की आमा (दादी) अपनी गुदड़ी लेकर धूप में बैठी थीं। कान्ता और उसके भाइयों की छुट्टी थी। वह भी छोटे भाई के साथ दादी के पास ज़मीन पर बैठी धूप सेंक रही थी। छोटे भाई के ऊपरी मसूढ़े से दाँत के ऊपर एक और दाँत निकल आया था। दादी ने नीचे वाला पुराना दाँत हिला–हिलाकर कुछ दिन पहले तोड़ दिया था। लेकिन ऊपर वाला दाँत खाली जगह से हटकर निकला था और बहुत भद्दा लग रहा था।

दादी ने उसे अपने पास बुलाकर उसके दाँत को दबाते हुए कहा कि वह इसी तरह सुबह–शाम इसे धकेला करे। इससे दाँत सही जगह पर पहुँच जायेगा। यह सुनकर कान्ता का सवाल था, "आमा, धकेलने से दाँत नीचे कैसे पहुँच जायेगा?"

"धकेलने से बड़े–बड़े पत्थर भी हिल जाते हैं।"

कान्ता को आश्चर्य हुआ। जिज्ञासा बढ़ गयी, "अगर हम मकान को धकेलेंगे तो वह भी हिल जायेगा?"

"हाँ, क्यों नहीं।" दादी ने उनींदे स्वर में कहा। उन्हें धूप में नींद का नशा छाने लगा था।

यह उसके लिए एकदम नयी सूचना थी। दोपहर में उसने सारा क़िस्सा अपनी सहेलियों को बताया और सुझाव दिया कि अगर हम लोग सुबह–शाम बी.डी.ओ. का मकान धकेलें तो एक दिन वह लुढ़ककर नदी में चला जायेगा। यह बात बाक़ी दोनों को भी जँच गयी। बी.डी.ओ. का घर पहाड़ के जिस कोने में था वहाँ से अगर उसे नीचे धकेलने की कल्पना की जाये तो ऐसा लगता था कि मकान सीधा नदी में जाकर गिरेगा। इस विचार से तीनों को

बड़ी आत्म तुष्टि हुई। जैसे थोड़ी–सी मेहनत के बाद यह सब हो जाने वाला हो। उन्होंने आगे की कई और कल्पनाएँ कर डालीं। मसलन, जब मकान लुढ़केगा तो नदी में सीधा खड़ा हो जायेगा या सिर के बल गिरेगा? कहीं किसी पेड़ से या चट्टान से टकरा कर चकनाचूर तो नहीं हो जायेगा और नदी में उसका मलबा ही पहुँचे? बी.डी.ओ. और उसकी घरवाली को भागने का मौक़ा मिल पायेगा या वे भी मकान के साथ नदी में पहुँच जायेंगे? उन्होंने बी.डी.ओ. की बन्दूक़, सर्चलाइट, टीवी वग़ैरह के बारे में भी सोचा। उन्होंने यह भी तय कर लिया था कि अगर बन्दूक़ उनके हाथ लग गयी तो वे उसे गड्ढे में दबाकर रख लेंगी और कभी–कभी जंगल में जाकर चलायेंगी। फिर तो बाघ का भी डर नहीं रहेगा। सोच–सोचकर वे काफ़ी ख़ुश थीं। ऐसा लग रहा था जैसे आधा बदला चुका दिया हो।

तीनों लड़कियों को सुबह स्कूल जाने की हड़बड़ी में समय नहीं मिलता था। लेकिन शाम को अब वे टहलते हुए बी.डी.ओ. के घर की ओर निकल जातीं। ठीक अँधेरा होते वक़्त बी.डी.ओ. और उनकी पत्नी सैर से लौटते। हाथ–मुँह धोते, चाय पीते और तब बी.डी.ओ. साहब तबला व उनकी पत्नी हारमोनियम लेकर बैठ जाते। यह उनका नियम था। दोनों कोई–न–कोई राग छेड़ देते। कभी भजन या कोई पुराना फ़िल्मी गाना ही सही। दोनों रिटायर हो चुके थे। जब गाँव की औरतें शाम को पूजा–आरती कर रही होतीं या खाने की तैयारी करने लगतीं और बच्चे व बूढ़े आग ताप रहे होते, तब वे घण्टे–भर इसी तरह गाते–बजाते।

ठीक इसी वक़्त, चूँकि वे दोनों व्यस्त रहते और शाम का झुटपुटा हो चुका होता, तीनों लड़कियाँ बी.डी.ओ. के घर के पिछले हिस्से में पहुँच कर उनकी दीवार को पाँच–सात मिनट पूरा ज़ोर लगाकर ठेलतीं। उन्हें यक़ीन होने लगा था कि घर अवश्य हिल रहा है और एक दिन ढहकर नदी में चला जायेगा।

कई महीनों तक यह क्रम चलता रहा। कभी–कभी नागा भी हो जाता। अ़गले दिन वे कुछ ज़्यादा देर तक दीवार धकेलतीं और पहले

दिन की कसर पूरी कर देने से उन्हें तसल्ली होती। किसी को अभी तक उनके इस नये कारनामे की भनक नहीं लगी थी। लड़कियाँ ख़ुश थीं और पूरे समर्पण के साथ अपना काम कर रही थीं। इस तरह सर्दियाँ बीत गयीं। गर्मी आयी और वह भी बीतने वाली थी। जून के अन्त की बात है। पहाड़ों में इस दौरान बारिश शुरू हो जाती है। हालाँकि इस बार अभी तक बारिश नहीं हुई थी। गर्मी की छुट्टी में शहर से बी.डी.ओ. साहब का पोता धनंजय, जिसे वे धानू कहते थे, गाँव आया हुआ था। कुछ साल पहले तक धानू और उसकी बहन अपने माता–पिता के साथ अक्सर दीपावली पर या गर्मी की छुट्टियों में गाँव आते थे। फिर बच्चों की पढ़ाई और माता–पिता की व्यस्तता के कारण धीरे–धीरे उनका गाँव आना कम हो गया। इस बार पोते ने ज़िद की थी और वह अकेला ही चला आया था।

धानू अठारह–उन्नीस साल का था। पिछले सत्र में उसने दिल्ली के एक इंजीनियरिंग कॉलेज में प्रवेश लिया था। धानू कभी–कभी शाम के वक़्त अकेला ही घूमने निकल जाता। वरना दादी–दादी के साथ किसी न किसी काम में और कभी पढ़ाई में व्यस्त रहता। पहले दिन जब वह गाँव में निकला तो कुछ लोग उसे देखकर चौंके। लेकिन एकाध दिन में ही सबको ख़बर हो गयी कि वह बी.डी.ओ. साहब का पोता है। उन तीन लड़कियों को भी पता चल गया था। वे अब शाम के वक़्त सतर्क होकर बी.डी.ओ. के घर के पिछवाड़े जातीं और अपना काम कर चुपचाप लौट आतीं। धानू का कमरा घर की दक्षिण दिशा में था। उसी दिशा में एक खिड़की खुलती थी। वह शाम के वक़्त उन लड़कियों को अपने घर की तरफ़ आते और कुछ देर में लौटते हुए देखा करता था। उसे लगता था, लड़कियाँ यूँ ही टहलने आती होंगी।

अभी धानू को आये चार दिन ही हुए थे कि एक रात पगडण्डी के रास्ते में पड़ने वाले सोहन त्रिपाठी के घर में आग लग गयी। त्रिपाठी परिवार उस दिन किसी रिश्तेदार के घर शादी में गया हुआ था। घर बन्द था। गाँववालों ने पानी डालकर आग बुझा दी। लेकिन

लोगों ने लड़कियों को आग लगने से कुछ देर पहले वहाँ से गुज़रते हुए देख लिया था। लड़कियाँ चूँकि शरारतों के लिए बदनाम थीं और कई दिन से पगडण्डी के आख़िरी छोर तक जाती हुई देखी गयी थीं, इसलिए यह माना गया कि आग उन्हीं ने लगायी।

मौसम ठीक था। हवाओं की गुण्डई इन दिनों उतार पर थी। आग बुझाने के बाद लोग गाँव के खुले मैदान में खड़े थे और लड़कियों की शरारतों से तंग आ चुकने की चर्चा कर रहे थे। लड़कियाँ आग लगाने से साफ़ इनकार कर रही थीं। चूँकि वे रोने की जगह ऐंठ रही थीं, इसलिए कोई उन पर भरोसा नहीं कर रहा था। खुद उनके घरवाले उन्हें सबके सामने पीट–पाट चुके थे। तभी बी.डी.ओ. साहब भी चले आये। उनके साथ उनका पोता भी था। आते ही बी.डी.ओ. ने कहा, "देखो, मानते हैं कि लड़कियाँ शरारती हैं। मैं खुद इनकी शरारतें देख चुका। लेकिन ये आग लगाने का काम नहीं कर सकतीं।"

लोग चौंके। बी.डी.ओ. साहब यह क्या कह रहे हैं। लड़कियों को भी आश्चर्य हुआ। गाँव के एक बुज़ुर्ग ने कहा, "आप नहीं जानते बी.डी.ओ. साहब, इन लड़कियों ने नाक में दम कर रखा है। इनके अलावा कोई हो ही नहीं सकता।"

"देखिए आग या तो शॉर्ट सर्किट से लगी होगी या घर में कोई दीया वग़ैरह जला रह गया होगा।" उन्होंने पूरे आत्मविश्वास के साथ कहा।

"आपको इतना भरोसा कैसे है कि आग लड़कियों ने नहीं लगायी?" किसी और ने पूछा। बी.डी.ओ. ने बताया कि लड़कियाँ इस हद तक नहीं जा सकतीं। फिर उनके पोते ने अपनी आँखों से देखा है। ये तीनों त्रिपाठी जी के घर के पास से निकलीं ज़रूर, पर वहाँ पर रुकी नहीं। उन्होंने घर की तरफ़ देखा तक नहीं।

लड़कियाँ हैरान। बी.डी.ओ. साहब इतनी मज़बूती से उनका पक्ष ले रहे हैं? पोता भी गवाही दे रहा है? बी.डी.ओ. की बातें सुनकर सब

लोग आपस में खुसर–पुसर करने लगे। तीनों लड़कियों के परिवार के लोगों ने राहत की साँस ली। उनमें थोड़ा हिम्मत आ गयी थी। कहने लगे कि लड़कियाँ शरारती ज़रूर हैं, लेकिन हर बात का दोष इन्हीं के सिर मढ़ना ठीक नहीं। शरारत करना अलग बात है और आग लगाना और बात।

थोड़ी देर की बक–झक के बाद क़िस्सा ख़त्म हुआ। लड़कियाँ अपने–अपने घर चली गयीं। लेकिन तीनों की समझ में नहीं आ रहा था कि इतने खड़ूस लोगों का हृदय परिवर्तन कैसे हो गया। फिर इतने बड़े गाँव में केवल वही लोग उन्हें बचाने के लिए सामने आये जिनका घर वे ढहा देना चाहती हैं?

इसके अगले दिन लड़कियों में भी एक अजीब–सा बदलाव देखा गया। जैसे रातोंरात सयानी हो गयी हों। बात–बात में धानू की तारीफ़ करतीं। उसका डील–डौल, उसके कपड़े, उसका इंजीनियरिंग कॉलेज में पढ़ना। उसके परिवार की पृष्ठभूमि, शिक्षा। उफ़्फ़। क्या नहीं था उसमें। हर ख़ूबी। कितना अच्छा। तीनों के मन में एक साथ कोई कोमल–सा अंकुर सरसराकर फूट रहा था। एकदम पहला–पहला और ताज़ा अंकुर। उन्हें एक–दूसरे से कोई ईर्ष्या नहीं थी। पूरे गाँव में किसी से कोई शिकायत नहीं रह गयी थी। चारों तरफ़ सब कुछ अच्छा–अच्छा–सा। मन में इन्द्रधनुष–सा खिंच गया था। जीराकोट सतरंगी हो गया था।

शाम को धानू अपनी खिड़की के पास बैठा पढ़ रहा था। ज्यों–ज्यों शाम घिरने लगी बार–बार उसके मन में एक ही विचार आता कि लड़कियाँ टहलने के लिए उस तरफ़ क्यों नहीं आयी होंगी? कहीं कल की घटना के बाद उनका घर से निकलना बन्द तो नहीं कर दिया गया? पर लड़कियाँ असल में आज जानबूझकर देर कर रही थीं। स्कूल में छुट्टी थी। वे तीनों जंगल की तरफ़ निकल गयीं और वहाँ बाँज के पेड़ के नीचे बैठकर उन्होंने धानू के बारे में दिल खोलकर बात की। उसके बाद उनका घर ढहाने की अपनी कोशिशों पर भी गम्भीर मन्थन किया था। वह मन्थन करने और योजनाएँ बनाने

की उनकी प्रिय जगह थी। तीनों को लगता था कि अगर अब वे बी.डी.ओ. के घर की दीवार को धकेलना बन्द भी कर दें तो मकान अब तक हिल चुका होगा। बारिश शुरू होते ही धँसक जायेगा और नदी में चला जायेगा। बी.डी.ओ. और उनकी पत्नी का मकान के साथ नदी में चले जाना तय है। और अगर बरसात शुरू होने तक यह धानू यहीं रह गया तो बेमौत मारा जायेगा। इतने अच्छे लोग और ऐसा अन्त?

शाम घिर आयी। जब धानू के दादा–दादी तबले और हारमोनियम पर गाने–बजाने लगे और लड़कियों के आने का वक़्त निकल गया तो उसने खिड़की बन्द कर दी। वह बिस्तर पर लेटकर पढ़ने लगा। तभी उसे घर के बाहर कोई आहट–सी सुनाई दी। मन में एक ही ख़याल आया कि बाघ न हो। उसने दूसरे कमरे में जाकर दीवार पर टँगी दादा जी की बन्दूक़ उठायी, टॉर्च उठाया और बाहर निकल आया। हालाँकि बन्दूक़ को छूने की मनाही थी। फिर भी उसे लोडकर उसने कन्धे पर टाँग लिया और टॉर्च की रोशनी इधर–उधर फेंकने लगा।

तीनों लड़कियाँ आज घर के अगले हिस्से में पहुँची हुई थीं। लड़कियों को भी उसके क़दमों की आहट सुनाई पड़ गयी। वे तीनों भागकर घर के पिछवाड़े छिप गयीं। धानू ने चारों तरफ़ टॉर्च की रोशनी डाली पर कुछ दिखाई नहीं दिया। वह लौटने लगा कि तभी उसे पीछे की तरफ़ कुछ गिरने की आवाज़ सुनाई दी। वह सतर्क हो गया। असल में बी.डी.ओ. के घर से पगडण्डी की ऊँचाई क़रीब पन्द्रह फुट थी। कान्ता और नीता तेज़ी से पगडण्डी पर चढ़ गयी थीं। सबसे पीछे तारा थी। जब वह चढ़ने लगी तो फिसलकर नीचे आ गयी। उसके हाथ से पाँच लीटर का एक खाली कैन छिटककर नीचे गिरा था। जिसकी आवाज़ से धानू चौंक गया था।

धानू ने टॉर्च वहीं ज़मीन पर रख दी और दोनों हाथों से बन्दूक़ ताने आगे बढ़ने लगा। अगर घर के पिछवाड़े बाघ हुआ तो हमला कर सकता था। तभी उसने देखा हाथ में कुछ थामे दो साये पगडण्डी की तरफ़ भाग रहे हैं। इधर–उधर देखा तो तीसरा साया वहीं ज़मीन

पर गिरा था। वह धीरे–धीरे आगे बढ़ा और उस साये के सिर पर बन्दूक़ तान दी। जब ग़ौर से देखा तो हैरान रह गया। वह तारा थी। लड़की के पास में ही एक पाँच लीटर का कैन ज़मीन पर गिरा पड़ा था। उसका दिमाग़ तेज़ी से सोहन त्रिपाठी के घर लगी आग की तरफ़ गया। उसे विश्वास हो गया कि बाक़ी दो साये इसकी सहेलियाँ रही होंगी। फिर तो उस घर में इन्हीं लड़कियों ने आग लगाई होगी। शायद आज ये उनके घर में भी तेल छिड़ककर आग लगाने आयी थीं। ग़ुस्से और घृणा से उसके रोंगटे खड़े हो गये। मन किया घोड़ा दबा दे। तारा ज्योंही सँभलकर उठी, धानू ने उसे बन्दूक़ की नली से ठेलकर दीवार के सहारे खड़ा कर दिया। वह बुरी तरह डर गयी। धानू चिल्लाया, "हमारा घर फूँकने आये थे?"

"हम तो पानी डालने आये थे।" तारा ने अपना डर छुपाते हुए बड़े ही निर्विकार भाव से कहा।

"चुप," धानू ने उसे डाँटा, "आग लगी नहीं और तुम पानी डालने आ गये थे? झूठ बोलेगी तो गोली मार दूँगा।"

तारा डरी हुई तो थी, लेकिन हिम्मत नहीं हारना चाहती थी। कहने लगी वह डरती नहीं। धानू चाहे तो गोली मार ले। धानू ने पूछा कि उन्होंने मिट्टी का तेल क्यों छिड़का? तारा ने बताया कि कैन में मिट्टी का तेल नहीं, पानी था। उसने कैन उठाकर उसके तले में बचा पानी अपने हलक में उतार लिया, "देख ले, क्या है?"

पहले तो टॉर्च की रोशनी से उसकी आँखें चुँधियायी हुई थीं। अब उसे अँधेरे में सब कुछ साफ़ दिखाई देने लगा था। तारा को कैन का पानी पीते देखकर धानू को हैरानी हुई। ये लोग उनके घर में पानी डालने क्यों आयी होंगी भला? रहस्य और गहरा गया था। उसने तारा की गरदन पर बन्दूक़ की नली का दबाव डालते हुए धमकाया, "अब सच–सच बता दे, तुम लोग क्या करने आये थे, वरना मुझे ग़ुस्सा आ जायेगा।"

अब तक तारा को भरोसा हो गया था कि धानू उसे गोली नहीं मारने जा रहा। उसने धौंस दी कि ग़ुस्सा आ जायेगा तो वह क्या

कर लेगा? धानू को लग गया कि वह डरने वाली नहीं है। उसने बन्दूक़ दीवार के सहारे खड़ी कर दी, "चल ठीक है, अब बता कि तुम लोग क्या करने आये थे?" तारा अब भी मुँह खोलने को तैयार नहीं थी। धानू ने बायें हाथ से उसकी गरदन दबोच ली और अपना चेहरा उसके एकदम क़रीब लाते हुए बोला, "बता दे।"

तारा घबरा गयी, "पहले थोड़ा दूर से बात कर।"

"दूर ही हूँ।" उसने झेंपकर तारा का गला छोड़ दिया और एक क़दम पीछे हट गया। कहने लगा, "देख, बिना पूरी बात जाने तो तुझे छोड़ने वाला नहीं हूँ।"

तारा ने धानू की दादी के थप्पड़ मारने से शुरू कर सारा क़िस्सा कह सुनाया। उसने यह भी बताया कि जब उसने और उसके दादा जी ने उन्हें बचाया तो उन लोगों को बहुत अफ़सोस हुआ। इसी के बाद उन्होंने घर को उल्टी तरफ़ धकेलने का फ़ैसला किया। धानू ने पानी के कैन साथ लाने के बारे में पूछा तो तारा ने बताया, "मकान की जड़ को गीला करके धकेल रहे थे, ताकि जल्दी अपनी जगह पर आ जाये।"

धानू का हँसते–हँसते बुरा हाल हो गया। तारा अँधेरे में आँखें फाड़े उसे देख रही थी। उसी वक़्त बी.डी.ओ. और उनकी पत्नी का गाना बन्द हो गया। उधर, ऊपर पगडण्डी पर खड़ी नीता और कान्ता घबरायी हुई थीं और लगातार घुघुत (फाख़्ता) की आवाज़ में सीटी बजा रही थीं। अब उनकी सीटी साफ़–साफ़ सुनाई देने लगी थी। धानू ने उसे धकेलते हुए कहा, "चल जा, तेरी सहेलियाँ बुला रही हैं। दादा–दादी का गाना भी बन्द हो गया।"

जब वह चढ़ने लगी तो धानू ने पास में रखी टॉर्च की रोशनी दिखाते हुए कहा, "सँभलकर जाना पागल लड़की। फिर से गिरना मत।"

जब वह पगडण्डी पर पहुँच गयी तो उसने ज़ोर से कहा, "डफ़र कहीं की...यूसलेस लड़कियाँ।"

अचानक ही तारा के प्रति एक अजीब–सा आकर्षण और लगाव उसके अन्दर पैदा हो गया था।

"चल बदतमीज़ !" कहकर तारा ऊपर से चिल्लायी। वह मुस्कराया। जब तक वह ओझल नहीं हो गयी वह उसे टॉर्च दिखाता रहा।

रात की घटना पर बात करने के लिए अगले दिन तीनों फिर से जंगल में उसी बाँज के पेड़ के नीचे पहुँच गयीं। धानू का 'पागल लड़की' कहना, टॉर्च दिखाना और सँभलकर जाने की हिदायत देना बड़ा सुखद था। इतना अच्छा लड़का इतनी बुरी मानी जाने वाली लड़कियों से इस तरह पेश आये। मन में फुरफुरी–सी होती थी। तारा का मन कभी उसके सीने पर सिर रखकर सोने को करता तो कभी रोने को। नीता और कान्ता उसकी पलकों के झपकने से उसके सपने को ताड़ गयी थीं। उन्होंने तारा को छेड़ा भी।

लेकिन मामला बार–बार 'डफ़र' और 'यूसलेस लड़कियाँ' पर अटका जा रहा था। आख़िर उसने यह सब क्यों कहा? ये शब्द तारा को रात–भर मथते रहे। पहले तो उसे लगा कि यह भी कोई अपनेपन के साथ कही गयी बात होगी। लेकिन रात में ही उसने डिक्शनरी में 'डफ़र' का अर्थ देखा था। स्पष्ट था कि धानू का आशय 'मूर्ख' से था। यह शब्द थोड़ा आपत्तिजनक तो था लेकिन इतना भी नहीं। उन्हें लगता था, यह उसकी झिड़की थी। सिर्फ़ झिड़की। वे 'डफ़र' को बर्दाश्त करने के लिए तैयार हो गयी थीं। लेकिन 'यूसलेस' का मतलब समझ में नहीं आ रहा था। डिक्शनरी में इसका मतलब 'व्यर्थ' और 'बेकार' लिखा गया था। अन्ततः वे 'यूसलेस' का मतलब पूछने अपनी अंग्रेजी की टीचर के घर पहुँच गयीं। टीचर ने पूरा वाक्य पूछते हुए उन्हें बताया कि शब्दों का अर्थ वाक्यों के मुताबिक़ निकाला और समझा जाना चाहिए। लड़कियों ने बताया कि किसी ने उन्हें 'यूसलेस लड़कियाँ' कहा। पहले तो टीचर को हँसी आ गयी। फिर उसने बताया कि इसका मतलब तो 'फ़ालतू, रद्दी, बेकार या निकम्मी लड़कियाँ' हैं।

तारा को लगा वह उड़ते–उड़ते हवा से टकराकर गिर पड़ी। कान्ता और नीता भी बुझ गयी थीं। वे तीनों टीचर के घर के पास एक टीले पर बैठ गयीं। ख़ामोश। "आख़िर उसने समझा क्या है?

हम बेकार, रद्दी, निकम्मी और फ़ालतू हैं?" कान्ता ने कहा। तारा ने बुदबुदाते हुए 'यूसलेस' शब्द दोहराया।

उन्हें टीचर के हँसने पर भी गुस्सा आ रहा था। क्या वह भी हमें यूसलेस समझती है? वे काफ़ी उदास हो गयी थीं। कुछ भी बोलने का मन नहीं कर रहा था। ऐसा लगता था, उस नये–नवेले अंकुर को, जिसके सिर पर अभी बीज की उलटी टोपी लगी थी, पाला मार गया। टीले के पास अखरोट के पेड़ में पीले पेट वाली छोटी–सी चिड़िया चुन–चुन करती हुई लगातार चहक रही थी। तारा को गुस्सा आया और उसने एक पत्थर उठाकर चिड़िया की तरफ़ उछाल दिया। चिड़िया चिर्र करती हुई भाग गयी।

यह उनके जीवन का सबसे दुखदायी क्षण था। 'यूसलेस' शब्द उन्हें गाँववालों के आवारा, गन्दी, बदमाश, शरारती, मूर्ख और जंगली जैसे सम्बोधनों से अधिक चुभ रहा था। इतना क्यों चुभ रहा है, वे ख़ुद भी नहीं जानती थीं। यही दुखदायी क्षण अन्ततः उनके जीवन का निर्णायक क्षण बना। तीनों ने तय किया कि इस घमण्डी लड़के को तो दिखाना है।

दिखाकर रहना है।

क्या दिखाना है? क्या करेंगी वे, उन्होंने पहली बार इस पर आपस में कोई सलाह–मशविरा नहीं किया। सम्भव है उन्हें ख़ुद भी पता न हो कि वे क्या करेंगी। उन्होंने इस तरह तो कभी सोचा ही नहीं था। बस, धानू ने 'यूसलेस' कहकर बहुत निराश किया था। इसे वे भूल नहीं पा रही थीं।

सूरज ढल रहा था। तीनों ने डूबते सूरज को देखा। शायद मन–ही–मन कोई संकल्प लिया कि जाने क्या हुआ, वे पगडण्डी पर चढ़कर धानू के घर की ओर बढ़ने लगीं। उतनी ही मन्द चाल में जितना उस दिन बैल चल रहा था। जब वे लोग बी.डी.ओ. के घर के पास पहुँचीं, अँधेरा घिर आया था। बी.डी.ओ. के घर से उनकी पत्नी का स्वर सुनाई दे रहा था– मन तड़पत हरि दर्शन को आज...। तीनों ठिठक गयीं और गुस्से से उनके घर की ओर देखती रहीं। जो असल

में, उनकी नज़र में धानू का घर था। उनके घर की ओर मुँह करके तारा ने अचानक 'मन तड़पत' की तर्ज पर 'मन में है विश्वास' गाना शुरू कर दिया। उसकी देखादेखी कान्ता और नीता भी पूरे जोश में गाने लगीं 'पूरा है विश्वास... ।'

गाते–गाते तीनों रोने लगी थीं।

प्रोफेशनल्स की सोशल नेटवर्किंग साइट 'लिंक्डइन' में इन दिनों बहुत सारे लोग तारा सती की प्रोफ़ाइल देख रहे थे। लेकिन धनंजय को इस तारा सती की वजह से नौ साल पहले की तारा याद आ गयी। याददाश्त पर बहुत ज़ोर देने पर अचानक माथा ठनका। जिस दिन सोहन त्रिपाठी के घर आग लगी थी, दादा जी ने घर लौटकर उन तीनों लड़कियों के बारे में दादी को बताया था। उन्होंने कहा था कि उनमें से एक लड़की बहादुर सिंह की थी, एक... । उसके पिता का नाम कोई सती ही बताया कि कुछ और। याद नहीं आ रहा। अब तो दादाजी भी नहीं हैं। जब उसकी इन लड़कियों से मुठभेड़ हुई थी, उसके अगले साल ही वे बीमार पड़ गये थे। पिताजी उन्हें इलाज के लिए दिल्ली ले आये। दादी भी साथ आ गयी थीं। यहाँ दादा जी कुछ महीनों में ही गुज़र गये। दादी बीमार रहने लगीं। तीन साल बाद वह भी नहीं रहीं। तब से धनंजय का गाँव जाना फिर कभी नहीं हुआ। वह कैसे जाने कि उस तारा और उसकी सहेलियों का क्या हुआ।

तारा सती को लेकर बाक़ी लोगों की दिलचस्पी की दूसरी वजह थी। उसने अमेरिका के एक मशहूर विश्वविद्यालय से एम.एस. करने के बाद अभी हाल में वेंगलुरू में एक नामी बहुराष्ट्रीय कम्पनी जॉइन की थी। इंजीनियरिंग क्षेत्र में चर्चा उसके अविश्वसनीय पैकेज को लेकर है। थोड़ी देर पहले ही धनंजय के एक जूनियर ने तारा सती के बारे में एक चौंका देने वाली जानकारी दी। उसने बताया कि तारा आई.आई.टी. खड़गपुर में उसकी जूनियर थी। बाद में उसे कैंपस प्लेसमेंट मिला था। अच्छा पैकेज होने के बावजूद उसने महीने–भर

में नौकरी छोड़कर एम.एस. करने का फ़ैसला कर लिया था। उसने सिर्फ़ इस बात पर नौकरी छोड़ दी क्योंकि उसके इमीडिएट बॉस ने उसे और उसके दो सीनियर्स को एक प्रेजेंटेशन में मामूली देरी के लिए 'यूसलेस फेलोज़' कह दिया था।

हो सकता है, यह तारा सती वही तारा हो और इसकी सहेलियाँ भी दुनियावी भाषा में आज कामयाब हों। यानी नदी की तरह बहते–बहते बाँध बना दी गयी हों। तितलियों की तरह उड़ते–उड़ते हवा में टाँग दी गयी हों। यह भी हो सकता है कि जीराकोट की दूसरी लड़कियों की तरह दसवीं–बारहवीं तक पढ़ाकर उनकी भी शादी कर दी हो। हवा से घायल हुए उनके पंख फिर कभी खुले ही न हों। पता नहीं।

असल में हर कामयाब आदमी की कोई–न–कोई कहानी होती है। अक्सर कहानी कामयाबी के बाद बनती है। पर यह कामयाबी के बाद गढ़ी गयी कहानी तो है ही नहीं, कामयाबी की कहानी भी नहीं है। यह तो सिर्फ़ उन्हीं मुचि गयी (हाथ से निकल गयी) लड़कियों को खोजने की कोशिश है, जिन्हें धनंजय ने जीराकोट में देखा था। जिन्होंने एक–दूसरे को बीड़ी पीते देखा था। जो कभी किसी के हाथ आने वाली नहीं लगती थीं।

आजकल (फरवरी, 2019)

मंगत की खोपड़ी में स्वप्न का विकास

कोई पाँच साल पहले की बात है। हुआ यों कि जिस वक़्त मंगतराम बीड़ी के लिए गर्दन कटे मुर्गे की तरह फड़फड़ा रहा था, सुबह के पौने पाँच बज रहे थे। बीड़ी का बंडल ख़त्म हो गया था। पौ फट रही थी और बीड़ी को सौतन कहने वाली बसन्ती की नाक फुर्र–फुर्र बज रही थी। वह दबे पाँव घर से निकल पड़ा। निकल तो गया, पर दूर–दूर तक कोई दुकान खुली नहीं मिली। नशेड़ी जानते होंगे, जितना खोज में निकलो तलब उतना ही कलेजा बाहर को खींचने लगती है। मंगत बीड़ी की खोज में बढ़ता चला जा रहा था। वह ज्यों–ज्यों आगे बढ़ता उजाला भी बढ़ता जाता और तलब भी। पर उम्मीद की किरण की तरह किसी दुकान का दरवाज़ा नहीं खुल रहा था। हालत यह हो गयी कि वह हर पान–बीड़ी के खोखे के पास ज़मीन पर नज़र मार लेता कि कहीं कोई गिरी हुई बीड़ी ही मिल जाये। किन्तु क़िस्मत में नहीं थी तो नहीं मिली। टोटे अवश्य मिल रहे थे, लेकिन बढ़ते हाथों को वह ख़ुद ही धिक्कारने लगता और आगे बढ़ जाता। तभी सड़क किनारे एक फटा हुआ बटुआ उसे दिखाई दिया। उसने बेमन से उठा लिया। मंगत की घरवाली का कहना है कि उसे हरगिज़ यह नहीं करना चाहिए था। बीड़ी खोज रहे हो तो बटुआ काहे उठा लिये पगलवा? बटुआ में कोई बीड़ी रखता है क्या?

बहरहाल, मंगतराम ने बटुआ खोलकर देखा तो खाली था। बटुए फट जायें तो उन्हें खाली करके ही फेंका जाता होगा, मंगत ने सोचा, जो अब तक कभी जेब में बटुआ नहीं रख पाया था। फेंकने का इरादा

करते ही, पता नहीं उसके मन में क्या आया कि ठिठक गया। वह उसकी किनारे वाली छोटी जेब को दो उँगलियों से टटोलने लगा। बसन्ती माथे पर हाथ मारकर कहती है, धत्! अगर वह बटुआ फेंक देता और उसकी छोटी जेब न टटोलता तो भी सब कुछ वैसा ही चलता रहता जैसा चल रहा था। लेकिन पता नहीं किसने मंगत की दो उँगलियों को बटुए की जेब में घुसड़ जाने को विवश कर दिया। उँगलियों से कोई काग़ज़–सा टकराया। खींचकर बाहर निकाला तो देखा पाँच सौ का एक हरियल नोट, जो तीन तह मोड़कर रखा था। मज़ा आ गया। बटुए वाले भले (और भुलक्कड़) आदमी ने यह नोट वक़्त–ज़रूरत के लिए छुपाकर रखा होगा। पर भूल गया होगा बेचारा। उसने सोचा। दिन तो बड़ा शुभ रहा। बस, अब बीड़ी मिल जाये।

मंगत को बीड़ी दिलाने से पहले आपको बता दें कि बाद के वर्षों में मंगतराम की ख़ूबसूरत और ख़ुशमिज़ाज पत्नी ने एक दिन दुखी होकर कहा था– टोनही लक्ष्मी आदमी को चकरघिन्नी बना देती है। नोट न मिलता तो उसके पति की ज़िन्दगी कुछ और होती और ख़ुद उसकी 'कुछ और' न हुई होती। ख़ैर, नोट मिलने पर मंगतराम की ख़ुशी का ठिकाना नहीं रहा। कुछ देर में एक ताज़ा खुलती दुकान में बीड़ी भी मिल गयी। पर पाँच सौ का नोट पाने के बाद उसे जाने क्यों ऐसा लगने लगा कि किसी दिन उसे ठीक इसी तरह पाँच–पाँच सौ की गड्डियाँ भी मिल सकती हैं।

अब ज़रा इस स्वप्नदर्शी मंगतराम के बारे में जान लीजिए। वह दिल्ली के न्यू अशोक नगर इलाक़े में रहता है और मयूर विहार में एक हाउसिंग सोसाइटी के आगे फुटपाथ पर सिलाई मशीन लेकर बैठता है। आठ साल पहले उसका दुबला–पतला और खाँसता–खँखारता बाप इसी फुटपाथ पर इसी सिलाई मशीन के साथ बैठा करता था। तब मंगत उन्नीस का था। एक दिन बाप की साइकिल को किसी कार ने टक्कर मार दी और उसने मौके पर ही दम तोड़ दिया। कार वाला उस दिन फ़रार क्या हुआ, उसका आज तक पता नहीं

चला। लोग बताते हैं कि पुलिस को पता चल गया था, लेकिन उसने मंगतराम को हवा नहीं लगने दी। बाद के वर्षों में, जब वह पंकज मास्साब के सम्पर्क में आया तो एक दिन उसने मास्साब के सामने अपनी जिज्ञासा रखी। पुलिस ने भला क्यों नहीं चाहा होगा कि उसे कार वाले का पता चल जाये? जवाब देने से पहले मास्साब गम्भीर हो गये। बोले, "ग़रीब आदमी को हर बात नहीं बताई जाती। पता चलने पर किसी–किसी पर न्याय माँगने का फ़ितूर सवार हो जाता है। फ़ितूर सवार होने पर नुकसान किसी का नहीं होता। बेवजह उसी के जूते घिसते हैं। इसलिए पुलिस और प्रशासन का काम यह सुनिश्चित करना भी है कि चाहे कितने ही दोषी घर में बैठकर ए.सी. की हवा खाते रहें, लेकिन एक निर्दोष ग़रीब के जूते नहीं घिसने चाहिए।"

मंगतराम को पुलिस और प्रशासन का ग़रीबों के प्रति यह हमदर्दी भरा रवैया बहुत अच्छा लगा। पिता का गुद्दी निकला सिर और कुचली हुई टाँगें एक क्षण के लिए याद आयीं। फिर ओझल हो गयीं। शुरुआती दिनों में लहूलुहान पिताजी हरदम आँखों में रहते। अगर कार वाले का पता चलता तो वह भी न्याय के लिए भटका होता। उसने ख़ुद को तसल्ली दी। मास्साब सही कह रहे हैं। बोला, "हाँ जी, होइहि सोइ जो राम रचि राखा। इस महँगाई में बार–बार जूते कौन ख़रीद सकता है।" मास्साब ने उसके कन्धे पर हाथ रख दिया। ठीक जा रहे हो बेटा। प्रशासनिक भाषा में इसी को सकारात्मक सोच कहते हैं।

तो जी, बाप की तेरहवीं निपटाकर मंगतराम अपनी माँ के साथ गाँव जाने को तैयार हो गया था। धक्का इस बात से भी लगा कि भीड़ का फ़ायदा उठाकर कोई देखते–ही–देखते दुर्घटनास्थल से उनकी साइकिल ले उड़ा। लाश के ठीक बगल से। वाह रे शहर। ऐसा उसने तेरह दिन में कई बार सोचा था। लेकिन जाने क्या हुआ कि इरादे ने धूप सेंकने निकली मछली की तरह चम्म–से पलटी खा ली। स्कूल को तो उसने दो साल पहले ही पीठ दिखा दी थी। लेकिन इस दौरान बाप से थोड़ा–बहुत हुनर सीखा था। वह उसकी

छोड़ी सिलाई मशीन के साथ उसके क़ब्जे वाली ढाई गुणा तीन फुट की जगह पर बैठने लगा। यों तो उस जगह बैठने के लिए किसी और ने भी तिकड़म भिड़ाई थी, लेकिन सहानुभूति में सोसाइटी वाले मंगतराम को मना नहीं कर पाये। सोसाइटी के एक पदाधिकारी ने कहा था, "देखो भई, आजकल कंपटीशन बहुत हो गया। लेकिन फिर भी हमने तुम्हारा ध्यान रखा।"

"जी, मैं भी आपका ध्यान रखूँगा।" उसने कहा था। सार्वजनिक तौर पर यह जवाब सोसाइटी के पदाधिकारी को थोड़ा नागवार गुज़रा। अबे तू हमारा क्या ध्यान रखेगा? हैं? पदाधिकारी का रक्तचाप बढ़ गया था। लेकिन बाद में मंगतराम ने उनके घर के फटे पर्दों में इस तसल्ली से सिलाई मारी कि उसे देखकर फिर कभी पदाधिकारी का ख़ून नहीं खदबदाया। चूँकि ब्रांडेड और रेडीमेड कपड़ों के इस दौर में लोग सिलवाने के झंझट से मुक्त हो चुके थे, इसलिए मंगतराम अपने बाप की तरह ही कपड़ों के ऑल्टरेशन और जोड़–जंतर का काम करने लगा था। मसलन, पैंट या जींस की लम्बाई कम करना, कमर घटाना, बढ़ाना (अगर मार्जिन हुआ) और ब्लाउज़ व सलवार सूट चौड़े या चुस्त–दुरुस्त करना। इसमें कोई मोटी कमाई तो थी नहीं। किसी तरह दाल–रोटी चल रही थी। हाँ, चूँकि बसन्ती को मीठा बहुत पसन्द था, इसलिए जब कभी ढाई सौ से ज़्यादा कमा लेता तो घर जाते हुए उसके लिए रसमलाई ले जाता था। ले जाना तो वह बहुत कुछ चाहता था, किन्तु कुछ चीज़ें उसकी पहुँच से बाहर थीं और बच्चे के आ जाने के बाद प्राथमिकताएँ बदल गयी थीं। अब बसन्ती को भी बाबू के लिए कुछ लाये जाने पर ज़्यादा ख़ुशी मिलने लगी थी।

पाँच सौ का नोट पाने के चार दिन बाद की घटना है। एक बेडौल–सा आदमी बुलट पर बैठकर आया और ठीक उसके ठीये के सामने ब्रेक मारा। वह सोसाइटी के बाहर का कोई अपरिचित था। उसने कुर्ता–पजामा पहन रखा था। पहली नज़र में मंगत को वह हलवाई लगा। बाद में पता चला कि वह या तो कोई छुटभैया

नेता है या धार्मिक–सामाजिक कार्यकर्ता। वह अपनी पैंट की कमर खुलवाने आया था। मंगत ने कमर का जोड़ देखा। बताया कि एक इंच से ज़्यादा खुलने की गुंजाइश नहीं है। बेडौल आदमी सन्तुष्ट लगा। "पैसे कितने लेगा?" उसने पूछा। मास्टर ने चालीस रुपये बताये। बेडौल तीस ले लेने के लिए चिरौरी करने लगा। मास्टर ने अपनी ग़रीबी का हवाला दिया। उस आदमी को जैसे 'ग़रीबी' शब्द ने बिदका दिया, "अबे काहे का ग़रीब? अब तुम्हारे दिन भी फिरने वाले हैं।"

यह ज्योतिषी तो नहीं? मंगतराम के पैर और सिलाई मशीन दोनों चौंककर रुक गये। इस औचक सन्नाटे का लाभ उठाते हुए बेडौल आदमी ने बहुत ही धीमे स्वर में कुछ कहा। कहते हैं उसकी बात सुनकर मंगतराम किसी और ही दुनिया में पहुँच गया था। वह पुतलियाँ उलटकर अपनी ही पलकों के अन्दर देखते हुए गुटरगूँ–गुटरगूँ बोलने लगा। चूँकि वह गुटरगूँ–गुटरगूँ बोलने लगा था इसलिए माना जाता है कि बेडौल आदमी ने लाल क़िले के बुर्ज़ से उड़कर आये किसी कबूतर के बारे में बताया, जिसके पैरों में ग़रीबों के दिन फिरने का सन्देश बँधा था। जब मंगतराम मन्त्रमुग्ध–सा रह गया था, तभी बेडौल आदमी पैंट छोड़कर सीटी बजाता हुआ बुलेट पर बैठा और भड़भड़ाता निकल गया। मास्साब के मुताबिक़ मंगत के दिल में चूँकि रसमलाई की शौक़ीन और बातूनी बसन्ती रहती थी, इसलिए लालक़िले के उस सफ़ेद–शफ़्फ़ाफ़ कबूतर को बसने के लिए उसके दिमाग़ में जगह मिली। बस यहीं से शुरुआत हुई थी विकास का सपना देखने वाले महान लोकतन्त्र के एक निरीह नागरिक की खोपड़ी में स्वप्न के विकास की।

तब तक मंगतराम, सरल आदमी तो था ही, मानसिक रूप से भी काफ़ी दुरुस्त था। थोड़ा बहुत तर्क वग़ैरह कर पाता था। उसने पत्नी को समझाया, "देख, अच्छा समय हमेशा बयाना–पेशगी लेकर आता है। पहले पाँच सौ का नोट मिला। अब ये आदमी आया। तीस–चालीस देकर ही जायेगा। इसीलिए सन्देश पर भरोसा करना चाहिए। निराशा के दिन ख़त्म हुए समझ।"

पत्नी ने मन–ही–मन ईश्वर को याद किया और आकाश की ओर देखकर 'आमीन' जैसा कुछ कहा।

"बस, जैसे ही पैसे आयेंगे सबसे पहले अपनी दुकान ख़रीदेंगे। दुकान में तू भी बैठेगी। मैं सिलाई करूँगा और तू पैसे काटेगी।"

बसन्ती की आँखें बसन्ती से ज़्यादा चुलबुली हो गयीं लेकिन प्यार से तुनक कर बोली, "मैं खाली पैसे काटने में टाइम ख़राब नहीं करने वाली। मैं भी सिलाई करूँगी। ज़्यादा गिराक आने लगे तो अकेले वक़्त पर कपड़े कैसे दोगे?" पत्नी ने उसके सपने को लकड़ी लगाकर हिला दिया। एक अजीब–सी गन्ध आने लगी। एकदम स्वप्निल। उसे विश्वास हो गया कि सब अच्छा होगा।

फुटपाथ पर सिलाई मशीन लेकर बैठने वाला मंगत न्यू अशोक नगर के किराये के एक घर में किसी तरह ज़िन्दगी काट रहा था। लेकिन उस एक हफ़्ते के भीतर घटी दो परस्पर सहयोगी घटनाओं ने उसकी ज़िन्दगी बदल दी। वह एक भयंकर क़िस्म के अटूट विश्वास के कारण आदमी से मंगतराम बनने लगा। उसकी ख़ुशमिज़ाज और युवा घरवाली की मानें तो उसके पति में इस अटूट विश्वास का बीज पाँच सौ रुपये के उसी टोनहे नोट ने बोया। यह बात गाँव की उस दसवीं पास युवती ने तब कही थी जब उसे मंगत के अटूट विश्वास की व्यर्थता का बोध हुआ। पंकज मास्साब की राय थोड़ा अलग है। उनके मुताबिक़ यह अनर्थ उम्मीदों को खदबदा देने वाले सन्देश ने किया। जिसके बारे में कहा जाता है कि वह लाल क़िले के बुर्ज़ से उड़कर आये कबूतर की टाँग में बँधा था।

बहरहाल, उस पर धीरे–धीरे (उन दो घटनाओं का) असर होने लगा। देखते–ही–देखते वह पूरी तरह एक ऐसे विश्वास की गिरफ़्त में आ गया जिसके सामने कोई तर्क नहीं टिकता। जो आस्था की तरह अटूट होता है। अब वह न्यू अशोक नगर में दुकानों की क़ीमत पूछने लगा था। चूँकि उसे विश्वास हो गया था कि उसका सपना सच होने वाला है, इसलिए वह लगे हाथों यह भी पूछ लेता कि कितने रुपये बयाना देना होता है, रजिस्ट्री होगी या पावर ऑफ़ अटार्नी से

काम चल जायेगा। दुकान की थोड़ी–बहुत मरम्मत और रँगाई–पुताई में कितने लग जायेंगे। वह सारा हिसाब लगाकर तैयार रहने लगा। उत्साह में वह हर दो–चार दिन में बैंक के चक्कर काटता और पासबुक पर एंट्री करवाकर लौटता। लौटते हुए उसका मुँह ज़रूर लटका होता। बसन्ती उसकी निराशा को समझ जाती। वह मंगतराम को एकटक देखती। उसे दया आने लगती। कहीं ये बेचारे अस्थिर तो नहीं होने लगे? कहीं यह उसी टोनहे नोट का असर तो नहीं? सोच–सोचकर वह खुद भी उदास हो जाती। मास्साब कहते– नहीं, यह हुआ है उस कबूतर के कारण। मंगतराम की खोपड़ी के अन्दर एक सुखद सपना खमीर चढ़कर फूल गया। सपना खोपड़ी से बड़ा होता जा रहा है। छोटे दिमाग़ वाले मामूली आदमी का सपना इतना बड़ा हो जाये तो ज़ाहिर है दिमाग़ का क्या होगा। वे गहरी साँस खींचते,"कबूतर ऐसी ही खाली खोपड़ियों में घोंसला बनाते हैं।"

रात में मंगतराम की ख़ुशमिज़ाज घरवाली उसकी बिलबिलाती खोपड़ी में सरसों के तेल की मालिश करती। मंगत आँखें मूँद लेता। उसको अच्छा लगता। पन्द्रह–बीस मिनट बाद वह अचानक उसका हाथ पकड़कर 'बस हो गया' कहता तो बसन्ती मन–ही–मन ईश्वर को याद करती कि चलो अभी सब ठीक–ठाक ही लगता है। होशोहवास में हैं। हे ईश्वर, तू ही है रखवाला! वह दन्न–से मंगत के सीने पर गिर जाती।

पता नहीं मंगत अस्थिर हो रहा था कि चलायमान, लेकिन इतना अवश्य हुआ कि भाग्य पर और ईश्वर पर उसका भरोसा लगातार बढ़ता गया। बसन्ती को लगता था कि ईश्वर उन सबकी रक्षा करने वाला है जबकि मंगत ईश्वर को अच्छे दिन लाने वाला मानता। वही है जो छप्पर फाड़ कर देता है। उसे विश्वास होने लगा, गिरा हुआ धन तो उसे पहले भी मिलता रहा है, इसलिए काला या सफ़ेद कैसा ही धन होगा, मिलेगा। हालाँकि इससे पहले धन के नाम पर एक बार उसे एक टुटियल घड़ी मिली थी, एक दिन, बहुत पहले, पचास रुपये और एक बार बीस रुपये का अधफटा नोट मिला। जिसे सेलोटेप से

जोड़कर उसने धुप्पल में सब्ज़ी वाले को टिका दिया था। हाँ, एक बार गले की एक चेन भी मिली थी, जो नक़ली निकली। कबूतर के (सन्देश सहित) दिमाग़ में बैठने और पाँच सौ का नोट पा जाने के बाद वह कुछ बड़ा सोचने लगा था।

यहाँ एक रहस्य की बात और। इधर वह मानने लगा कि देश में हर खाते–पीते आदमी के पास काला धन है। वैसे, कभी–कभार टीवी पर फ़िल्म देख लेने वाले मंगत पर फ़िल्मों का भी असर था। जो भी वजह हो, इन दिनों पहनावे और रहन–सहन में ठीक–ठाक लगने वाला हर शख़्स उसकी निगाह में सन्दिग्ध हो गया था। भारी–भरकम कार में चलने वालों के पास तो, वह मानने लगा, निश्चित तौर पर काला धन होता है या फिर वे सब तस्कर–फस्कर होते हैं। इनमें से ज़्यादातर अपनी कार में अक्सर नोटों से भरा बैग, हीरों की मखमली थैली या सोने के बिस्किट वाला ब्रीफ़केस लेकर चलते हैं। जिस दिन उसकी क़िस्मत खुलेगी उसी दिन किसी कार वाले की डिक्की या दरवाज़ा खुल जायेगा और ब्रीफ़केस या बैग गिर पड़ेगा।

इस तरह उम्मीद से लबरेज मंगत गरदन ऊँची किये पासबुक में एंट्री कराता और नज़रें नीची किये सड़क पर चलता। वह थैलों और गत्ते के डिब्बों के प्रति भी हरदम सतर्क रहने लगा। इससे लाभ यह हुआ कि कभी–कभार उसे गिरी हुई चिल्लर मिलने लगी। कभी–कभी हेयरबैंड, रबरबैंड, हेयरपिन, नक़ली अँगूठियाँ, कान के बुंदे, बालियाँ, कमीज़ और पैंट के बटन, टूटे पैन और खुट्टल सामान, लोहा–लंगड़ व अगड़म–बगड़म भी मिल जाता। सतर्क निगाहों से लगातार नीचे देखने का सबसे बड़ा फ़ायदा यह हुआ कि अब उसे सड़क किनारे गिरी छोटी–छोटी और मामूली चीज़ें भी बहुत स्पष्ट दिखाई दे जातीं। वह उन्हें उठाकर जेब के हवाले करता। इस तरह पिछले चार सालों में उसके घर में ऐसे मामूली कबाड़ का ख़ासा बड़ा ढेर लग गया था। पंकज मास्साब कहते, "भाग्य पर भरोसा करने वाले या तो कबाड़ी बन जाते हैं या कबाड़।"

अब आप पूछेंगे कि हर बात में विशेषज्ञ की तरह टिप्पणी जड़ देने वाले ये पंकज मास्साब कौन हैं। तो चलो जी, वह भी सुन लो। मंगतराम और पंकज मास्साब का पहला परिचय अस्पताल की क़तार में हुआ। मंगत अपनी पत्नी को लेकर आया था और उसे बेंच पर बैठाकर पर्ची बनाने के लिए लाइन में लग गया था। मास्साब ख़ुद को दिखाने पहुँचे थे। दोनों आगे–पीछे खड़े थे। किसी ने मास्साब को 'नमस्ते मास्टर जी' कहकर सम्बोधित किया था। मंगतराम चौंका। रजिस्ट्रेशन काउंटर अभी खुला नहीं था और क़तार में खड़े लोगों के पास आपस में झगड़ने और देश की चिन्ता के अलावा करने को कुछ नहीं था। उसने पंकज मास्साब से पूछ लिया, "आपकी दुकान कहाँ है मास्टर जी?"

मास्साब को आश्चर्य हुआ। 'मास्टर जी' भी कह रहा है और दुकान भी पूछ रहा है। कौन है ये बौड़म? ख़ैर, मास्साब ने बताया कि उनकी कोई दुकान नहीं है। अच्छा तो किसी की दुकान पर काम करते हैं? मंगतराम ने झट से अनुमान लगाया। पंकज मास्साब झल्ला पड़े। अबे क्यों दुकान के पीछे पड़ गया भाई, मैं स्कूल में पढ़ाता हूँ। अध्यापक हूँ। सुन कर मंगतराम ख़ूब हँसा। लोटपोट होने की हद तक। मास्साब गुर्राये,"मसखरी सूझ रही है?"

मंगत हँसते–हँसते माफ़ी माँगने लगा। बोला, "मैं टेलर मास्टर हूँ। कभी–कभी लोग मुझे भी मास्टर जी कह देते हैं। मैंने आपको भी...।" वह फिर हँसा। सुनकर मास्साब को भी हँसी आ गयी। कहने लगे, "चलो एक ही बात है। तुम कपड़ों के मास्टर और हम लड़कों के मास्टर।"

अस्पताल में हुई इस मुलाक़ात के बाद मंगतराम और मास्साब के बीच अच्छा परिचय हो गया। यह प्रगाढ़ हुआ सुबह–सवेरे की मुलाक़ात के बाद। मास्साब सैर के लिए जिस सड़क से होते हुए पार्क की तरफ़ जाते वहीं मंगतराम भी ब्रीफ़केस या मखमली थैली की टोह में निकलता। जिस तरह मंगतराम ने दिमाग़ में कबूतर का सन्देश बैठा लेने के बाद नियमित बैंक जाना शुरू कर दिया था,

उसी तरह पाँच सौ का नोट पा जाने के असर में मुँह अँधरे सैर पर निकलने लगा। मास्साब तो सड़क से होते हुए पार्क की ओर मुड़ जाते, पर वह चौकन्ना होकर किनारे–किनारे चलता और सीधी सड़क पर काफ़ी दूर तक निकल जाता। वापसी में वह सड़क का दूसरा किनारा पकड़ लेता। हालत यह हो गयी कि वह कबाड़ बीनने वाले बच्चों के हाथ से गत्ते के डिब्बे या फटे–पुराने थैले वग़ैरह भी छीनने लगा। कहीं तस्करों का माल बच्चों के हाथ न लग जाये।

इस तरह सड़क पर सुबह अक्सर मास्साब और मास्टर की मुलाक़ात होने लगी। मिलते तो दुआ–सलाम होती और एक–दूसरे का हालचाल भी पूछते। एक दूसरी वजह भी इस परिचय को मित्रता की सम्भावना की ओर ले जा रही थी। मंगतराम का बेटा साढ़े तीन साल का हो रहा था और वह जानता था अगले साल बाबू का उसी सरकारी स्कूल में दाख़िला कराना होगा जिसमें मास्टर जी हैं। सम्बन्धों में घनिष्ठता तब आनी शुरू हुई जब एक बार छुट्टी के दिन मास्साब मंगतराम के घर के पास से गुज़र रहे थे। मंगत उस वक़्त घर पर था। मास्साब और मंगतराम के घर के बीच चार गलियों की दूरी है। उसने मास्साब को चाय पीकर जाने का न्यौता दिया। मास्साब पहुँच गये। चलो भाई, तुम कह रहे हो तो पी लेते हैं। मास्साब ने बसन्ती को अस्पताल में देखा था। लेकिन दूर से। सामने से देखा तो उसमें एक अजीब–सा चुम्बकीय आकर्षण पाया। ख़ास तौर पर उसकी आँखों में और उसकी तुतलाहट में भी, जो इतनी मामूली–सी थी कि बहुत मुश्किल से पकड़ में आती थी। बेशक बोलती बहुत थी, पर बातों से खींच लेती थी। मास्साब उससे काफ़ी प्रभावित हुए। इस तरह मास्साब के घर मास्टर का और मास्टर के घर मास्साब का आने–जाने का सिलसिला शुरू हो गया। इस दौरान मास्साब ने बसन्ती की बड़ी–बड़ी आँखों के पानी में एक छोटा बच्चा देख लिया। अपनी धुन में खेलता और ख़ुशमिज़ाज बच्चा जिससे हर किसी को प्यार हो जाये। मास्साब को भी बसन्ती की आँखों में खेलते बच्चे से लगाव होने लगा था।

शायद यह बच्चे से नहीं बसन्ती से लगाव है, मास्साब समझ रहे थे। वे जानते थे कि एक अध्यापक को ऐसी इच्छाओं को कैसे कीलना चाहिए। बहरहाल, इसी दौरान धीरे–धीरे मंगत उनसे खुलने लगा। इतना खुला कि स्कूल में पढ़ाने वाले मास्साब बसन्ती की तरह ही मंगतराम को भी पढ़ने लगे। वक़्त–बेवक़्त वे मंगत की जिज्ञासा भी शान्त कर दिया करते। उसके लिए इस दुनिया में मास्साब ज्ञान के जादूगर थे जिनके पास उसके हर सवाल का जवाब था। जबकि मंगत की पत्नी को वे सम्मान करने योग्य बड़े और सलाहकार–से लगते। थोड़ा–थोड़ा अपने।

कई बार बैंक में भी मास्साब और मंगत की मुलाक़ात हो जाती। दोनों का खाता एक ही बैंक में था। एक बार मंगत पाँच सौ रुपये बचाकर जमा खाते में डालने आया था ताकि पासबुक भरवाते वक़्त कोई नयी एंट्री न पाकर बैंक का कर्मचारी झिड़के नहीं। साथ ही खाता हर हालत में चालू रहे। जब वह रुपये जमा करने के लिए लाइन में लगा तो अपने आगे खड़े व्यक्ति के हाथ में थैला देखकर चौंका। कहीं यह उसी के खाते में पैसे जमा कराने न आया हो। वह उचक–उचककर उसकी जमा पर्ची में खाता संख्या और नाम देखने की कोशिश करने लगा। वह सब तो नहीं दिखाई दिया लेकिन रक़म की जगह एक खास संख्या नज़र आ गयी, जिसके पीछे कुछ शून्य थे। कितने थे यह उसे ठीक से नहीं दिखाई दिया। लेकिन उन अंकों को देखकर उसकी आँखें फटी रह गयीं। यह रक़म तो उसी के खाते में जमा हो सकती है। कबूतर के सन्देश में भी इतनी ही रक़म का ज़िक्र था। सोच–सोचकर वह फड़फड़ाने लगा। जब ख़ुद को रोक नहीं पाया तो उस आदमी के बाजू पर थपकी मारकर बोला, "मेरा नाम मंगतराम है जी।"

उसने घूर कर देखा, "हाँ, तो?"

"कुछ नहीं, ऐसे ही बता दिया। ...ताकि कोई कन्फ्यूज़न न रहे।"

"किस बात का कन्फ्यूज़न?" कहकर उस व्यक्ति ने अपना थैला कसकर पकड़ लिया। मंगत का शक बढ़ गया। हो न हो यह आदमी

मुझे मंगतराम मानने को तैयार नहीं। वह मुस्कराया। चल कोई बात नहीं बेटा। मेरे खाते में जमा किये तो पता चल जायेगा।

उसकी बारी आने के बाद जब वह निकल रहा था तभी मास्साब मिल गये। मंगतराम ने लाइन में खड़े आदमी को लेकर अपने मन की बात मास्साब को बता दी। मास्साब को पता था कि वह कबूतर के असर में है। वे उसके कन्धे पर हाथ रखकर बैंक से बाहर ले आये और गुलमोहर की छाँव में खड़े हो गये। मंगत ने बीड़ी जला ली और मास्साब खैनी बनाने लगे। बोले, "इस तरह खाते में पैसा जमा करने कोई नहीं आता।" थोड़ा रुककर उन्होंने निचले होंठ और मसूड़ों के बीच खैनी की चुटकी दबायी, "मेरी एक सलाह है मंगत। इस पागलपन से बाहर आओ। कबूतर के सन्देश को न दिल पर लेना चाहिए और न दिमाग़ पर। इससे या तो दिल को चोट लगती है या दिमाग़ में सूजन आ जाती है। काम में मन लगाओ।"

अरे ग़ज़ब! मंगत ने मन–ही–मन सोचा। तो मास्साब को उससे ईर्ष्या हो रही है? बोला, "मास्साब आप ग़रीब नहीं हैं ना। आप नहीं समझ सकते।"

पहली बार उसके मन में मास्साब के लिए अविश्वास पैदा हुआ। वह ग़ुस्सा होकर चला गया। मास्साब को उसी वक़्त लग गया कबूतर का असर बहुत गहरा है, इसका कुछ नहीं हो सकता। फिर तो काफ़ी दिनों तक मंगतराम उन्हें दिखाई नहीं दिया। कई बार उसका और बसन्ती का ध्यान आता। लेकिन स्कूल की व्यस्तता में भूल भी जाते। फिर एक दिन वे घूमते हुए उसके घर पहुँच गये। वह घर पर नहीं था। बसन्ती ने पानी पिलाया। मास्साब ने मंगत का हाल पूछा। चुलबुली बसन्ती की पनीली आँखों में रहने वाला बच्चा आज खेल नहीं रहा था, बल्कि गुमसुम और उदास बैठा था। वह बताने लगी, "हालत ठीक नहीं है। आजकल कई–कई दिन काम पर नहीं जाते।"

"तो कहाँ जाता है?" मास्साब ने पूछा। पता नहीं, कुछ लम्पट–से दोस्त बना लिए हैं। बड़ी अजीब बातें करते हैं। कभी इन्हें अपने

साथ ले जाते हैं और कहते हैं छापामारी के लिए जा रहे हैं। ख़ुद को पुलिस से ऊपर बताते हैं। कहते हैं, पुलिस क्या है हमारे सामने। हमारी बराबरी सिर्फ़ सेना से हो सकती है।

उसकी आवाज़ डूबने लगी तो अपने–आप को सँभाला। बोली, "ये पगला गये हैं। जो कुछ वे लोग कहते हैं, उसी को सच मानते हैं। मुझे बात–बात में डपट देते हैं। कहते हैं, तू चुपचाप अपनी रसोई पर और बाबू पर ध्यान दे। आजकल मन्दिरों के चक्कर भी बहुत काटते हैं। चलो, ये तो बुरी बात नहीं है। लेकिन ये क्या हुआ कि काम–धन्धा छोड़कर रोज़ मन्दिर के काम से निकल जाओ। कभी–कभी तो गेरुए वस्त्र पहन लेते हैं। मुझे डर लगता है, किसी दिन गृहस्थी न छोड़ दें।"

वह रोने लगी। अगर मास्साब बगल में बैठे होते तो सम्भव है उनके कन्धे का सहारा ले लिया होता। कमज़ोरी के उन क्षणों पर उसने शीघ्र ही क़ाबू पा लिया। मास्साब ने उसे हिम्मत बँधायी और मंगत को समझाने का आश्वासन दिया। वे ख़ुद भी बसन्ती के हाथ पर अपना हाथ रख देना चाहते थे, लेकिन नहीं रखा। केवल उसकी ओर देखते रह गये। बसन्ती की आँखों के पानी में रहने वाला बच्चा अपनी दोनों हथेलियों से आँसू पोंछ रहा था। मास्साब ने राहत की साँस ली। ऐसे में और क्या करें, उनकी समझ में नहीं आया। मंगत पर क्रोध आ रहा था। अन्ततः वे उठकर जाने लगे तो बसन्ती भी खड़ी हो गयी। बहुत देर से एक और बात बताना चाहती थी, लेकिन संकोच हो रहा था। आख़िरकार उसने कह दिया, "इनके जो नये दोस्त लोग हैं, उनमें से एक की निगाहें ठीक नहीं लगतीं।"

पंकज मास्साब के माथे पर बल पड़ गये। लेकिन अध्यापक थे। लफ़ंगों से मारपीट तो कर नहीं सकते थे। जाते–जाते पलटे, "बात करता हूँ मंगत से।"

उसके बाद कई दिन बीत गये लेकिन मंगत उन्हें नहीं मिला। सुबह की सैर के दौरान उनकी नज़रें उसे ढूँढ़ती रहीं। पर उसने सुबह की सैर बन्द कर दी थी। गिरे हुए धन के प्रति उत्साह और

उम्मीद ठण्डे पड़ते जा रहे थे। लेकिन दूसरे स्रोत से मिलने वाली रक़म को लेकर भरोसा ख़त्म नहीं हुआ था। बहरहाल, मास्साब उसके घर नहीं जाना चाहते थे। बसन्ती का सामना करना और उसकी आँखों के पानी में रहने वाले बच्चे की उदासी देख पाना उनके लिए मुश्किल हो रहा था। उमड़ती सहानुभूति को कीलना भी तो बड़ा कष्टदायक है। इसलिए घर जाने की जगह वे दो बार मंगत के ठीये का चक्कर काट आये। पता चला वह कई दिन से नहीं आ रहा। कभी आता है तो घण्टे–दो घण्टे में निकल जाता है।

घर जाने के अलावा अब कोई रास्ता नहीं बचा था। मास्साब हिम्मत जुटा ही रहे थे कि पता चला एक दिन पहले मंगत ने बैंक में हंगामा खड़ा कर दिया था। किसी चश्मदीद ने, जो मंगत और मास्साब दोनों को जानता था, पूरा क़िस्सा इस तरह बयान किया–

"सोमवार का दिन था। बैंक में काफ़ी भीड़ थी। अचानक मंगत अन्दर घुसने लगा तो गार्ड ने उसे रोकने की कोशिश की। इतने में हल्ला मच गया। लोगों ने देखा, मंगत काली पैंट के ऊपर खाकी कमीज़ पहने हुए है। जिसे उसने पैंट के बाहर निकाल रखा था। कमीज़ के ऊपर डाकुओं की तरह कमर की पेटी बँधी थी। यह पेटी उसने कपड़े की पट्टी सीकर ख़ुद तैयार की थी, जिसके साथ उसने कूड़े में मिला बकल सी दिया था। इसी पेटी में उसने कटलरी सेट खोंस रखा था। चार चम्मचें थीं, चार काँटे थे और दो मक्खन लगाने की छुरियाँ।

गार्ड ने टोका, 'ये हथियार लेकर कहाँ जा रहे हो?'

'ये हथियार नहीं अस्त्र–शस्त्र हैं।'

मंगत की ठसक देखने लायक थी। गर्दन ऐंठ गयी थी। असल में पिछले एक वर्ष से वह जिन दोस्तों की सोहबत में था उन्होंने हाल ही में उसे यह कटलरी सेट भेंट करते हुए कहा था कि ये उसके अस्त्र–शस्त्र हैं। मंगत ने छुरी–काँटों को उलट–पुलटकर अविश्वास के साथ देखा। भला ये भी कोई अस्त्र–शस्त्र हैं? साथियों में से एक ने काँटा हाथ में लेते हुए कहा था, "यह चतुर्शूल है। चार काँटों वाला

शस्त्र। चतुर्शूल कभी सम्राट कनिष्क का शाही निशान होता था। इसे महासंहारक पाशुपतास्त्र समझो। ...और एक बात गाँठ बाँध लो, छोटे शस्त्र हमेशा उपयोगी और ख़तरनाक होते हैं। ज़रा सोचो, एटम बम कौन जेब में लिए घूमता है और कौन रोज़–रोज़ चलाता है?"

बात मंगत की समझ में आ गयी और उसने कटलरी सेट को यूज़र्स फ्रेंडली और महासंहारक हथियार मान लिया था। असल में मंगत का यह नया अवतार उसका नया स्वप्न नहीं बल्कि उसी स्वप्न का विस्तार था। दोस्तों ने एक बात उसके दिमाग़ में बैठा दी थी कि मनुष्य का स्वभाव है, हम जो भी देते हैं सिर्फ़ अपनों को देते हैं। तुम्हें साबित करना पड़ेगा कि तुम अपने हो। यह जनवाने में तुम्हारी मदद हम करेंगे।

छुरी–काँटों और चम्मचों को अस्त्र–शस्त्र बताये जाने पर गार्ड भड़क गया– तब तो बिल्कुल अन्दर नहीं जा सकते। उसने हाथ बढ़ाकर मंगत को पीछे धकेला। मंगत ने कमर में खुँसा स्टील का काँटा निकालकर गार्ड पर तान दिया, 'घोंप दूँगा चतुर्शूल।'

गार्ड हँसने लगा। 'चतुर्शूल' सुनकर कुछ और लोग भी हँस पड़े। मंगत को यह अपना अपमान लगा। उसने काँटा गार्ड के गले पर रख दिया। इस हरकत से गार्ड का धैर्य जवाब दे गया। उसने बन्दूक़ के बट से ठेलते हुए उसे बैंक से बाहर कर दिया और धमकाया कि अगली बार अस्त्र–शस्त्र लेकर घुसने की कोशिश की तो गोली चला दूँगा।"

इस घटना की ख़बर मिलते ही अगले दिन मास्साब मंगतराम के घर पहुँच गये। उस वक़्त शाम के सात बज रहे थे। बसन्ती की हालत उन्हें पहले से ज़्यादा ख़राब लगी। काफ़ी दुबला गयी थी। बाल और कपड़े अस्त–व्यस्त थे। आँखों के पानी में खेलने वाला बच्चा ग़ायब था। मंगत घर से पैदल ही निकला हुआ था। उसकी साइकिल पंक्चर हो गयी थी। पंक्चर जुड़ाने तक के पैसे नहीं थे। घर में उस दिन केवल डेढ़ किलो आटा बचा था। सब्ज़ी के नाम पर तीन आलू थे, जिन्हें उबालकर मंगत की पत्नी ने झोल–सा तैयार

किया था और आटा गूँथकर दरवाज़े पर खड़ी उसका इन्तज़ार कर रही थी। बेटा जलेबी खाने की ज़िद ठाने हुए था। मंगत की पत्नी ने अभी–अभी उसे दो करारी चपत लगाई थीं। वह बुक्का फाड़कर रो रहा था। मास्साब को देखकर बसन्ती हड़बड़ा गयी थी। बच्चे को चुप कराने लगी लेकिन बाबू चुप नहीं हो रहा था। आख़िर बसन्ती ने सारा हाल कह सुनाया। मास्साब उठे और खैनी लाने के बहाने बाहर निकल गये। जब तक उसने चाय बनायी, वे बाज़ार से आधा किलो जलेबी लेकर लौट आये।

बसन्ती को बड़ी शर्मिन्दगी हुई। उसने थैली से दो जलेबी निकाल कर बाबू के हाथ में दीं और थैली वापस मास्साब को थमाते हुए कहा, "इसे घर ले जाइयेगा, बच्चे खायेंगे।" मास्साब ने बताया वे अभी शाम को ही घर में जलेबी ले गये थे, दुबारा कौन खायेगा। मंगत की पत्नी जान रही थी मास्साब झूठ बोल रहे हैं। उसने एकाध बार और अनुरोध किया और फिर जलेबियाँ रख लीं। मास्साब मंगत का हाल पूछने लगे। बसन्ती उदास हो गयी। बोली कुछ नहीं। पर उसकी आँखें बोल रही थीं। मास्साब ने बताया कि उन्होंने कल बैंक में हुई घटना के बारे में सुना, इसीलिए आये हैं। बसन्ती के धैर्य का बाँध टूट पड़ा। उसकी आँखों के पानी में बच्चा लौट आया और रोते–रोते उसी पानी में डूबने–सा लगा। बसन्ती बोली, "पूरी तरह सनक गये लगते हैं। लफ़ंगे दोस्तों ने पता नहीं उन्हें क्या–क्या समझा दिया है। जब जहाँ चलने को कहते हैं, चल पड़ते हैं।"

मास्साब के दिमाग़ में कुछ और चलने लगा था। उन्होंने अचानक बसन्ती से पूछा कि अगर एक साथ ज़्यादा आटा पिसवा दिया जाये तो ख़राब हो जाता है क्या? बसन्ती की समझ में नहीं आया कि मास्साब को क्या हो गया। उन्होंने स्पष्ट किया, "अरे कुछ नहीं। गाँव से गेहूँ आ गया था तो एक साथ पिसवा दिया। इसलिए चिन्ता हो रही थी। लगता है ख़राब हो जायेगा।"

उन्होंने घर से बाहर निकलकर एक फ़ोन किया और लौट आये। बातचीत फिर से मंगत पर केन्द्रित हो गयी। कुछ ही देर में मंगत

लौट आया। आज वह गेरुए वस्त्र पहने हुए था। मास्साब को देखकर उसने हाथ जोड़े और चुपचाप उसी दीवान के एक कोने में बैठ गया, जिस पर मास्साब बैठे थे। उन्होंने गरदन घुमाकर मंगत को ऊपर से नीचे तक देखा। गुस्सा तो बहुत आ रहा था लेकिन अपने ऊपर नियन्त्रण रखना ही ठीक लगा, "यह क्या हाल बना रखा है?"

"ऐसे ही, काँवड़ यात्रा की तैयारी चल रही है। इस बार मैं भी जाने की सोचता हूँ।"

"घर कौन देखेगा? ...अरे हाँ, मैं तो भूल ही गया। तुम्हारे लफ़ंगे दोस्त तो हैं।"

मंगत ने दबे स्वर में कहा कि उसके दोस्त लफ़ंगे नहीं हैं। बसन्ती फट पड़ी, "दूसरों के घरों में घुसकर औरतों पर नज़र रखने वालों को और क्या कहते हैं?"

ऐसा नहीं हो सकता। वे लोग ऐसे नहीं हैं। मंगत ने सफ़ाई दी। बसन्ती को बहुत दुख हुआ। मंगत उसकी जगह दोस्तों पर भरोसा कर रहा है? उसने मास्साब की ओर देखा, "मैं मास्साब की इज़्ज़त करती हूँ। उनके सामने बोलना नहीं चाहती थी। लेकिन मजबूर हूँ।" इतना कहकर वह मंगत से मुखातिब हुई, "तुम्हारा जो दोस्त है मोटा, वह दो बार मुझे गन्दे इशारे कर चुका है।"

सुनकर मंगत सन्न रह गया। कभी वह मास्साब की ओर देखता तो कभी पत्नी की ओर। अन्ततः मास्साब ने ही मुँह खोला, "देखो मंगत, तुम ग़लत दिशा में जा रहे हो। ये जो अराजकता की छूट है ना, इससे ग़रीब का सशक्तिकरण नहीं होता। तुम्हारी सनक का फ़ायदा उठाया जा रहा है। तुम्हारी घर–गृहस्थी यही दोस्त लोग लूट लेंगे। अब भी वक़्त है, सँभल जाओ।"

मंगत ने सिर झुका लिया। मास्साब कनखियों से उसे देखते रहे। उसी समय मास्साब का चौदह साल का बेटा एक कट्टे में लगभग दस किलो आटा और कुछ सब्ज़ियाँ साइकिल पर रखकर वहाँ आ पहुँचा। उन्होंने सामान एक कोने में रखवा दिया।

मैंने बताया था ना, एक साथ साठ–सत्तर किलो आटा पिसा

दिया था। मिल–बाँटकर निपटाना ज़रूरी है। अन्न की बर्बादी ठीक नहीं होती। सब्ज़ी भी गाँव से ही आयी थी। पता नहीं इतना क्यों भेज देते हैं। चार आदमी का परिवार है, कितना खायेंगे आख़िर। उन्होंने सफ़ाई दी। बसन्ती समझ रही थी क्योंकि भूमिका मास्साब पहले ही बाँध चुके थे। आटा और सब्ज़ी मँगाने के लिए ही उन्होंने पत्नी या बेटे को फ़ोन किया होगा। जानती थी वे इसी तरह करते हैं। ताकि दूसरों को लगे ही नहीं कि मदद की जा रही है।

उसकी नज़र में मास्साब आज कुछ ज़्यादा बड़े हो गये थे। इसलिए आटे और सब्ज़ी के लिए 'ना' कहने की जगह वह कभी फ़र्श को तो कभी कनखियों से मास्साब को देखती जा रही थी। मास्साब उठे और छत को देखकर इस तरह बोले जैसे हवा को सम्बोधित कर रहे हों– जिस पुलिस से तुम ऊपर हो गये हो, वह आज नहीं तो पाँच साल बाद सही, दौड़ा–दौड़ाकर मारेगी।

मन खिन्न हो गया था। मंगत को देखकर क्रोध से अधिक घिन आने लगी थी। उनके लिए वहाँ टिकना मुश्किल हो गया। घर से निकलते हुए उन्होंने मंगत की ओर देखकर कहा, "ख़ैर चलो, करो यात्रा की तैयारी। मोटे को कह जाना घर का ध्यान रखे।"

उनकी यह बात मंगत के सीने में भाले की तरह लगी। मास्साब के निकलते ही मंगत ने उन्हें एक भद्दी–सी गाली दी। पत्नी तड़पकर रह गयी। शर्म करो। अब तुम्हें आदमी की पहचान भी नहीं रही। बसन्ती की बात उसे और अधिक चीर गयी। मानो उसने मास्साब का घोंपा भाला बेरहमी से खींचकर निकाला हो। बसन्ती अचानक रोने लगी। रोते–रोते गुस्से से उठी और मंगत की छुरी–काँटे वाली बेल्ट उठाकर घर के बाहर कूड़ेदान की तरफ़ उछाल दी।

मंगत लपककर बसन्ती की ओर झपटा। पर उसका उठा हुआ हाथ हवा में ही रह गया। अगले ही क्षण वह गुस्से से अपने गेरुए वस्त्र फाड़ने लगा। फिर दीवान पर धड़ाम–से बैठ गया और माथा पकड़कर रोने लगा। पत्नी समझ नहीं पा रही थी कि मंगत पर ख़ब्त सवार हो रही है या पश्चाताप है। शायद पश्चाताप के ही आँसू

हों। उसने सोचा। ख़ुद उसकी आँखें एक बार फिर डबडबा आयीं। बेचारे। दिमाग़ पर असर है। वह उठकर अँजुरी में सरसों का तेल भर लायी और मंगत के सिर पर ठोंकने लगी। शायद तरावट आये। मंगत चुपचाप सिर दिये रहा। वह अब भी रो रहा था और उसे देखकर बसन्ती भी रोये जा रही थी। हैरान और परेशान बाबू दोनों को बारी–बारी से टुकर–टुकर देख रहा था।

परिकथा (नवम्बर–दिसम्बर, 2018)

दाँत

दाँत न हुए आफ़त हो गयी। गली–मुहल्ले और सड़कों पर उनके दाँतों की ही चर्चा है। कुछ लोग सिर से सिर मिलाकर तर्क–वितर्क करते हैं। फुसफुस। मानो, चारों तरफ़ कोहरा छाया है और उन सबको हुड पहनकर इतने धीमे स्वर में दाँतों पर बात करने का टास्क मिला है, जबकि रिक्शेवाले, पान–बीड़ी वाले, भिखारी और जेबतराश ज़ोर–ज़ोर से बहस करते हैं, ठहाके लगाते हैं। कई बार, जब वे सड़क पर होती हैं, सीटी बजाते हैं। कुछ ऐसे भी हैं, जो शाम को सौदा–सुलफ़ के साथ इस चर्चा को घर ले जाते हैं। इन दिनों सबको उनकी ज़िन्दगी में झाँकना एक रोचक घटनाक्रम से गुज़रने जैसा लग रहा है।

दृश्य–एक

सुमित्रा घर से निकलीं तो पचास गज की दूरी पर खड़ा कटड़े जैसा हट्टा–कट्टा एक युवक दिखाई दिया। वे सहम गयीं। युवक के चेहरे पर कटे का काफ़ी बड़ा निशान था। उम्र पच्चीस के लपेटे में होगी। वह अपनी दाढ़ी खुजाता हुआ उन्हीं की तरफ़ देख रहा था। उन्होंने होंठ फैलाकर दाँतों की एक झलक दिखाई और फौरन मुँह भींच लिया, जैसे मुँह से कुछ निकाल लिए जाने का भय हो। उन्होंने रिक्शेवाले को आवाज़ भी लगभग आधा मुँह खोलकर दी। रिक्शा पास आया तो अपनी सफ़ेद सूती धोती सँभालते हुए झपटकर चढ़ गयीं। कटे चेहरे वाला एकदम क़रीब था। उन्होंने उसी तरह अधखुले

मुँह से रिक्शेवाले से सँभलकर चलने को कहा। वह ऐसी नसीहतों का अभ्यस्त मालूम पड़ता था। उसने सिर्फ़ कनखियों से देखा और गर्दन झुला–झुलाकर हल्के स्वर में गुनगुनाता रहा। उसके पैडल मारने से पहले ही उन्होंने जैसे मुँह भींचे रखने का इरादा बदल लिया और बोलीं, "ज़रा धीरे चलना भइया, नक़ली दाँत लगाये हैं। झटका लगा तो गिर सकते हैं।"

हालाँकि यह कहते हुए वे रिक्शावाले को नहीं, उस कटे–फटे युवक को देख रही थीं। युवक ने जेब में हाथ डाल रखा था। उनका शक यक़ीन में बदलने लगा कि हो न हो, उसकी जेब में चाकू है, जिसे वह हाथ से छू रहा है। वह कभी भी चाकू बाहर निकाल सकता है। भय से ज़्यादा रोमांच से उनके रोंगटे खड़े हो गये। रिक्शेवाले को थोड़ा आश्चर्य हुआ कि असली दाँत गिरने से तो सब डरते हैं, ये बुढ़िया कैसी है जो नक़ली दाँतों की चिन्ता कर रही है। उसने रूखे स्वर में 'सुन लिया माताजी' कहा और फिर से गुनगुनाने लगा। गर्दन भी उसी तरह झुलाता रहा। सुमित्रा ने उसकी पीठ पर हाथ से दो बार थपकी दी। जैसे दरवाज़ा खटखटा रही हों। रिक्शेवाले ने झोंटे खाती गर्दन पीछे मोड़ी तो उन्होंने 'ईऽऽईऽऽ' करते हुए अपने दाँत दिखा दिये, "देख ले, सोने के हैं।"

रिक्शेवाला हक्का–बक्का। थोड़ी देर के लिए तो सचमुच डगमगा गया था। फिर झेंप मिटाने के लिए उस कटे चेहरे वाले की तरफ़ देखकर हँसने लगा। कटा–फटा भी हँस पड़ा। सुमित्रा ने फिर से मुँह भींच लिया। रिक्शेवाला सोच रहा था, सोने के दाँत ढंग से दिखाई नहीं दिये। काश! बुढ़िया और थोड़ी देर तक 'ईऽऽ' करती तो वह आराम से देखता।

वह साईं मन्दिर जाने वाली सड़क पर बढ़ने लगा, जिस पर भीड़भाड़ बनिस्बत कम रहती है। उस वक़्त सड़क सुनसान थी। सुमित्रा मुड़–मुड़ कर पीछे देखती रहीं। कहीं कटा–फटा पीछा तो नहीं कर रहा। लेकिन दूर–दूर तक कोई नहीं था। सिवाय एक बूढ़े के, जो हाथ का थैला झुलाता हुआ धीरे–धीरे चल रहा था। थैला

देखकर काले रंग का एक आवारा कुत्ता बूढ़े के पीछे–पीछे चलने लगा। उन्हें राहत की साँस लेनी चाहिए थी। लेकिन उन्हें हल्की–सी निराशा हुई। जैसे वे उम्मीद कर रही हों कि कटे–फटे को पीछे–पीछे आना चाहिए था।

कुछ दिन पहले वे इससे उलझ चुकी थीं। उस दिन आकाश में बादल के कुछ टुकड़े मँडरा रहे थे। अचानक धूप के साथ–साथ तेज़ बौछारें पड़ने लगीं। वे सब्ज़ी ले रही थीं। कटा–फटा भागता हुआ आया और उनसे टकराते–टकराते बचा। सुमित्रा ने झट से उसकी बाँह पकड़ ली। झिंझोड़ती हुई बोलीं, "साँड़ पीछे पड़ गया क्या? अभी टक्कर होते–होते बची। मैंने सोने के दाँत लगाये हैं। गिर जाती तो?"

कटा–फटा बौछारों से बचने के लिए हलवाई की दुकान के आगे बनी टिन की छजली के नीचे खड़ा हो गया। वह दूर से सुमित्रा को देखता और बेशर्मों की तरह हँसता रहा। उसकी हँसी में खिल्ली उड़ाने का अन्दाज़ छुपा था।

दृश्य–दो

ठीक नौ बजे वे मन्दिर के गेट पर पहुँचीं। सामने बोर्ड चमक रहा था– शिर्डी वाले साईं बाबा। उन्होंने रिक्शेवाले को पैसे दिये। पलटीं तो ऐन मुँह के सामने भिखारी खड़ा मिला। सिर पर साईं बाबा की तरह पटका बाँधे। चेहरे पर अधपकी दाढ़ी थी और सफ़ेद चोगा पहन रखा था। उसने बायाँ हाथ माथे पर छुआते हुए दायें हाथ से सुमित्रा की तरफ़ कटोरा बढ़ा दिया। सुमित्रा ने उसे ग़ौर से देखा। उन्हें वह देखा–पहचाना लगा, तो हँसती हुई बोलीं, "तू इस इलाक़े में बहुत चक्कर काटता है। इरादा क्या है?"

"माई, पाँच का नोट दे दे। खाना खाऊँगा।"

"सब पता है, रात में दारू पियेगा। कुछ नहीं है मेरे पास। जो था उससे दाँतों में सोने की टोपी चढ़ा ली, ये देख।"

उन्होंने होंठ खींचकर दाँत दिखा दिये। भिखारी हैरान। मैंने तो पाँच रुपये माँगे और ये औरत दाँत दिखाने लगी। पागल है क्या!

वह बड़बड़ाता हुआ आगे बढ़ गया। पर कुछ क़दम चलकर अचानक पलटा, "माई, तू क्या समझी है, भिखारी हूँ तो मैंने सोना नहीं देखा होगा?"

सुमित्रा ने सतर्क निगाहों से इधर–उधर देखा और मन्दिर के गेट में दाख़िल होती हुई आवाज़ को दबाकर बोलीं, "हाँ, यही सोचती हूँ और ठीक सोचती हूँ। ये व्हाइट गोल्ड है। सफ़ेद सोना। तू जानता है, सोने से ड्योढ़े दाम हैं?"

भिखारी खिसियाकर रह गया। मन्दिर के अन्दर काफ़ी गहमागहमी थी। वे भीड़ में खो गयीं। लेकिन भिखारी भीख माँगना छोड़कर सफ़ेद सोने में उलझ गया। वह दूसरे भिखारियों से सफ़ेद सोने के अस्तित्व के बारे में पूछने लगा था। सबने अपनी अनभिज्ञता जतायी। संकट की घड़ी में सबकी नज़र कुल्ली भिखारन की तरफ़ उठ गयी। वह उनमें अकेली थी जिसे अपना नाम लिखना आता था। जो कई बार फुर्सत के वक़्त फटे–पुराने अख़बार या काग़ज़ की थैलियाँ पढ़कर अपने साथियों को देश–दुनिया की ख़बरें सुनाया करती थी। कुल्ली भिखारन ने अपनी एक्सपर्ट ओपीनियन पेश की– दो रुपये बचाने के चक्कर में बुढ़िया चकमा दे गयी। ऊँचे दर्जे की फेंकू रही होगी। और तू साला बेकूफ। तूने मान लिया कि सोना सफ़ेद होता है। कल मिले तो बुढ़िया से ब्याज सहित वसूल लेना। नहीं तो साली को शराप (श्राप) दे देना।

उस इलाक़े के सारे भिखारी गाली को श्राप कहते थे और कंजूसों को पूरी उदारता से श्राप देते थे।

दृश्य–तीन

कहानी 23 जनवरी 1976 को उस वक़्त शुरू होती है जब सुमित्रा को एक दाँत कम होने का पहली बार पता चला। एक कम क्यों है, इस पर उन्होंने तैंतीस साल की उम्र में अचानक ही ग़ौर किया था। वे पति के साथ अमिताभ बच्चन की 'दीवार' फ़िल्म देखने जा रही थीं। 'दीवार' के पोस्टरों से शहर की दीवारें पटी पड़ी थीं। कड़ाके

की सर्दी थी। लोग स्वेटर की बाँहें खींचकर हाथों को उसके अन्दर सिकोड़े घूम रहे थे। कुछ लड़कियाँ तो चलती–फिरती बिजूका लग रही थीं। यह देखकर सर्दी का अहसास ज़्यादा होना चाहिए था। लेकिन सिनेमाहॉल की धक्का–मुक्की में पसीने छूटने लगे। उन्होंने पति का हाथ पकड़ लिया था। धक्का–मुक्की में ही अचानक एक पल के लिए हाथ छूटा और दूसरा हाथ पकड़ में आ गया। उन्हें पता ही नहीं चला कि यह कैसे हुआ। वह पट्ठा भी हद दर्जे का आशिक़ मिज़ाज था। उन्हें अपना हाथ पकड़ाये हुए आगे बढ़ता रहा। वे बोले जा रही थीं कि– भीड़ बहुत है। फ़िल्म अच्छी होनी चाहिए। 'आनन्द' में तो बच्चन भइया ने बड़ा अच्छा काम किया था।

जब दूसरी तरफ़ से कोई जवाब नहीं आया, तो उन्होंने सिर उठाकर देखा। वे ऐसे चौंकीं जैसे मरखने बैल का सींग कमर में घुसा हो। उनके हाथ ने काले कोट वाले एक साँवले मर्द का हाथ थाम रखा था। मुर्गी की कलगी जैसे लम्बे बालों वाला वह मर्द अपनी क़द–काठी से नामर्द दीखता था। हद तो यह कि वह बेशर्मों की तरह खी–खी कर हँस रहा था– पकरे रहिए। दीबार देखेंगे ना, साथे में...और इंटरभेल तक, जो हमारे बीच है ना, ससुरी दीबार, ओका भक्क–से गिरा देंगे।

ऐन उसी वक़्त, सुमित्रा के पिछड़ जाने पर, उनके पति ने पलटकर देखा था। लेकिन जो दृश्य उन्हें दिखाई दिया, उसे देख उनका मन अपने हाथ की उँगली चबा लेने को हुआ। उसी हाथ की जो उन्होंने सुमित्रा को थमा रखा था। यह क्या, उनकी पत्नी किसी और का हाथ पकड़े चली आ रही है? कोई ममेरा–फुफेरा भाई मिल गया क्या? है कौन यह मनहूस?

लेकिन जब उस छिछोरे को देखकर बात समझ में आयी तो पेट हँसे और चेहरा कोई रेस्पांस न दे। मुँह ऐसे लटक गया जैसे मातमपुर्सी में आने पर जूते अलग से पड़े हों। बड़ी देर बाद लकवा मारी ज़बान हिली, "हद है भई, एक बार सिर उठाकर तो देखना चाहिए था। कहीं हमको भीड़ में गुमाकर फुर्र होने का इरादा तो नहीं कर लिया था?"

"कैसी बात करते हो जी, थोड़ा लिहाज़ तो करो।"

"तो अब तो बत्तीस की उम्र पार कर चुकी हो। तुम्हारी अक्कल दाढ़ भी आ गयी होगी, फिर भी हमारे और उस हिजड़े के हाथ में फ़र्क़ पता नहीं लगा?"

'हिजड़ा' सुनते ही सुमित्रा ने 'हाय राम' कहकर हथेली अपने होंठों पर रख ली। उन दिनों फ़िल्मी हीरोइनों को भी इसी तरह लज्जा आती थी। ख़ैर, फ़िल्म का पहला सीन शुरू हुआ। हॉल में सन्नाटा। लेकिन सुमित्रा अब भी पिछले दृश्य में अटकी हुई थीं। उन्होंने पति से पूछा, "सच कह रहे हो, क्या वो 'वही' था?"

पति ने घूरकर देखा। सुमित्रा की सिट्टी-पिट्टी गुम हो गयी। ऐन उसी वक़्त उनका ध्यान हॉल में गूँज रहे राहुल देव बर्मन के संगीत की तरफ़ चला गया। उन्होंने एक बार कनखियों से पति को देखा और फिर गर्दन सीधी कर पर्दे पर नज़रें टिका लीं। उस दिन घर लौटकर सुमित्रा ने शशि कपूर के दाँतों को याद करते हुए सबसे पहले शीशे में देखा और अपने दाँत गिने। एक बार। दो बार। तीन बार। यह क्या, इकतीस दाँत? उन्होंने पति को बताया कि सचमुच एक कम है। तो क्या अक्कल दाढ़ नहीं आयी? पति ने शरारत के साथ मुस्कराकर कहा, "मुझे तो पहले ही शक़ था।...अपनी हमउम्र सहेलियों से भी पूछ लेना। कौन जाने सभी का एक कम हो।"

दृश्य-चार

सुमित्रा 1976 से अब तक, 'दीवार' फ़िल्म की सुमित्रा देवी (निरुपा रॉय) हो गयी थीं। बिना किसी दुर्घटना के उनके छह दाँत साथ छोड़ गये थे। आठ-नौ की हालत जर्जर थी और दो-तीन एकदम मरणासन्न अवस्था में थे। पुराने दाँतों से बड़ा मोह था। होता ही है। लेकिन खाने, दिखाने और साफ़-साफ़ बोल पाने में परेशानी खड़ी कर रहे थे। उखड़वाने से डर लगता था। किन्तु अचानक ही सुमित्रा के व्यवहार में आश्चर्यजनक मोड़ आ गया। उन्होंने आव देखा न ताव, डेंटिस्ट के पास जाने का फ़ैसला कर लिया। जिस डेंटिस्ट

के पास पहुँची थीं वह उल्टा 'हाँ' और 'ना' के द्वन्द्व में फँस गया। उसने सलाह देने की जगह सवाल किया, "पूरे पच्चीस उखड़वा लेंगी माता जी?"

"क्यों, पच्चीस का अंक अशुभ है?"

"नहीं, आप चाहें तो उखड़वा सकती हैं लेकिन...।"

"लेकिन क्या?"

"मतलब कि नहीं चाहें तो नहीं भी उखड़वा सकती हैं।"

"तो क्या, यहाँ लोग दाँत नहीं उखड़वाने के लिए आते हैं?"

"नहीं, ऐसी बात नहीं है," कहकर उसने गुस्से पर लगाम लगाते हुए तुरन्त पैंतरा बदला, "आप चाहें तो जितने हिल रहे हैं, फिलहाल उतने उखड़वा लीजिए।"

"उखड़वाने हैं पूरे। और पूरे बत्तीस लगवाने भी हैं।"

"माताजी, नक़ली दाँत सिर्फ़ अट्ठाइस ही लगाये जाते हैं।"

"ठीक है तो", उन्होंने कुछ सोचते हुए कहा, "मुझे कुछ बड़े साइज़ के लगवाने हैं।"

डेंटिस्ट का माथा भनभनाने लगा। अगर पहले जैसी बात होती, जब वह सरकारी अस्पताल में था, तो उबल पड़ता। उसका मन हुआ, कम–से–कम उनसे यह तो कहे कि अगली बार किसी को साथ लेकर आयें। उसने सुमित्रा की आँखों में देखा और बोलते–बोलते उसकी बोलती अचानक बन्द हो गयी। अन्दर से आवाज़ आयी, मरीज़ भगवान होता है डॉक्टर! भले वह शैतान ही क्यों न हो।

किन्तु उस बेचैनी का क्या करे, जो कोंच रही थी? डॉक्टर के गले में मेढक की तरह लपलप होने लगी– दिमाग़ चाट लिया बुढ़िया ने। काश! मेरी जगह कोई नीम हक़ीम होता और इसके सारे दाँत जमूरे से खींच लेता! ऐसा सोचते वक़्त उसने जबड़े भींचे, दाँत पीसे, किन्तु आँखों को 'लाफिंग मोड' में डाल दिया।

सुमित्रा ने बचे हुए दाँतों का सफ़ाया करने का फ़ैसला कर लिया। हालाँकि फ़ैसला उन्होंने डॉक्टर की कृत्रिम मुस्कराहट से प्रभावित होकर नहीं किया था। उनके अन्दर घमासान छिड़ा हुआ

था। कमज़ोर दाँतों के पक्ष में हर फ़ैसला कमज़ोर पड़ रहा था। डॉक्टर क्या जाने। वह डेंटिस्ट था, साइकायट्रिस्ट नहीं। इसीलिए बेवजह अपनी पीठ थपथपा रहा था– कि एक जटिल क़िस्म की बुढ़िया को उसने साध लिया।

दृश्य–पाँच

सुमित्रा ने दरवाज़े का ताला खोला और घर के अन्दर मुँह डालकर बोलीं,"आ गयी मैं। तू तो पूछेगा नहीं। पर मेरा फ़र्ज़ है बताना।"

वे घर को सम्बोधित कर रही थीं। यह कोई नयी बात नहीं थी। वे बर्तनों से भी बातें करती थीं। उनसे पूछती थीं– क्यों, आराम हो रहा है? आजकल तुम्हारे पेंदे में आँच नहीं लगती, तो तकलीफ़ कम होती होगी?तकिये से तो वे सोते वक़्त लगभग रोज़ ही बात करती थीं– 'देख, रात में मुझे डर लगे या कोई बुरा सपना आये तो झट से हिला देना। तुझे तो सपने आते नहीं होंगे, लेकिन मुझे आते हैं।'

सुमित्रा के दाँतों की कहानी नाक की सीध में चली आ रही थी। कहानी ने करवट ली पति के निधन के बाद। जब बेटे अमित की शादी हो गयी। जब घर में बहू आयी। जब बेटे की शादी के एक साल के भीतर ही बेटी प्रिया की डेंगू से मौत हो गयी। पहले सुख–दुख का साथी गया, फिर बातचीत का सहारा। पति के बाद अकेलेपन का सामना करने में बेटी ने ही मदद की थी। वह उन्हें घर से बाहर निकालकर ले जाती। फ़िल्में दिखाती, घुमाती–फिराती। हर वक़्त व्यस्त रखती। लेकिन बेटी के गुज़र जाने के बाद वे एकदम अकेली पड़ गयीं। पति को भुलाने की कोशिशों में जितनी सफलता हाथ आयी थी, सब बेकार गयी। अकेलेपन में वे दोनों फिर से लौट आये थे। बाप–बेटी हर वक़्त अगल–बगल रहते। एक याद आये तो दूसरा उसके कन्धे के पीछे से झाँकने लगता।

उन दिनों बहू कोई अप्रिय बात कह भी दे तो वे अपने आप को समझा लेती थीं– छोड़ परे, सुमित्रा। अपना दिल छोटा मत कर। वैसे बहू की एक ही बात उन्हें सबसे बुरी लगती थी। जब

वह बेटे को डॉलर का भाव बताती थी। कहती थी, एक डॉलर उनसठ रुपये का हो गया...आज साढ़े इकसठ का...आज तो बासठ का हो गया। तुम इस वक़्त अमेरिका में होते और अपनी सैलरी को रुपयों में बदलते तो अभी बैठे–बैठे हज़ारों रुपये बढ़ गये होते। यह सब सुनकर अमित की आँखें बिजली की लड़ियों की तरह दिप–दिप करने लगतीं। एक बार उसके सामने कमज़ोर रुपये का चित्र उभरता। गाँधी जी दिखाई देते, एनिमिक से। दूसरे ही क्षण हरे पिछवाड़े वाला डॉलर सामने आ जाता– कभी गठीले बदन के अब्राहम लिंकन, तो कभी मोटे गाल वाले बेंजामिन फ्रेंकलिन के साथ। डॉलर डब्ल्यू.डब्ल्यू.एफ. चैम्पियन की तरह पैर पटकता और दहाड़ मारता। अमित आँखें मिचमिचाता हुआ मुंगेरीलाल की तर्ज पर अमेरिका का सपना देखने लगता। सुमित्रा को घबराहट होने लगती। बहू का इस तरह सपने दिखाना और बेटे का सम्मोहन में फँसते चले जाना उन्हें क़तई पसन्द नहीं था। उन्हें लगता कोई विशालकाय चील उनके आँगन में खेल रहे चूज़े को झपट्टा मारने आ रही है।

अमित एम.सी.ए. था। मेघा कहती थी कि एम.सी.ए. के लिए अमेरिका ही सर्वोत्तम डेस्टिनेशन है। असल में, अमेरिका लम्बी गरदन वाली मेघा का सपना था। लेकिन वह सपना अमित की आँखों में चमकता था। सपने मेघा देखती और फुलझड़ियाँ अमित की आँखों में जलतीं। माँ जब विदेश चले जाने के ज़िक्र से उदास होती तो अमित उनकी आँखों में भी सपना सुलगाने की कोशिश करता, "मम्मी, जब तुम अमेरिका चलोगी ना हमारे साथ, तब पता चलेगा हिन्दुस्तान और अमेरिका का फ़र्क़।"

एक दिन मेघा ने आख़िरकार कह ही दिया, "मम्मी को झूठी तसल्ली क्यों देते हो? तुम जानते हो कि वे वहाँ नहीं रह सकतीं। उनके बस का नहीं है। उन्हें तो ठीक से खाना भी नहीं आता। कितनी तेज़ चप–चप की आवाज़ करती हैं।"

"असल में मम्मी के आगे के दाँत नहीं हैं ना, इसलिए कुछ ज्यादा

आवाज़ होती है।" अमित ने बग़ैर सोचे कह दिया। मेघा फैल गयी, "तुम सफ़ाई क्यों दे रहे हो?"

"मैं तो यूँ ही बता रहा हूँ। उन्हें ले जाने के लिए भूमिका नहीं बाँध रहा। अभी तो पहले हम चले जायें।"

उन्होंने दोनों की बातचीत सुन ली थी। इसके बाद से ही वे थोड़ा गुमसुम रहने लगीं। बेटे से कुछ खिंची–खिंची। बेटा नज़रें मिलाने से बचता। बहू अपने में मस्त रहती। घर के माहौल में एक अज्ञात बोझिलता पसर गयी थी। लेकिन अब सुमित्रा बहुत सतर्क होकर खाना खातीं। पूरी कोशिश करतीं कि खाते वक़्त मुँह बन्द रहे और चबाने की कोई आवाज़ न निकले। उन्हें अपने ही खाने–चबाने की आवाज़ डराने लगी थी।

दृश्य–छह

वह रात सुमित्रा के लिए बड़ी मनहूस थी जब अमित ने घर में घुसने के साथ ही ऐलान किया था कि वह और उसकी पत्नी अमेरिका जा रहे हैं। अगले हफ़्ते वीज़ा के लिए इंटरव्यू था। उसे अमेरिका में नौकरी मिल गयी थी। सुमित्रा का मुँह आश्चर्य से अधखुला रह गया। मुँह बन्द करने का होश कब आया यह उन्हें याद नहीं। लेकिन लगा, पलक झपकते ही बीस दिन बीत गये और शायद बीस दिन बाद ही उन्होंने मुँह बन्द किया हो, जब बेटे और बहू ने ज़रूरत–भर का सामान उठाया और चलते बने। जाते हुए बेटे ने माँ से इतना ही कहा था कि हम लोग आते–जाते रहेंगे। बीच में कभी आपको भी बुला लेंगे।

बेटे और बहू के चले जाने के दो साल बाद ही सुषुप्तावस्था में पड़ी दाँतों की कहानी ने फिर सिर उठाया था। तभी वे डेंटिस्ट के पास गयी थीं। उससे दाँत उखड़वाने की सलाह ली थी। जब उखड़वाने की बारी आयी तो वे भारी उधेड़बुन में थीं। डेंटिस्ट ने पूछा, "क्या सोच रही हैं माताजी, कि ये दाँत गाय की हड्डी से तो नहीं बनते?"

"ऐसा नहीं सोच रही।"

"माताजी, दाँत हड्डी से बनते ही नहीं।"

"क्या सोने के दाँत लगवाये जा सकते हैं?"

"मैं कह रहा हूँ माताजी, बेफ़िक्र रहें। दाँत एक्रेलिक और दूसरे मैटीरियल से बनते हैं, हड्डी नहीं होती।"

"मैं पूछ रही हूँ, क्या सोने के दाँत लगवाये जा सकते हैं?" सुमित्रा ने थोड़ा रूखे लहजे में पूछा था। डॉक्टर सकपका गया, "माता जी, सब कुछ हो सकता है। पर मैं उसी की बात करूँगा, जो मैं कर सकता हूँ।"

"इसका मतलब व्हाइट गोल्ड के भी लग सकते हैं?"

डेंटिस्ट थोड़ा चिढ़ गया, "आप चाहें तो प्लेटिनम के बनवा सकती हैं। लकड़ी के दाँत लगवा लीजिए, चाहें तो हाथी दाँत के बनवा लीजिए।"

लेकिन अगले ही क्षण सुमित्रा ने पैंतरा बदला, "ठीक है तो, जिस चीज़ के लग सकते हैं, लगा दो।"

"सोने के नहीं लगवाने?"

"मेरे पास पैसे कहाँ हैं?"

"तो फिर बिलावजह इतनी पूछताछ क्यों की?"

"ऐसे ही। मान लो, किसी से कहूँ कि मेरे दाँत सोने के हैं, तो मुझे पता होना चाहिए कि सोने का डेंचर लगता भी है या नहीं।"

डेंटिस्ट को गुस्सा तो बहुत आया लेकिन वह जज़्ब कर गया।

बहरहाल, साल–भर में सारे दाँत उखड़कर नक़ली लग गये। लेकिन आश्चर्य की बात थी कि वे एक्रेलिक के उन दाँतों को व्हाइट गोल्ड के बताती फिरती थीं। जबकि अच्छी तरह जानती थीं कि व्हाइट गोल्ड का रंग दूधिया नहीं होता। वे पूरी गम्भीरता से अफ़वाह फैलाने की कोशिश में जुटी हुई थीं। वे ऐसा क्यों कर रही थीं? दाँतों की कहानी को इस मोड़ पर ले आने वाले उनके दिमाग़ में क्या चल रहा है, इसे समझे बिना गुत्थी सुलझने वाली नहीं थी।

दृश्य–सात

अमित दो साल बाद दीवाली पर आया। अकेला। फिर तीसरे साल नहीं आया। चौथे साल उसके आने की उम्मीद थी लेकिन वह चौथे क्या, पाँचवें और छठे साल भी नहीं आया। इस दौरान उसने माँ को भी नहीं बुलाया। माँ का तो पासपोर्ट तक नहीं बना था। यह सातवाँ साल चल रहा था। कई बार उन्हें भ्रम होता कि सातवाँ है या पन्द्रह–बीस साल बीत गये। वे अब साल, महीने और दिन गिनना छोड़ चुकी थीं। इस दौरान उनके कुछ और बाल सफ़ेद हो गये। झुर्रियाँ इस तेज़ी से बढ़ी थीं कि शीशा देखने में डर लगने लगा। कमर कुछ–कुछ झुकने लगी थी। थोड़ी–सी भागदौड़ में साँस फूलने लगती। वे हर वक़्त अपनी क़िस्मत को कोसती हैं। कितनी अभागी हैं कि पहले पति गये, फिर बेटी गयी और अब बेटा दूर चला गया। होते हुए भी, जैसे नहीं है। उन्हें अब भ्रम होने लगा था कि शायद वे हर वक़्त चपचप की आवाज़ करती हैं। शायद नींद में भी। इसीलिए बेटा और बहू उन्हें अकेला छोड़ गये। शायद वे इसी लायक हैं। बदक़िस्मत। बल्कि मनहूस। वरना एक–एक कर सब उन्हें छोड़ क्यों गये? कई बार तो वे बेहद असहाय महसूस करती हैं, जब लगता है बुख़ार है। बिस्तर से उठने की इच्छा नहीं होती। वे कराहती हैं। पानी माँगती हैं। उन्हें भ्रम होता है कि कोई घर में ज़रूर है। वह झट से पानी लेकर हाज़िर हो जायेगा। लेकिन उनकी कराहें किसी फेरीवाले की आवाज़ में, रिक्शे या साइकिल की घण्टी में या गाड़ी के हॉर्न में दब जाती हैं। तब उन्हें लगता है कि कोई उन्हें सुन नहीं पा रहा शायद। वे पूरा घर छान मारती हैं। कहीं कोई नहीं होता। वे उठकर पानी ले आती हैं। गिलास सामने रखकर उसे देखती हैं और फूट–फूटकर रोने लगती हैं।

कई–कई दिन हो जाते हैं, घर में आटा नहीं रहता। उन्हें बाज़ार से लाने की हिम्मत नहीं होती। शायद अन्दर से खाने का उत्साह ही नहीं है। बनाने का तो क़तई नहीं। एक आदमी के लिए क्या पकाना।

कभी एक बार बनाती हैं और तीन वक़्त उसी को खा लेती हैं। कभी दूध हुआ तो पीकर सो गये। खाने की छुट्टी। कभी चाय के साथ ही एकाध बासी रोटी खा ली।

इस अकेलेपन और बेबसी में सुमित्रा धीरे–धीरे निर्जीव वस्तुओं से बात करने लगीं। कभी फटा–पुराना फ़ोटो एलबम लेकर बैठ जाती हैं। बच्चों की तस्वीरें देखती हैं। उन्हें यक़ीन नहीं होता कि बच्चे एकाएक इतने बड़े हो गये। बेटी तो इतनी बड़ी हो गयी थी जैसे उनकी माँ हो। उनसे पहले चली भी गयी। हालाँकि वे उसकी बचपन की तस्वीर बगल में रखकर उसे अब भी लोरी सुनाती हैं। घण्टों। फिर अपनी लोरी से ख़ुद ही सो जाती हैं। ब्लैक एंड व्हाइट तस्वीर में पति को देखकर लगता है सब कल ही की बात है। जब वे जवान थीं। जब पति जवान थे। जब वे पति के दफ़्तर से आने का इन्तज़ार करती थीं। एक साधारण–सी नौकरी में पति उन दिनों पता नहीं क्या करते थे कि पूरा घर ख़ुशियों से भरा रहता। छोटी–छोटी फ़रमाइशें होतीं, खाने की, घूमने की, किताबों की, सिनेमा या नाटक देखने की। तरह–तरह का सामान घर में ठूँसने की ज़रूरत कभी महसूस नहीं होती थी। घर में ऐसा कुछ भी नहीं था, पर बच्चों के साथ बैठकर खाते हुए कभी ऐसा लगा ही नहीं कि किसी तरह का अभाव है। रूखा–सूखा भी हाथ चाटकर खाते थे और कभी पता ही नहीं चल पाया कि खाते वक़्त किसी के मुँह से चपचप की आवाज़ भी होती है।

आज अकेलेपन से लड़ने के सारे जतन करने के बावजूद मन उचाट रहता है। घर काटने को आता है। दीवारों को देखकर ऊब होने लगी थी। दिन तो फिर भी बीत जाता, लेकिन रात काटनी भारी पड़ती। सुबह और शाम एक–एक घण्टा वे पार्क में बिताती हैं। पिछले कुछ दिनों से वे एक कठफोड़ की कारगुज़ारी देखते हुए पार्क में लगभग दो घण्टे बिता रही हैं। कठफोड़ गुलमोहर के पेड़ में चोंच मार–मारकर छेद करने में लगा रहता है। वह अपने बच्चों के लिए घर बना रहा है। उड़ने वाले बच्चों के लिए इतनी मेहनत!

पार्क से लौट कर वे चाय पीती हैं और दस बजे मन्दिर चली जाती हैं। कभी मन हुआ तो नाश्ता किया, न हुआ तो नहीं किया। बारह बजे तक मन्दिर से लौटती हैं। दिन में एकाध घण्टा आराम। लेकिन बचा हुआ वक़्त काटे नहीं कटता। कभी पास–पड़ोस में बैठा करती थीं, पर एक दिन उससे भी तौबा कर ली। उनके घर से लगा हुआ शर्मा जी का घर था। संयुक्त परिवार। सबसे बड़े शर्मा जी। हेडमास्टर जैसे। एक रोज़ वे शर्मा जी के दरवाज़े पर पहुँची ही थीं कि उनका कर्कश स्वर कानों में पड़ा। शर्मा जी पत्नी को डपटते हुए घर की औरतों को सुना रहे थे– ज़बान की जगह थोड़ा हाथ–पैर भी चलाया करो। ...और ये जो बुढ़िया है ना, तुम्हारी पड़ोसन, इसको कोई काम नहीं है। टाइमपास करने चली आती है। तुम लोगों की तो घर–गृहस्थी है। ज़िम्मेदारियाँ हैं। हैं कि नहीं?

वे दरवाज़े पर थीं। उलटे पाँव लौट आयीं। उस दिन के बाद उन्होंने पास–पड़ोस में जाना बन्द कर दिया। पहले रिश्तेदारी में शादी–ब्याह होते तो वे तीन दिन पहले पहुँच जातीं और सारे मेहमानों के रुख़सत होने के बाद ही वापस आतीं। लेकिन धीरे–धीरे निमन्त्रण आने कम होते गये। कोई कहता, भेजा तो था, शायद डाक की गड़बड़ी रही होगी। सुमित्रा के मन में एक सवाल बार–बार उठने लगा। वे इतनी अवांछित क्यों हो गयीं? हर कोई उनकी उपेक्षा क्यों करता है? वे भगवान के कैलेंडर को देखतीं और फिर क्रोध से मुँह फेर लेतीं। उन्हें भगवान पर भी थोड़ा शक होने लगा था।

दृश्य–आठ

एक दिन अचानक सुमित्रा के घर से चीख़–पुकार सुनाई दी। शर्मा जी की पत्नी दौड़ी–दौड़ी पहुँचीं। देखा तो सुमित्रा ज़मीन पर गिरी हैं। एक पुराने ज़माने का स्टूल उनके बगल में लुढ़का पड़ा है। वे गिरे–गिरे कराह रही थीं। श्रीमती शर्मा ने अपने पति को आवाज़ दी। वे जब तक बड़बड़ाते हुए पहुँचे, तब तक उनकी पत्नी सुमित्रा को सहारा देकर घर के बाहर तक ले आयी थीं। शर्मा जी उन्हें इस

तरह अस्पताल ले गये जैसे डॉक्टर के पास आलू का बोरा पहुँचाना हो। अनिच्छा से। एक्स–रे से पता चला कि पैर की हड्डी में बाल बराबर क्रेक आ गया। प्लास्टर चढ़ाना पड़ा। लगी तो कमर में भी थी पर वे कमर को भूल गयीं। डॉक्टर ने दर्द और सूजन कम करने के लिए दवा दे दी थी। शर्मा जी का आधा दिन मुफ़्त की समाज सेवा में निकल गया। वे खीजे हुए लग रहे थे। सुमित्रा दीवार पकड़–पकड़कर अस्पताल से बाहर आयीं। शर्मा जी ने सड़क पर आकर रिक्शेवाले को बुलाया और सुमित्रा को रिक्शे के पास छोड़कर अपने काम पर चले गये।

सुमित्रा को देखते ही रिक्शेवाला चौंका, "अरे, सोने के दाँत वाली माताजी?" फिर उनके पैरों की तरफ़ देखता हुआ बोला, "कैसे तुड़ा लिया?"

वे कुछ बोली नहीं। रिक्शेवाले ने उन्हें सहारा देकर रिक्शे पर बैठाया। वह आगे बढ़ते हुए बीच–बीच में पलटकर सुमित्रा को तिरछी नज़र से देख लेता था। जैसे वे पीछे से हमला करने वाली हों। अचानक ही वह फिर से पलटा और अपना सवाल दोहराया, "बताया नहीं माता जी, पैर कैसे तुड़ा लिया?"

"स्टूल पर चढ़कर सफ़ाई कर रही थी भइया, गिर गयी।"

रिक्शावाला बुदबुदाया, "ग़नीमत है, ये नहीं कहा कि किसी रिक्शेवाले ने गिरा दिया।"

सुमित्रा ने उसका बड़बड़ाना सुन लिया। पूछा, "तुझे ऐसा क्यों लगा?"

"आप का कोई भरोसा है, माता जी? पहले भी ख़ूब चूतिया बनाया है आपने, सोने के दाँत बताकर।"

सुमित्रा की इच्छा हुई, वे मुस्करायें, लेकिन दर्द इतना था कि कोशिश असफल हो गयी। रिक्शेवाला चुप हो गया था। कुछ ही देर में वे घर पहुँच गयीं। उसने उन्हें सहारा देकर घर के अन्दर तक पहुँचा दिया। जाते हुए सुमित्रा ने उसे बीस रुपये दिये। फिर दस रुपये और उसकी ओर बढ़ा दिये, "रख ले।"

लेकिन उसने लेने से इनकार कर दिया, "बीस ही बनते हैं माता जी। मैं बीमार से, ग़रीब से और फ़क़ीर से फ़ालतू पैसा नहीं लेता।"

वह जाने लगा तो सुमित्रा ने कहा, "मेरे दाँत सोने के नहीं हैं, बेटा।"

"मैं जानता हूँ।"

वे चुप हो गयीं। इसलिए नहीं कि रँगे हाथों पकड़ी गयीं। चुप इसलिए हुई थीं क्योंकि सफ़ाई में लम्बा–चौड़ा ब्योरा देना होता। उनके पैर में दर्द हो रहा था। उन्होंने दवाई निकालते हुए कहा, "एक काम कर दे, मुझे एक गिलास पानी दे दे, उधर रसोई से। मैं दवा खा लूँ।"

रिक्शेवाले ने पानी देते हुए मन–ही–मन सोचा बुढ़िया खिसकी हुई तो नहीं लग रही। सुमित्रा ने दवाई खायी और पैर ऊपर कर लेटने लगी। रिक्शेवाले ने उन्हें बिस्तर पर लेटने में मदद की और जाने लगा। सुमित्रा ने उसकी पीठ को सम्बोधित करते हुए कहा, "मैं कैसे बताऊँ कि सोने के दाँतों की कहानी क्या है।"

रिक्शेवाला ठिठक गया। पलटकर बोला, "कोई मलाल मत करो माता जी, बहुत लोगों को बढ़ा–चढ़ाकर हाँकने की आदत होती है।"

सुमित्रा ने उसे हाथ के इशारे से वापस बुलाया और बैठने को कहा। वह उनके सामने ज़मीन पर बैठ गया।

"तू जानना चाहता है मैंने झूठ क्यों बोला?...वैसे, क्या करेगा जान कर?"

"पता तो चले माता जी....भले घर की औरत, रोज़ मन्दिर जाने वाली... ऐसी झूठी बातें क्यों करती है," कहकर उसने कुछ क्षण इन्तज़ार किया और बोला, "पहले तो मैं भी आपको पागल समझता था।"

सुमित्रा की नज़रें उसके चेहरे को टटोलने लगीं, जिससे भोलापन झलक रहा था। पता नहीं कितना वक़्त गुज़र गया था किसी से दिल की बात किये। उन्होंने पति और बेटी की मृत्यु से लेकर बेटे के घर से चले जाने तक की पूरी कहानी उसे बता दी। फिर आँखें मूँदकर थके हुए स्वर में बोलीं, "मैं सोचती थी, मेरा बेटा मुझे छोड़कर इतनी

दूर नहीं जायेगा। कभी गया भी तो मुझे साथ ज़रूर ले जायेगा। पर हम अपने बच्चों को भी पूरी तरह कहाँ पहचान पाते हैं।"

"अमरीका जाना तो बड़ी बात है माता जी, छोटे–मोटे लोग थोड़े ही जा सकते हैं।" रिक्शेवाले ने पता नहीं नासमझी में यह कहा कि उन्हें सान्त्वना देने के लिए। सुमित्रा ने गहरी साँस छोड़ी, "जाना तो अच्छा लगता है, लेकिन जब बच्चे लौटकर नहीं आते...मैं तो एकदम अकेली हो गयी हूँ। मेरा दम घुटता है। मुझे उसी तरह डर लगता है जैसे बचपन में लगता था।"

उन्होंने करवट बदली। एक हल्की–सी कराह उनके मुँह से निकली। रिक्शेवाले ने तकिया सिर के नीचे लगाने में मदद की और दुबारा फ़र्श पर बैठ गया। सुमित्रा ने फिर से बोलना शुरू किया, "सुनती रहती थी कि अकेले रहने वाले बुजुर्गों के घर में आज यहाँ डकैती पड़ गयी, आज वहाँ पड़ गयी। मैं सोचती थी मेरे साथ भी शायद किसी दिन ऐसा ही होगा। लेकिन यह सोचकर बहुत डर लगता है कि कोई चाकू से गोद कर या चारपाई के पाये से सिर फोड़कर हत्या कर देगा। अभी तो पोते का मुँह भी नहीं देखा।"

"आपके पास माल बहुत है क्या?"

सुमित्रा कुछ नहीं बोलीं। उन्होंने रिक्शेवाले को ग़ौर से देखा। वह मुस्करा रहा था। उन्हें लगा, मन की बात बताकर ग़लती कर दी। कहीं ऐसा न हो यह रिक्शेवाला ही मार डाले। उन्होंने दुबारा उसके चेहरे को टटोला। सचमुच वह चोर लग रहा था। सुमित्रा ने घबराकर पूछा, "तू रात में क्या करता है?"

"मतलब? ...मैं तो सोता हूँ।"

"तो क्या रोज़ सो जाता है?"

"हाँ। ...पर सच बताऊँ, कभी–कभी पव्वा भी लगा लेता हूँ। उसके बाद आधी रात तक ज़ोर–ज़ोर से गाता हूँ।"

सुमित्रा ने फिर से उसके चेहरे को देखा– यह गवैये का मुँह तो लगता नहीं, चोट्टे का ज़रूर लगता है।

फिर अचानक सोचने लगीं, मैं डर क्यों रही हूँ? मैं तो ख़ुद ही

चाहती थी कि किसी दिन कोई छोटा–मोटा चोर–उचक्का घर में घुस आये तो चलेगा। वह घर में घुसे, कुछ हाथ न लगने पर उसे गुस्सा आ जाये और वो धक्का–मुक्की करके चला जाये। बस, ठौर–कुठौर न मारे।

दृश्य–नौ

सुमित्रा बेड से पीठ टिकाने के लिए फिर कसमसायीं। रिक्शेवाले ने फिर से मदद की। वे कुछ देर के लिए फ़्लैशबैक में चली गयीं। उन्हें वह दिन अच्छी तरह याद है जब उनके मन में दाँतों के इस्तेमाल का ख़याल अचानक आ गया था। हुआ यों कि शर्मा जी की पत्नी से मन्दिर में मुलाक़ात हो गयी। वे अपनी उँगलियों को बार–बार देख रही थीं। फिर उनसे रहा नहीं गया। उन्होंने सुमित्रा को नवरत्न की अपनी अँगूठी उतारने की सूचना देते हुए उसका कारण भी बता दिया। बोलीं– आज शर्मा जी के जाने के बाद मैं अख़बार पढ़ने बैठ गयी। मैंने सोचा, मैं भी देखूँ, अख़बार में ऐसा क्या है जो शर्मा जी चिपके हुए थे। तभी एक ख़बर पर नज़र पड़ी। लिखा था, सड़क दुर्घटना में एक आदमी मर गया। सुबह जब उसकी लाश मिली तो लाश की एक उँगली ग़ायब थी। पुलिस की समझ में नहीं आ रहा था कि उँगली कटकर अलग कैसे हो गयी। और गयी कहाँ। इस रहस्यमय केस को लेकर पुलिस हैरान–परेशान थी। कोई सुराग़ हाथ नहीं लग रहा था। छह महीने बीत जाने पर भी केस नहीं सुलझा। पुलिस फ़ाइल बन्द करने ही वाली थी कि दो दिन पहले एक चोर के पकड़े जाने पर सारा रहस्य खुल गया। उसने कई चोरियों के साथ–साथ लाश की उँगली काटना भी क़बूल कर लिया। चोर ने बताया कि दुर्घटना में मरे एक व्यक्ति की उँगली में अँगूठी चमक रही थी। आसपास कोई नहीं था। उसने अँगूठी निकालने की कोशिश की। लेकिन अँगूठी निकल नहीं रही थी। इसलिए वह उँगली काटकर ले गया। चाकू से उँगली काटते हुए उसने लाश के चेहरे की तरफ़ देखा था। तभी उसका एक पीला दाँत चमका। उसने लाश

के होंठों को उलट–पलट कर देखा। उसके दो दाँत सोने के थे। वह उन्हें भी उखाड़कर ले गया।

यह क़िस्सा सुनने के बाद सुमित्रा के मन में अचानक दो विचार एक साथ कौंधे। एक तो यह कि शर्माइन सही सोचती हैं। सोने की चेन तो क्या, अँगूठी पहनकर भी घर से नहीं निकलना चाहिए। कोई भी उँगली काटकर अँगूठी ले जा सकता है। दूसरा यह कि सोने के दाँत सबसे सुरक्षित हैं। जीवित व्यक्ति के मुँह से कोई नक़ली दाँत उखाड़ कर ले जाये तो ज़्यादा से ज़्यादा धक्का–मुक्की करेगा। काटकर क्या ले जायेगा?

"क्या बात है माता जी, चोर की बात करते–करते आप चुप क्यों हो गयीं?" रिक्शेवाले ने पूछा। सुमित्रा को लगा उँगली काटने वाला चोर कहीं यही रिक्शेवाला न हो। बोलीं, "तूने कभी किसी लाश की उँगली काटी है?"

रिक्शेवाला थोड़ा पीछे सरक गया। कहीं बुढ़िया को पागलपन का दौरा न पड़ गया हो। उसने डरते हुए पूछा, "लाश की उँगली कौन काटता है माता जी?"

"तो क्या वो ज़िन्दा था?"

"कौन?" रिक्शेवाला हड़बड़ाकर उठने लगा, "आपकी तबीयत ठीक नहीं लग रही माता जी, मैं चलता हूँ।"

सुमित्रा ने सिर को झटका दिया और एक गहरी साँस ली। नहीं, ये चोर नहीं हो सकता। वरना जाने की बात न करता। बोलीं, "बैठ–बैठ, मैं कहीं और खो गयी थी।...हाँ, तो मैं कह रही थी कि धीरे–धीरे मैं हारने लगी थी। पर एक दिन दिमाग़ में आया कि क्यों न लोगों से कहूँ, मेरे दाँत सोने के हैं। शायद कोई मुझे ज़मीन पर पटककर दाँत ले जाने की कोशिश करे। थोड़ा चोट–पटक लगेगी तो ख़बर मिलते ही बेटा दौड़ा–दौड़ा आयेगा।"

उनका गला रुँध गया था। रिक्शेवाला उन्हें देखता ही रह गया। समझ में नहीं आया क्या कहे। बोला, "हमें क्या पता माता जी, आप एतना दुखी हो। हम लोग तो यही सोचे कि थोड़ा खिसक–उसुक

गयी हैं।" इतना कहकर उसने स्वर को ऊँचा किया, "वो साला भूरेलाल जो है, लम्बू जेबकतरा, कहने लगा बुढ़िया पागल है। चौराहे पर गाँधी बाबे की मूरती के आगे खड़ी होकर कह रही थी– तू आजकल दुबला हो गया बाबा, बकरी का दूध पी...एकदम मस्त।"

सुमित्रा मुस्करायीं, "अच्छा तो उसने सुन लिया। मैंने बात की थी गाँधी जी से। मैंने कहा था कि बकरी का दूध पियो और मस्त रहो। झूठी दुनिया के लिए सत्य के प्रयोग करने का कोई फ़ायदा नहीं।"

रिक्शेवाला थोड़ा असमंजस में पड़ गया। क्या सचमुच इस बूढ़ी औरत को पागलपन के दौरे पड़ते होंगे? उसने मन की बात थोड़ा घुमा कर कही, "माता जी, ऐसे मूर्तियों–वूर्तियों से क्यों बात करती हो?"

"तो किससे करूँ?"

रिक्शेवाले को कोई उत्तर नहीं सूझा। बोला, "अकेले में गीत गाया करो माता जी। हम भी तो गाते हैं। ...मूर्तियों से बात करना ठीक नहीं है। लोग तो क्या से क्या सोच लेते हैं। ये दुनिया पागल है, माता जी।"

सुमित्रा ने साड़ी के पल्लू से आँखें पोंछ लीं। रिक्शेवाले ने बात को दूसरी तरफ़ मोड़ना बेहतर समझा, "बेटा जी आ रहे हैं क्या?"

"क्यों?"

"नहीं...मतलब...आप घर की सफ़ाई कर रही थीं तो हमने सोचा... ।"

सुमित्रा अचानक फफक–फफककर रोने लगीं। रिक्शेवाला हैरान। वह उन्हें समझाने लगा, "कोई बात नहीं माता जी, बेटा जी एक दिन ज़रूर आयेंगे। जब उन्हें पता चलेगा कि आपका पैर टूट गया, वो ज़रूर आयेंगे।"

सुमित्रा ने गहरी साँस लेकर आँखें मूँद लीं। शायद अब उन्हें कोई उम्मीद नहीं रह गयी थी। कुछ देर बाद आँखें खोलकर लेटे–लेटे ही छत को देखने लगीं। तभी एकाएक उनका ध्यान पंखे पर लटक रही रस्सी की तरफ़ चला गया। अरे बाप रे, यह रस्सी तो लटकी रह गयी। शर्माइन की नज़र तो नहीं पड़ी होगी? पड़ी होती

तो ज़रूर पूछताछ करतीं। उन्होंने मन–ही–मन राहत महसूस की और घबराये स्वर में रिक्शेवाले से बोलीं, "मेरा एक काम और कर दे। वो जो रस्सी लटक रही है ना, उसे उतार दे।"

रिक्शेवाले ने पंखे की तरफ़ देखा तो चौंक पड़ा। पंखे से लटकी रस्सी के एक सिरे पर फन्दा बना हुआ था। पंखे के ठीक नीचे एक स्टूल अब भी लुढ़का पड़ा था। सारा माजरा समझते उसे देर नहीं लगी। वह धीरे से उठा। स्टूल सीधा किया और उस पर सँभलकर पैर रखते हुए रस्सी उतार दी। वह कुछ बोल नहीं पाया। उसकी ज़बान सूख रही थी। मानो, संसार से सारे शब्द कोई चोर–उचक्का अचानक समेट ले गया हो। सुमित्रा ने फिर से आँखें मूँद ली थीं। रिक्शेवाले को कुछ नहीं सूझा, तो जेब से बीस रुपये निकाले और सुमित्रा की नज़र बचाकर चुपचाप बेड से लगी तिपाही पर रख दिये। कुछ देर उन्हें देखता रहा। वह सुमित्रा से कहना चाहता था कि आगे से ऐसी 'सफ़ाई' न करें। लेकिन कह नहीं पाया और धीमे–धीमे एक–एक क़दम उठाता हुआ दृश्य से ओझल हो गया।

इन्द्रप्रस्थ भारती (जनवरी–मार्च, 2015)

कीच

यह बात अफ़वाह की तरह बहुत तेज़ी से फैली। ज़्यादातर लोगों ने उस पर यक़ीन कर लिया। गुच्ची की हरकतें ही कुछ ऐसी थीं। उसे पागल करार दिये जाने पर लोग चौंके तक नहीं। हालाँकि वह जो कहता था, और अकेला ही जिस पर टिका हुआ था, वह ज़्यादा गम्भीर बात लगती थी। लेकिन उसके बारे में एक प्रकार की धारणा बन जाने के बाद कोई उसकी बात पर भरोसा नहीं करता। लोग सुनते हैं और हँस देते हैं।

उसकी माँ का कहना था कि किसी डॉक्टर ने अब तक गुच्ची को पागल घोषित तो नहीं किया, लेकिन वह 'ऐसा ही' है। 'ऐसा ही' का सीधा अर्थ 'पागल ही' समझा गया। माँ के बयान के बाद गुच्ची की हर बात कमज़ोर पड़ने लगी। लोग कहते, अकेले डॉक्टर के पागल घोषित नहीं करने से क्या फ़र्क़ पड़ता है। दुनिया जानती है कि वह है। लोकतन्त्र में सच की कसौटी क्या है?– बहुमत की राय। यहाँ तो उसके क्लोन जैसे लगने वाले कुछ साथियों को छोड़कर शहर की सर्वसम्मत राय है कि गुच्ची पागल है। शहर में चार ठलुए ही ऐसे थे जिनके मन में गुच्ची की बातों ने थोड़ी बहुत गुंजाइश बना ली थी। लेकिन वे भी उसके पाले में खड़े नहीं थे। खड़े भी होते तो ठलुए तो ठलुए हैं। उन्हें लोग बहुत भरोसेमन्द नहीं मानते।

कहते हैं ना, कि आसमान की तरफ़ थूकोगे तो अपने ही मुँह पर आयेगा। वह अगर थूकता तो शायद आसमान निश्चिन्त रहता, क्योंकि थूक उसी के मुँह पर गिरना था। लेकिन गुच्ची थूकता नहीं

था। पागलपन में लगातार आकाश की तरफ़ देखकर बड़बड़ाता था। एक तरह से अभिव्यक्ति की स्वतन्त्रता का फ़ायदा उठा रहा था। उसकी बड़बड़ से आसमान की सहिष्णुता कम हो रही थी। चाँद, तारे और सूरज क्रोधित होने लगे थे। सूरज के तो घोड़े तक बिदकने लगे। वे कभी भी हिंसक हो सकते थे। अपनी टापों से गुच्ची का मुँह कुचल सकते थे। ग़नीमत थी कि अभी तक उन्होंने ऐसा कुछ किया नहीं था। लेकिन इस बात का भरोसा धीरे–धीरे कम होने लगा कि गुच्ची का बड़बड़िया मुँह हमेशा सलामत रहेगा या उसके सिर पर उल्कापात नहीं होगा।

गुच्ची के पागलपन से परेशान उसकी माँ एक दिन कक्कू जी उर्फ़ भोलेभाले जी महराज की शरण में चली गयी। उन्हीं कक्कू जी की, जिनकी शरण में जाने की शहर में होड़ लगी थी। कक्कू जी झकाझक सफ़ेद धोती पहने ऊँचे आसन पर बैठते थे। लुंगी की तरह बदन से लिपटी धोती का एक सिरा बायें सीने से दायीं तरफ़ जाता हुआ उनके कन्धे पर झूलता रहता। दायीं भुजा पर गण्डा बँधा होता और उसके नीचे चन्दन की तीन आड़ी रेखाएँ। माथे पर चन्दन की तीन पट्टियों के बीच सिक्के के बराबर एक लाल रंग का गोल टीका रहता। घुँघराले केश खुले हुए और कुछ लटें चेहरे से खेलती रहतीं। सुडौल भुजाएँ। भक्तों की तरफ़ भागते गोरे पैर। अगर उनके ललाट का चन्दन पोंछकर बालों में मोरपंख खोंस दिया जाये तो वे साक्षात गौरवर्ण कृष्ण लगें।

मालती ने जब पहली बार उन्हें देखा तो निहारती रह गयी। वह अपने बेटे गुच्ची को कुछ देर के लिए भूल गयी। जबकि वह आयी थी गुच्ची की ख़ातिर। जूड़ी बुख़ार की मरीज़ जैसी काँपती एक बुढ़िया ने सलाह दी थी कि महराज जी की शरण में जा। उनकी कृपा हुई तो तेरा गुमसुम बेटा वाचाल हो जायेगा। बल्कि ऐसी लंतरानी छोड़ेगा कि तू मुँह ताकती रह जायेगी।

महराज जी अक्सर कहते थे, और उस दिन भी, जब मालती पहली बार उन्हें सुन रही थी, उन्होंने कहा था, "नैतिक चरित्र

संस्कारों से बनता है, बन्धनों से नहीं। इन्द्रियों को बस में वही कर सकता है जो धर्म के मार्ग पर चलता है। धर्म पर आस्था से ही हमारे संस्कार बनते हैं। मन को बेमन से बाँधना नहीं चाहिए। शरीर को बेवजह हाँकना नहीं चाहिए। संस्कारों की लगाम ही है, जो तन और मन, दोनों को एक साथ साध सकती है।"

कक्कू जी के प्रवचन भक्तगण साँस रोककर सुनते हैं। साँस इसलिए रोकते हैं क्योंकि कई बार साँस की आवाज़ से प्रवचन में व्यवधान पड़ता है। जब एक वाक्य पूरा हो तो साँस छोड़ दो। दूसरा वाक्य पूरा हो तो खींच लो। मालती भी साँस रोककर कक्कू जी को सुनती रही। लौटते वक़्त मालती की तीन सहेलियों ने एक संकल्प लिया। मन को बाँधना और तन को हाँकना नहीं है। मालती ने भी इस संकल्प में शामिल होने की इच्छा व्यक्त की। मालती की उम्र पचास के क़रीब होगी। उसकी तीनों सहेलियाँ युवा थीं। यह अनुमान लगाना मुश्किल था कि उन्होंने तन और मन को बन्धनमुक्त करने के लिए क्या संकल्प लिया। हालाँकि स्वतन्त्र करना और लगाम कसना, दोनों एक साथ कैसे हो सकता है, यह बात उनकी समझ में नहीं आयी। इसलिए लगाम कसने की योजना उन्होंने भविष्य के महराज जी के दिशा–निर्देशों पर छोड़ दी। लेकिन जिस संकल्प का खुलासा सहेलियों ने किसी के सामने न किया हो, उसकी एक–एक परत चाय की दुकान पर खुल रही थी। बात लीक कहाँ से हुई, यह समझ से परे था।

बिंदा की दुकान गप्पबाज़ी का अड्डा थी। कुछ लोग कहते थे कि भाँति–भाँति के ठलुए वहाँ बैठकर फेंकते हैं। लेकिन दबी ज़ुबान में लोग यह तो मानते थे कि ठलुए जब फेंकते हैं तो कानों को बड़ा आराम मिलता है। मानो, कोई इअर बड डालकर खुजा रहो हो। ठलुए इस तरह बताते हैं कि कभी–कभी भरोसा करने को मन करता है। लेकिन ज्यों ही भरोसा करने को मन होता है, बिंदा टाँग अड़ा देता है। वह अन्ध श्रद्धा के साथ बात करता है। कई बार तो गाली–गलौज पर उतर आता है। इसलिए ठलुओं की बात पर सहमति जताने या बिंदा

की बात पर शंका करने में लोगों को डर लगता है। क्या भरोसा, ब्रेड पकोड़े का गरम तेल मुँह पर उछाल दे। लोग मानते थे कि श्रद्धा का अतिरेक बिंदा को थोड़ा आक्रामक बना देता है। कुछ उसे सनकी भी कहते थे। लेकिन पागल कोई नहीं कहता। जबकि गुच्ची पागल घोषित किया जा चुका था। लोग मानते थे कि दोनों, दो विपरीत ध्रुव हैं। गुच्ची उत्तरी ध्रुव और बिंदा दक्षिणी। ठलुए उन दोनों ध्रुवों के बीच झूलते रहते हैं। दोनों ध्रुव उन्हें चुम्बक की तरह खींचते हैं। लेकिन इधर उनका झुकाव उत्तरी ध्रुव की तरफ़ होने लगा था। इसका कारण यह भी था कि दक्षिणी ध्रुव प्रदेश में उनका मनोरंजन होता था। इसलिए उसके साथ वे खींचतान का रिश्ता बनाये हुए थे। उत्तरी ध्रुव की तरफ़ वे झुके तो थे ज़्यादा मज़ा मारने की उम्मीद में। पालग प्रदेश में यह सम्भावना अधिक लगती थी। लेकिन वहाँ कई गम्भीर सवालों से मुठभेड़ हो गयी।

दूसरी ओर, गुच्ची के ठीक होने की उम्मीद छोड़ चुकी मालती को भरोसा होने लगा कि उसका बेटा ठीक हो सकता है। कुछ महीनों में ही वह मानने लगी कि उस पर महाराज जी की बड़ी कृपा है। महराज जी से गुरु की महिमा का बखान सुनने के बाद उसे विश्वास हो चला था कि गुरु सचमुच ईश्वर का दूत होता है। उसे यह भी यक़ीन हो चला कि अब तक उसके साथ लगातार कुछ बहुत ख़तरनाक घट रहा था। इससे भी बुरा हो सकता था, लेकिन महराज जी ने उसकी छठी इंद्रीय को जैसे जाग्रत कर दिया। उसने महराज को बताया कि उसका बेटा गुमसुम रहता है। कभी–कभी अजीब हरकतें करता है। महराज ने 'अजीब हरकतों' का विस्तार से खुलासा करने को कहा, तो वह बोली, "जैसे कभी–कभी लेई लेकर आधी रात में घर से निकल पड़ता है।"

"लेई लेकर? ...लेई मतलब चिपकाने वाली?" महराज ने आश्चर्य के साथ पूछा था। उसने 'हाँ' में सिर हिला दिया। महराज चौंके "अजीब बात है, लेई से आधी रात में क्या चिपकाता है?"

"पता नहीं महराज जी, कितना ही पूछ लो, बताता नहीं। कभी–कभी पूरी रात बैठकर कुछ लिखता रहता है। मैंने एक दिन

उसके कागज़ों की छानबीन की। कविताएँ जैसी कुछ थीं। मतलब, पता नहीं कविताएँ थीं या कुछ और था।"

महराज ने ऊपर देखते हुए पुतलियों को तेज़ी से हिलाया। मानो कोई सन्देश प्राप्त करने के लिए एंटेना को हिला-डुला रहे हों। बोले, उसे एक दिन मेरे पास ले आओ। मालती ख़ुद यही चाहती थी। लेकिन जानती थी कि गुच्ची नहीं आयेगा। उसने अपनी समस्या महराज के सामने रखी तो उन्होंने फिर से पुतलियाँ हिलाते हुए कहा, "ठीक है, नहीं आये तो उससे कहना कि ईश्वर पर कोई कविता लिखकर मुझे भिजवाये। मैं उसे ईश्वर की तरफ़ मोड़ना चाहता हूँ।"

सर्दियाँ अभी शुरू होने वाली थीं लेकिन मालती उसी तरह हल्की हो गयी, जैसे सर्दी ख़त्म हो गयी हो। गरम कपड़े उतर गये हों। महराज ने दो तिहाई शहर को ईश्वर की तरफ़ मोड़ दिया था। एक दिन गुच्ची की लौ भी लगेगी, यह उम्मीद उसे हो चली थी। उसने घर पहुँचते ही महराज का सन्देश गुच्ची को दे दिया। वह मुस्कराया, पर कुछ बोला नहीं। माँ पूछती रही कि वह ईश्वर पर कविता लिखेगा या नहीं। गुच्ची ने कोई जवाब नहीं दिया। वह मुस्कराता रहा। मुस्कराने का अर्थ मालती समझ गयी। उसे भारी निराशा हुई। गुच्ची शायद तैयार न हो। वही करेगा जो वह ठीक समझता है। कोई जवाब भी नहीं देगा। वह ऐसा ही है।

चाय वाले बिंदा का कहना है कि दस साल पहले तक कक्कू जी महराज उसके ढाबे पर बैठकर हस्तरेखाएँ देखा करते थे। अगर बिंदा की मानें तो वे ग्यारह रुपये फीस लेते थे और कभी-कभी तो सिर्फ़ चाय पिलाने पर ही हाथ देख लेते थे। आज महराज जी चाय नहीं दूध पीते हैं, भिगोये हुए बादाम के साथ। एक बार सुबह खाना खाते हैं और सूर्यास्त से पहले रात का खाना खा लेते हैं। दोपहर में केवल फल या जूस लेते हैं। शाम को अखरोट की गिरी खाते हैं और रात में दूध पीकर सो जाते हैं। इसके अलावा वे क्या पीते हैं और क्या खाते हैं, इस बारे में कोई नहीं जानता। ठलुओं ने भी कभी अनुमान लगाने की कोशिश नहीं की। आज बिंदा कक्कू जी की तस्वीर

टाँगकर सुबह–सुबह उसे धूप–बत्ती दिखाता है और दिन–भर कक्कू जी के क़िस्से सुनाता है। इस चक्कर में वह अच्छा–भला क़िस्सागो बन गया है। बल्कि कुछ लोग उसे 'छोटे कथावाचक' कहने लगे हैं। वह बताता है– धीरे–धीरे कक्कू जी महराज मुहल्ले में कथावाचन करने लगे। मुहल्ले से बाहर क़दम रखा तो कथा छोड़कर प्रवचन शुरू कर दिये। फिर तो उन्होंने पलटकर नहीं देखा। आवाज़ में बड़ा दम था। ऊपरवाले की कृपा ऐसी कि गला भी सुरीला पा लिया। ये भी प्रभु का ही आशीर्वाद समझो कि चीटियों की तरह भक्त आने लगे। ऐ रेलमपेल। एक आ रहा है, एक जा रहा है। एक जा रहा है तो दूसरा आ रहा है।

बुढ़ियों की ऐसी क़तारें, जैसे सफ़ेदे के पेड़ खड़े हों। ऐंठन खाई अमीर औरतों के झुण्ड के झुण्ड। कुलाँचे मारती छोरियाँ और पक–पक करते उनके सेलफ़ोन। सिर झुकाये खड़े अफ़सर, जो ख़ुद अपने दफ़्तर में चपरासियों को पीकदान लेकर खड़ा रखते हैं। कालीन की तरह बिछते थुलमे जैसे व्यापारी। पीछे की पाँत में मूली की गैस छोड़ते ग़रीब–गुरबा। और जी, उनके अगल–बगल बच्चों का टिड्डी दल। प्रसाद देखते ही खदबदा जाने वाला। भाँति–भाँति के लोग, भाँति–भाँति की श्रद्धा।

तभी फटी जींस पहने एक युवक ने टोका, "ग़रीब आदमी मूली की गैस क्यों छोड़ता है बे, बिंदा?"

"साले ग़रीब की औलाद, तू तो ऐसे पूछ रहा है जैसे कहीं का जागीरदार होगा। तुझे पता नहीं है, प्याज के साथ रोटी खाने के दिन लद गये। निकल गया ग़रीब के हाथ से, बेटा। जो प्याज के बदले मूली खायेगा, वो क्या कद्दू की गैस छोड़ेगा?"

गुस्से से बिंदा की रिदम टूट गयी थी। वह हाँफ रहा था। उसने फिर भी क़िस्से में वापसी करते हुए कहा, "पिछले पाँच साल में महराज जी के भक्त ऐसे बढ़े जैसे तिलचट्टे। लोग रोते हुए आते हैं और दाँत दिखाते लौटते हैं। अब उस विदेशी औरत को ही देख लो। एक पिट्ठू और तोप जैसा एक कैमरा लेकर अपने देश से आयी थी।

रोम से। और जी, महराज जी के रोम–रोम का फ़ोटो खींचते–खींचते उनके चरणों में पड़ी रह गयी।"

"फिर तो पीसा की मीनार का भी खींचा होगा?" दूसरे लड़के ने बीच में टोका। 'पीसा की मीनार' के लिए उसने भद्दा–सा इशारा किया था। जिससे बिंदा ने अनुमान लगाया कि पीसा की मीनार कोई अश्लील चीज़ है। वह चिल्लाया, "चल साले कुत्ते, महराज जी के बारे में गन्दी बातें करता है। कीड़े पड़ेंगे तुझे। जब तेरा बदन गलेगा, तब आयेगा घिसटता हुआ महराज जी के पास, स्साले।"

लड़का बोला, "मैं पीसा की नहीं, पैसे की मीनार कह रहा था।"

बिंदा फिर चिल्लाया, "पैसा तेरे 'वहाँ' उगता है हरामी, जहाँ इशारा कर रहा था?"

"कक्कू जी के पैसे सुअरी की तरह ब्याते हैं, यही सोचकर कह रहा था, बिंदा भइया।"

सारे लड़के मुँह छुपाकर फी–फी करने लगे। बिंदा तैश में आ गया, "डकैती नहीं डाल रहे किसी के घर में, समझे? भक्तों की फटती है तो देते हैं। जिस दिन तेरी फटेगी साले, तू भी देगा।"

बिंदा कक्कू जी का पक्का भक्त था। उसका मानना था कि अगर आज उसका ढाबा चल रहा है तो महराज के आशीर्वाद से। महराज की निन्दा वह सुन नहीं सकता था। ठलुए उसकी कमज़ोरी जानते थे। वे उसे चिढ़ाने के लिए बार–बार महराज का नाम बीच में लाते थे। बिंदा का उनके साथ उधारबाज़ी का रिश्ता था। वह उम्र में भी बड़ा था। इसलिए वह लड़कों के साथ गाली–गुफ़्ता की छूट ले लेता था। लड़के भी उसकी गालियों को एंज्वाय करते थे।

जिस तरह कक्कू जी महराज की शरण में जाने से बिंदा, मालती और दूसरे लोगों की ज़िन्दगी में यू–टर्न आया, उसी तरह इधर न जाने किसके सम्पर्क में आने से कक्कू जी के प्रवचनों में नया मोड़ आने लगा था। बिंदा कहता था, महराज जी को हर संकेत सेटेलाइट चैनल से मिलता है। वे किसी से प्रभावित नहीं होते। सेटेलाइट चैनल की बात गुच्ची भी करता है। लेकिन उसका यह चैनल ईश्वर

के अलावा कोई अदृश्य शक्ति है। जो भी हो, प्रवचन साफ़ तौर पर करवट ले रहे थे। ऐसा लग रहा था महराज ने समानान्तर चल रही दूसरी पटरी पकड़ ली है। गुच्ची कहता था कि कक्कू जी अपनी ट्रेन में सारे शहर को बैठाकर उल्टी दिशा में ले जा रहे हैं। उसने यह बात एक कविता के माध्यम से बिंदा की दुकान में भी कही थी–

उलटे पाँव चल रहा
शहर अब प्रेत की तरह
कलियुग को रौंदकर
द्वापर में घुसने
प्रकाश से तेज़ चलता रहा अगर
दो चरण और पीछे
कोई धोबी
फुसफुसाता मिलेगा वहाँ
मील के पत्थर पर जहाँ
नगर के नाम की जगह
या तो होगा धर्म का
तीन टाँगों वाला चिह्न
या साफ़–साफ़ लिखा होगा–
त्रेता

बिंदा ने किसी आसुरी शक्ति के अस्तित्व को कभी स्वीकार नहीं किया। वह कहता है– सन्त–महात्मा दूसरों को राह दिखाते हैं, न कि दूसरों की दिखाई राह पर चल पड़ते हैं। उसे गुस्सा आने लगता– बकवास। एकदम बकवास। गुच्ची पागल है। वह दूसरों को भी पागल कर रहा है। साले के सिर पर किसी दिन ईंट मार दूँगा।

यह सनकने की शुरुआत होती। ज़्यादा सनक गया तो उनकी भी माँ–बहन एक कर सकता है। इसलिए लोग और अधिक बहस में नहीं पड़ते थे। एक दिन हुआ यों कि अधपकी दाढ़ी वाले एक सज्जन प्रवचन के बीच में अचानक आ टपके। कक्कू जी ने अपनी जगह से उठकर उनका स्वागत किया। सज्जन के हाथ में फ्रेंडशिप बैंड जैसा कुछ बँधा

था। बिंदा उसे कलावा बता रहा था, जबकि बिंदा को चिढ़ाने के लिए ठलुए उसे छलावा कह रहे थे। सज्जन का कुर्ता ढीला था और पजामा तंग। फिर भी तोंद छुपती नहीं थी। कुछ हट्टे–कट्टे लोग साये की तरह उनके साथ थे। कव्वे जैसी चौकस नज़रों वाले। उनकी गर्दनें तनी हुई थीं। गर्दन घुमाये बिना वे पुतलियाँ हिलाकर टिपट–टिपर चारों तरफ़ देख लेते थे। उनके चेहरे श्मशान घाट के शिव मन्दिर की तरह सपाट थे। न खुशी न ग़म। सज्जन कुछ देर के लिए कक्कू जी की बगल में बैठ गये। कक्कू जी की तुलना में उनका मुँह आँच खाया बैंगन लग रहा था। भीड़ में से कई लोगों ने उन्हें अभिवादन किया। जवाब में सज्जन ने गर्दन हिलायी। हालाँकि गर्दन की जगह बगुले की चोंच जैसे उनके होंठ हिले। सज्जन की उपस्थिति से कक्कू जी के अन्दर एकाएक उत्साह भर गया। वे तन गये। मानो, टायर में आधा ओंस हवा ज़्यादा भर दी हो। कहते हैं, तभी और उसी दिन उन्होंने पहली बार पटरी बदली, "ये जो बुद्धि बाबू लोग हैं ना (उनका संकेत सम्भवतः बुद्धिजीवियों की तरफ़ था), हर विषय के भाष्यकार बन गये हैं। धर्म की सापेक्षता और निरपेक्षता का सिद्धान्त बघारने लगे। अरे मूर्खों, इस देश की विविधता में जो एकता है, वह इसी धर्म के कारण है। लेकिन नहीं मानेंगे। वे तो उस ईश्वर को भी नहीं मानेंगे जिसने मिट्टी में जान फूँककर उन्हीं बुद्धि बाबू की रचना की।"

इतना कहकर उन्होंने 'सज्जन' की तरफ़ देखा और गाने लगे–

तूने ख़ूब रचा भगवान
खिलौना माटी का...

जब वे गीत के आख़िरी हिस्से में पहुँचे तो उनकी आँखों से झर–झर आँसू बह रहे थे। उन्हें देखकर भक्तों ने भी आँसुओं की झड़ी लगा दी। वे रोते–रोते गा रहे थे–

...कितना ये नादान
खिलौना माटी का...

गायन की समाप्ति पर सज्जन भी रो रहे थे। रोते हुए उनकी आँखों में करुणा की जगह कीच भर आया था। इसीलिए पता नहीं चला

कि उस वक़्त उनके अन्दर कौन–सा भाव प्रबल था। महराज ने उनकी आँखों में झाँका और फटाफट सज्जन को अपने साथ अपने कक्ष में ले गये।

सज्जन ने कुछ नहीं किया। कुछ नहीं कहा। उलटा, दो आँसू बहा कर गये।

एक सुबह अचानक ही शहर में हल्ला मच गया था कि जींस–कुर्ते वाला एक युवक महराज के आश्रम के बाहर पोस्टर चिपकाते पकड़ा गया। लोग पूछते, उस पोस्टर में आख़िर लिखा क्या था। उनकी आशंका थी कि अवश्य ही कक्कू जी के लिए गालियाँ लिखी होंगी। पकड़े गये युवक के नाक–मुँह और पेट पर लोगों ने लात–घूँसे यूँ ही नहीं बरसाये होंगे। कई लोग कह रहे थे कि उसके अंडकोश में लात लगने से वह बेहोश हो गया था। उसे अस्पताल पहुँचाना पड़ा। कुछ कह रहे थे कि उसे पुलिस के हवाले कर दिया गया। पुलिस ने ही उसके अंडकोश पर बैठकर कुड़क मुर्गी की तरह पूरी तसल्ली से सिकाई की थी।

टुकाई–पिटाई की उड़ती ख़बर मालती के कान में भी पड़ी। सुनते ही माथा ठनका। रात का गया गुच्ची लौटा नहीं था। कहीं ऐसा तो नहीं कि वही रात में लेई से पोस्टर चिपकाता हो? फिर इस ख़याल को माँ ने झटक दिया। वह तो खाली लेई लेकर जाता है। पोस्टर उसे कौन देगा? ख़ुद को तसल्ली देने के बावजूद घबराहट बढ़ती जा रही थी। संकट में महराज जी के अलावा वह किसे याद करती। गुच्ची का फ़ोटो लेकर उन्हीं के पास पहुँची। तब तक दोपहर हो चुकी थी। हाँफते–काँपते उसने महराज के पैर पकड़ लिए, "महराज जी, मेरा बेटा कल रात से ग़ायब है। रात में फिर लेई लेकर निकला था।"

महराज ने फ़ोटो को ग़ौर से देखते हुए गरदन हिलायी, जैसे सब समझ गये हों, "ये तो ख़ुद ग़लत जगह चिपक गया लगता है।"

मालती को लगा महराज शायद उसके प्रेम–सम्बन्धों की तरफ़ संकेत कर रहे हैं। बोली, "चिपक गया तो आप उखाड़ देना, महराज

जी। आप तो कुछ भी कर सकते हैं। अभी तो चिन्ता दूसरी है। वह हमेशा सुबह तक लौट आता था...।"

"पुलिस भी पकड़ सकती है। आधी रात को लेई लेकर शहर की सुनसान सड़कों पर भटकना एक तरह से पुलिस को चुनौती देना है। ईश्वर न करे, पर...कोई शराबी वाहन चालक भी सन्तुलन खो सकता है।"

"मारने वाले से बचाने वाला बड़ा होता है महराज जी, आप चाहेंगे तो सही–सलामत घर आ जायेगा।"

"तुम्हें इतना भरोसा है तो आ ही जायेगा।"

"आ जायेगा महराज जी?"

"हाँ, आ जायेगा," कहकर महराज ने उँगली आकाश की ओर उठायी, "वो बैठा है ना। उस पर भरोसा रखो। पर आगे के लिए लड़के को समझा देना। रात में लेई लेकर घर से न निकला करे।"

सचमुच शाम तक गुच्ची घर आ गया। लेकिन टूटी–फूटी हालत में। मुँह पर चोट के निशान थे। एक हाथ लुलिया गया था, टाँगें लॉकिंग–पॉपिंग कर रही थीं। दायीं आँख सूजी हुई थी और नगर निगम की टोंटी की तरह लगातार टपक रही थी। माँ ने देखा तो बदहवास–सी हो गयी। बेटे को झकझोरकर पूछताछ करने लगी।

गुच्ची पत्थर हो गया था। फूटा ही नहीं। माँ ने झट से आकाश की ओर हाथ जोड़ लिए, "महराज जी, तुम्हारी कृपा से बच गया।"

गुच्ची ज़ोर से हँसा। माँ को लगा सटक गया। कहीं सिर पर चोट–पटक न आयी हो। सिर की चोट से ऐसा हो सकता है। वह अस्पताल चलने की ज़िद करने लगी। गुच्ची मुस्कराया। वह मुस्कराहट बड़ी रहस्यमय थी। मुस्कराते हुए उसके मुँह से कराह निकल पड़ी और वह धीरे से बिस्तर पर बायीं करवट लेट गया।

दूसरे दिन मालती जब महराज का प्रवचन सुनने पहुँची तो श्रद्धा से गले–गले तक भरी हुई थी। महराज ने बगल में बैठे हारमोनियम वाले को सुरों के बारे में कोई निर्देश दिया और बोलना शुरू किया, "मनुष्य स्वभाव से लालची होता है। और बूढ़े कुछ ज़्यादा ही होते

हैं। ...कौड़ी–कौड़ी माया जोड़ी। भइया रे, किस चीज़ का लालच? उसका, जिसे तुम अपने साथ लेकर नहीं आये थे? या उसका, जिसे तुम कभी साथ ले जा नहीं सकते?"

उन्होंने भीड़ पर भरपूर निगाह दौड़ायी, तबले वाले की तरफ़ देखकर गरदन हिलायी और गाने लगे, "ना कुछ तेरा है, ना कुछ मेरा है, ये संसार रैन बसेरा है।"

"ये संसार क्या है?" गाना समाप्त होते ही उन्होंने भक्तों से पूछा।

आगे की पंक्ति में बैठे कुछ भक्त बोले, "रैन बसेरा है, महराज जी।"

"यहाँ तुम्हारा क्या है?"

"कुछ भी नहीं है, महराज जी।" मालती सहित सारे भक्त एक स्वर में बोले।

"तो क्या ये शरीर तुम्हारा है?"

कुछ भक्त भ्रम में पड़ गये और कुछ बोले, "हाँ, महराज जी, एक यही तो है अपना।"

"तो तुम समझते हो ये शरीर तुम्हारा है?''यह कहकर महराज ने ठहाका लगाया। भक्त घबराकर सोचने लगे कि उनका शरीर आख़िर किसका है? कहीं महराज जी का तो नहीं?

महराज जी ने उत्तर के लिए अपलक देख रहे भक्तों के चेहरे पढ़ने की कोशिश की और फिर थोड़ा रुककर अपनी तर्जनी उठायी। तर्जनी के साथ–साथ अपना झबरे बालों वाला सिर तीन बार हिलाया और बूढ़े भक्तों के ज़माने के खलनायक जीवन की तरह नाक से स्वर निकालते हुए कहा, "ना, ना, ना। ये शरीर तो भइया रे, पंचतत्त्व का है। उन्हीं में विलीन हो जायेगा। ये शरीर ईश्वर ने तुम्हें दिया है, तुम्हारी आत्मा की सवारी के लिए। ये आत्मा की कार है। ये फटफटिया है आत्मा की। जिसमें बैठकर वह यहाँ–वहाँ घूमती है।"

कई भक्तों ने अपने शरीर को ग़ौर से देखा। किसी को वह पुरानी अम्बेसडर कार लगा, किसी को फिएट तो किसी को फटफटिया।

तभी महराज जी ने हाथ के इशारे से पानी माँगा। उनके एक शिष्य ने बिसलरी की बोतल खोलकर गिलास में पानी उँडेला। महराज जी ने गटगट पानी पिया। दो–एक भक्तों के मन में विचार आया कि क्या महराज जी का शरीर भी एक कार है? वे उसमें कूलेंट डाल रहे हैं? महराज जी ने एक बेदाग़ सफ़ेद रूमाल से दाढ़ी–मूँछ पोंछते हुए कहा, "शरीर नश्वर है लेकिन आत्मा अजर–अमर है। वह जन्म–जन्मान्तर तक तुम्हारी है। लेकिन अपने प्रेमी परमात्मा से मिलने को व्याकुल है। उस मिलन के बिना तुम्हारी मुक्ति नहीं है। इसीलिए कहता हूँ– भज गोविन्दम्, भज गोविन्दम्। उसी का सुमिरन करो। परमात्मा को छोड़कर बाक़ी सब मरीचिका है, मिथ्या है। ब्रह्म सत्यं जगत मिथ्या...।"

बिंदा की दुकान पर वही हमेशा के चार–पाँच यार जुटे थे। बिंदा का मानना था कि वे सभी कक्कू जी के घनघोर आलोचक हैं। क्योंकि वे अक्सर हर विषय को कक्कू जी की तरफ़ मोड़ देते थे। उनमें से एक ओमी था जो फटी जींस के ऊपर टी–शर्ट पहनता था और सेलफ़ोन के कई करतब जानता था। उसके साथी उसे मोबाइल गुरु कहते थे। दूसरा लालू सुट्टा था, जो चाय बनने तक रोज़ एक सिगरेट भरता और अकेला ही उसे पी जाता। वह धुएँ को कई सेकेंड तक अन्दर घोंटता और फिर फुहार की तरह धीरे–धीरे छोड़ता था। इससे ढाबे में एक अजीब–सी गन्ध फैल जाती। नशेड़ी उस गन्ध से खिंचे चले आते और कई बार टोटा छोड़ देने के लिए चिरौरी करते थे। तीसरा था बल्ली। कम बोलता था, लेकिन घुन्ने आदमियों की तरह मुस्कराती आँखों से सब कह देता था। चौथा पिंटू था, जो एक ग्राम बर्दाश्त नहीं करता और उतने से ही तराजू की तरह सन्तुलन खो देता। पाँचवाँ मन्नू कभी–कभी आता था। उसका शराबी बाप जब से मरा, वह कहीं अस्थायी क़िस्म की नौकरी करने लगा था। यों, बाक़ी चारों मन्नू से ज़्यादा ही पढ़े–लिखे थे, लेकिन बेरोज़गार थे।

चारों चाय पी रहे थे। ओमी बोला, "सुनते हैं, महराज ने तन और मन को छुट्टा छोड़ने का कोई मन्त्र दिया है भक्तों को। सुनने में तो यह भी आया कि जानकी और उसकी सहेलियों ने इसका कुछ और मतलब निकाल लिया।"

"क्या मतलब निकाला गुरू?" पिंटू ने पूछा। ओमी बोला, "यही, कि हमारा शरीर एक चरागाह है। चरैवेति...चरैवेति। चलते रहो, चलते रहो ...नहीं...चरते रहो।"

"जानकी के बारे में फ़ालतू बात मत करना ओमी।" नशेड़ी लालू की आवाज़ ऐसे गूँजी जैसे उसने पीतल के पतीले में मुँह दे रखा हो। वह जानकी को एकतरफ़ा प्रेम करता था। जानकी शादी के एकाध साल बाद ही विधवा हो गयी थी। वह इस वक़्त पैंतीस की थी लेकिन अब भी उसका नकम बरकरार था। वह मालती की तीन सहेलियों में से एक थी।

"हमें चरागाह की चिन्ता है, दोस्त। आख़िर जानकी हमारी भाभी है।" ओमी ने घुन्ने बल्ली को आँख मारते हुए कहा। लालू शरमा गया। पिंटू ने कनखियों से बिंदा की तरफ़ देखते हुए कहा, "चरागाहों पर तो कक्कू जी का राज है।"

क़िस्से में कान घुसेड़े अपना काम कर रहा बिंदा बिदक गया, "सालो, नास्तिक हरामियो, कक्कू जी का नाम लिया तो तुम्हारा कभी भला नहीं होगा।"

"अबे, चरी के खेत में मोर की तरह नाचते हुए नहीं देखा तूने कक्कू जी को?" पिंटू ने फिर चिढ़ाया। बिंदा बिदकने लगा, "अबे कुत्ते, तू क्या जाने, गुरु की महिमा। वे किसके इशारे पर नाचते हैं, क्यों नाचते हैं, यह बात तू नहीं समझ सकता। तेरे अन्दर तो मैल भरा हुआ है।"

"अबे साले," ओमी ने हस्तक्षेप किया, "दूसरों की बहू–बेटियों की बात जब चलती है, तू चुपचाप मज़े लेता है। कक्कू का नाम लिया तो तेरी ज़बान चक्कू हो जाती है।"

"मैं तुम्हारी बहू–बेटियों का नहीं, महराज जी का भक्त हूँ।"

महराज के प्रवचन सिरदर्द की दवा से भी तेज़ और तुरन्त असर करते हैं। इमोशंस और सेंटीमेंट्स पर उनकी पकड़ जोंक से अधिक मज़बूत है। एक एन.जी.ओ. तो महराज जी के मोटिवेशन की पद्धति पर बाकायदा अध्ययन करा रहा है। अगर बिंदा की बात पर यक़ीन करें तो महराज जी के प्रवचन सुनकर लोगों ने अपना घरबार त्याग दिया और उनके भक्त हो गये। ठलुओं की मानें तो लोगों ने और भी कई तरह के त्याग किये हैं।

ठलुए जिस तरह से रंग बदल रहे थे, उससे कभी–कभी आशंका होने लगती कि कहीं एक दिन त्याग और त्यागियों के सारे खुलासे बिंदा की दुकान पर ही न हों।

एक खुलासा तो वहाँ इस वक़्त भी हो रहा था। ठलुए एक मेज़ के चारों तरफ़ बैठे थे। उनके सिर एक–दूसरे से सटे हुए थे। एक अलग कोने में गुच्ची बैठा था। वह यहाँ कभी–कभार ही चाय पीने आता था। उसकी चोट पर अब तक खुरंट लग चुके थे। चारों उसी के बारे में बात कर रहे थे। उन्हें भनक लग चुकी थी कि आश्रम की दीवार पर पोस्टर लगाते हुए जिसके पिटने की ख़बर फैली थी, वह गुच्ची ही था। हालाँकि इसकी पुष्टि न आश्रम के लोगों ने की, न गुच्ची ने। सिर्फ़ चोट के निशान गवाही दे रहे थे। ठलुओं ने तय किया कि शहर में हो रही हिन–हिन के बारे में सीधे हॉर्सेज़ माउथ से सुना जाये। चारों अपनी–अपनी चाय हाथ में लिए गुच्ची के पास पहुँच गये। लालू ने पूछा, "भाई ये चोट कैसे लगी?"

गुच्ची मुस्कराया, लेकिन कोई जवाब नहीं दिया। ओमी ने झट से कहा, "देखता नहीं, चोट बता रही है कि कोई बाइक वाला ठोंक गया होगा।"

गुच्ची फिर मुस्कराया। एक सिगरेट जलायी और धुएँ का छल्ला बनाते हुए बोला, "हम उनकी गली में क्या पिटे, ज़माने को ख़बर हो गयी।"

"किनकी गली में?"

"अनजान बनने की कोशिश मत करो। तुम इतने अच्छे एक्टर

भी नहीं हो।" गुच्ची ने कहा तो ओमी खिसिया गया, "अच्छा तो, हुआ क्या था?"

उसने दो कश खींचकर ज़ोर से धुआँ उगला और सारी बात सूत्र वाक्यों में बयान कर दी– आधी रात में एक कविता मचल उठी। बोली, दीवार पर चिपकना है। अब कविता की बात कौन टाल सकता था। पर चिपकाते हुए रँगे हाथों पकड़े गये। कारिन्दों ने पढ़ी। श्वेतवस्त्रधारी को जगाया। उसने भी पढ़ी। पढ़कर फ़ोन घुमाया और चैन से सो गया। उसके सोते ही कारिन्दे शुरू हो गये। ले दनादन, ले दनादन।

चारों ठलुवे गम्भीर हो गये थे। एक ने पूछा, वह कविता कैसी थी जिसने पिटवा दिया?

"ईश्वर पर थी," कहते हुए गुच्ची ने स्पष्ट किया, "पर मनुष्य उसमें ईश्वर से बड़ा लग रहा था।"

आज के प्रवचन का प्रमुख आकर्षण फिर से 'सज्जन' थे। लेकिन सातवाँ आश्चर्य थे चार यार, जो भीड़ में सबसे पीछे मूली की गैस छोड़ने वालों के साथ खड़े थे। वे उचक–उचककर देख रहे थे। पर पीछे से कुछ दिखाई नहीं दे रहा था। असल में वे सज्जन के केनाइन देखना चाहते थे। गुच्ची ने उनसे कहा था कि सज्जन जो है, कुकुर दाँत वाला मनुष्य है। चारों दोस्तों को अब तक गुच्ची की बातें कुछ–कुछ भरोसेमन्द लगने लगी थीं। चरस के डरपोक नशे में डूबे लालू का कहना था, हो सकता है वह दैत्य या प्रेत हो। बाक़ी तीनों ने उसे डपट दिया। उन्होंने आपस में विचार–विमर्श के बाद कुकुर दाँत देखने का फ़ैसला कर लिया था।

चारों ठलुए किसी तरह लोगों को ठेलते–ठालते काफ़ी आगे पहुँच गये। उन्हें किसी भी सूरत में सज्जन के कुकुर दाँत देखने थे। लालू तो आगे पहुँचते ही धराशायी हो गया। उसकी नज़र जानकी पर पड़ गयी थी। बाक़ी तीनों दोस्त सज्जन के हँसने का इन्तज़ार करने लगे। लेकिन सज्जन हँसने को तैयार नहीं लग रहे थे। मुँह

ऐसे बन्द कर रखा था जैसे उन्होंने ठलुओं का इरादा भाँप लिया हो। महराज का प्रवचन जारी था। तभी सज्जन ने उनके कान में कुछ कहा। महराज की गाड़ी ने रफ़्तार पकड़ ली– हम किशन जी के साथ राधा जी का नाम क्यों लेते हैं? क्योंकि हम प्रेम को सम्मान से देखते हैं। हमारे यहाँ प्रेम बदला लेने के लिए नहीं किया जाता। लेकिन हमारी बेटियों को भी समझना होगा। प्रेम में ऊँच–नीच की सीमा तोड़ी तो तोड़ी, किन्तु वास्तविक नियन्त्रण रेखा को लाँघकर नहीं जाना है। जहाँ से लौटना सम्भव न हो, वहाँ जाने से पहले सौ बार सोचना होगा।

प्रवचन चल रहा था। महराज का चेहरा तमतमा रहा था। स्वर काँप रहा था। वे बार–बार पानी पी रहे थे और खों–खों कर रहे थे। वे दूसरी पटरी पर काफ़ी दूर निकलते जा रहे थे। सज्जन मन्द–मन्द मुस्करा रहे थे। नयी बात यह थी कि तालियाँ बजाने वाले हाथ आज मुट्ठियाँ उछाल रहे थे। मुस्कराते सज्जन अचानक हँसे। उनके आगे के दो दाँत बिजली की तरह चमके। पिंटू चीख़ा, "केनाइन।"

ओमी ने टोका, "चुप बे, केनाइन आगे के दाँत नहीं होते।"

"ये केनाइन से कम हैं क्या?" पिंटू ने दबे स्वर में कहा।

उन्हें सज्जन के केनाइन तो नज़र नहीं आये, लेकिन कहते हैं, अगले दिन पूरे शहर के कुकुर दाँत निकल आये। बहुत सारे लोगों की पिण्डलियों पर काटे के निशान थे। शहर की हवा में कुत्तों की गन्ध आ रही थी। सड़कों पर लोग एक–दूसरे की तरफ़ देखकर मुस्कराते नहीं थे। पता ही नहीं चल रहा था कि कौन अपने मुँह में कुकुर दाँत लिए फिर रहा है। हर कोई एक–दूसरे को शक की नज़र से देखता था। लोग झुण्ड बनाकर फुसफुसाते। रपट लिखाने थाने पहुँचते। खिड़कियों से छुप कर देखते। दीवारों से कान सटाते। मोबाइल पर आ रहे सन्देश पढ़ते। फेसबुक पर वीडियो खोजते। लोग बेचैन हो रहे थे। बिंदा की दुकान बिंदा से ज़्यादा तनावग्रस्त लग रही थी। उसने पता नहीं क्यों तय कर लिया था कि गुच्ची और ठलुए अगर आ गये तो वह चाय पिलाने से इनकार कर देगा। पर

वे नहीं आये। गुच्ची अस्पताल में था। वे चारों उसे देखने अस्पताल गये थे। अस्पताल पहुँचने पर पता चला कि गुच्ची की एक टाँग की हड्डी टूट गयी है। सिर पर भी चोटें आयी हैं। शरीर पर कई जगह दाँत लगे थे। वह बेड पर लेटे–लेटे बता रहा था कि पीटने और काटने से पहले हमलावरों ने उसे गोल टोपी पहनाई थी। उसके बाद लात–घूँसे और लाठियों से पीटा। अन्त में दाँत गड़ाये। बेहोशी की हालत में उसने सुना कि कोई उसका 'कुछ' काटने को कह रहा था। लेकिन तभी पुलिस आ गयी। हमलावर भाग गये।

ठलुओं पर नज़र पड़ते ही गुच्ची ने मुस्कराने की कोशिश की। हालाँकि उसका कटा हुआ होंठ इसकी इज़ाज़त नहीं दे रहा था। गुच्ची के आसपास उस जैसे ही कुछ और युवक थे। कुछेक अधेड़ भी थे। गुच्ची की माँ दर्शक बनी दूर से देख रही थी और आकाश की ओर हाथ उठाये प्रार्थना कर रही थी। शायद महराज का शुक्रिया अदा कर रही हो।

अचानक एक युवक गुच्ची के कान की तरफ़ झुका। उसके होंठ हिले। बात सुनाई नहीं दी। पर गुच्ची ने थोड़ा ऊँची आवाज़ में उत्तर दिया, "कुछ लोग बातचीत कर रहे थे। उनका कहना था– इससे पहले कि उस लड़की के हाथ में उसका नया नाम गोद दिया जाये, हम उसका असल नाम और धर्म गोद डालते हैं।"

उस लड़के ने इस बार ज़ोर से पूछा, "पर तू कैसे पिट गया?"

"मैं थोड़ा बेवकूफ़ी कर गया। उन्हीं के सामने पुलिस को फ़ोन करने लगा। वे सब पिल पड़े।"

सारे दोस्त एक–दूसरे का चेहरा देखने लगे। उन्हें गुस्सा आ रहा था जबकि ठलुओं के चेहरे फ्यूज़ बल्ब की तरह काले पड़ गये थे। लालू सुट्टा ख़राब ट्यूबलाइट की तरह जल–बुझ रहा था। ओमी ने पूछा, "कौन थे वो लोग?"

गुच्ची ने उसी रहस्यमय मुस्कान के साथ कहा, "मैंने सिर्फ़ उनकी आँखें देखी थीं। उन आँखों में कीच भरा था।"

नया ज्ञानोदय (फरवरी, 2015)

कीकर की झाड़ियों में

पार्क में और दिनों की अपेक्षा ज़्यादा भीड़ थी। रविवार था। कुछ लोग पूरा कुनबा लेकर पहुँचे थे। कुछ लड़के क्रिकेट खेल रहे थे, जिन्हें पार्क का माली दो–एक बार चेतावनी दे चुका था कि यह खेलने की जगह नहीं है। गर्मियाँ शुरू होने को थीं। फिर भी सुबह की धूप अच्छी लग रही थी, क्योंकि अशोक के पेड़ों के बीच से गुज़रते हुए टुकड़ों–टुकड़ों में मिल रही थी। तिरछा चलने वाला आदमी बहुत ही चौकन्ना होकर चल रहा था। राधिका ने उसे पहचान लिया था। हालाँकि इस बीच उसकी दाढ़ी बढ़ चुकी थी और कुछ उम्रदराज़ लगने लगा था।

वह तेज़ क़दमों से उसके पीछे–पीछे चलने लगी। ख़ुद राधिका की समझ में नहीं आ रहा था कि वह उसका पीछा क्यों कर रही है। तिरछे ने एक–दो बार पलटकर देखा। एक–डेढ़ किलोमीटर चलकर वह थक गया। कौन जाने चलते–चलते ऊब गया हो। तभी उसने जेब से रूमाल निकाला और बाँस के झुरमुटों की तरफ़ चला गया। छाँव में लगी एक बेंच को झाड़ा। इधर–उधर देखा और उस पर बैठ गया। राधिका उससे बीस गज की दूरी पर रुक गयी। उसने दो–तीन बार राधिका की ओर देखा। पता नहीं क्या सोच रहा होगा उसके बारे में। इस विचार ने राधिका को नर्वस कर दिया। वह, बहाने से, वहीं सेमल के पेड़ की आड़ में व्यायाम करने लगी। हालाँकि व्यायाम वह सैर के बाद करती है। पार्क के उस आख़िरी छोर पर जहाँ से उसे वापस सड़क तक पहुँचने में मिनट भी नहीं लगता।

जहाँ काफ़ी हरियाली है और घूमने वालों के लिए बने ट्रैक के दोनों तरफ़ पाम के पेड़ों की क़तार है। ढलावदार मैदान में दूब लगी है, जिसके किनारों पर फूलों की क्यारियाँ हैं। कोनों में कई सारी बेंच रखी हुई हैं। यहीं से वह रोज़ पार्क में प्रवेश भी करती है।

वह व्यायाम करते हुए उसे कनखियों से देखती जा रही थी। उसने पीठ बेंच से टिकाकर आँखें मूँद लीं। शायद उसे झपकी आ गयी थी। वह जिस बेंच पर बैठा था उसके ठीक सामने एक और बेंच लगी थी। लगी तो सम्भवतः कहीं और होगी, पर कुछ अड्डेबाज़ और यारबाश क़िस्म के लड़के यहाँ महफ़िल जमाने के लिए उसे खिसका लाये होंगे। वह आहिस्ता–से उसके सामने वाली बेंच पर बैठ गयी। पर राधिका के हाथ–पैर काँप रहे थे। जैसे कुछ ग़लत कर रही हो। उसे अनुमान नहीं था कि आँखें मुँदी होने के बावजूद तिरछा चलने वाला इतना सतर्क होगा। उसने राधिका के बैठते ही फौरन आँखें खोल लीं और उसे ग़ौर से देखने लगा। राधिका ने नज़रें हटा लीं। उसने फेसबुक खोल लिया और गुलाब जामुन सिंह की पोस्ट देखने लगी, जिसने तिरछे का वीडियो शेयर किया था। गुलाब जामुन सिंह की मित्रता उसने केवल 'फनी' नाम के कारण स्वीकार की थी। जानती थी कि ऐसा कोई नाम वास्तविक नहीं हो सकता। वह उठकर उसके बगल में बैठना चाहती थी। थोड़ा आगे बढ़ी। सिर को मामूली झुका कर 'हेलो' किया। पर वह बुरी तरह हड़बड़ा गया और बेंच से उठ पड़ा। उसकी हालत देखकर राधिका ने बात सँभालने की कोशिश की, "बैठिए, आप थके हुए लग रहे हैं।"

"मैं थका नहीं हूँ।" उसका स्वर बिदका हुआ लगा, पर वह बैठ गया।

"मुझे लगा, आप उस दिन की तरह घबरा रहे हैं।" राधिका ने उसकी बेंच के दूसरे कोने पर बैठते हुए कहा। दरअसल, वह तिरछे का पीछा भी केवल यह जानने के लिए कर रही थी कि वह उस दिन इतना डरा हुआ क्यों था।

"किस दिन की तरह?" उसने पूछा तो राधिका ने वीडियो चला कर अपना फ़ोन उसकी ओर बढ़ा दिया, "आपका यह वीडियो फेसबुक पर चल रहा है।"

वीडियो देखकर, यक़ीन करने को मन होता था कि वह अभिनय नहीं कर रहा होगा। उसमें वह डरा हुआ लग रहा था। वह नशेड़ियों की तरह लड़खड़ा नहीं रहा था, लेकिन, ग़ौर करने की बात थी कि तिरछा चलता था। वह पेड़ों की क़तारों के बीच से निकल रहा था, जिनमें दो निश्चित ही मौलश्री के थे। जब राधिका ने पहली बार वीडियो देखा तो वह जगह उसे कोई जंगल लगा था। वह इतना तिरछा चल रहा था कि कई बार पेड़ों के साथ टकराने से बाल–बाल बचता था। लेकिन वह पेड़–पौधों की तरफ़ नज़र नहीं उठा रहा था। डरकर भागते वक़्त कोई अपने आसपास को आनन्द और अपनत्व के साथ कैसे देख सकता है? हालाँकि पेड़ों की तरफ़ नहीं देखने की कोई भी वजह हो सकती है।

अन्तिम सत्य जैसा कोई नतीजा नहीं निकाला जा सकता। पायथागोरियन थ्योरम (पाइथागोरस की प्रमेय) और मानव–व्यवहार में यही तो अन्तर है। राधिका सोच रही थी। अगर अनगढ़ भाषा में कहा जाये तो वह एक पिचका हुआ–सा युवा है। उसकी हालत देखकर, एक नज़र में, लोग उसे अधेड़ कह सकते हैं। हालाँकि सैंतीस–अड़तीस से ज़्यादा का नहीं होगा। नाक–नक्श ठीक–ठाक हैं। उसने गाढ़े नीले रंग का कॉटन का लोअर पहना था और ऊपर आसमानी टी–शर्ट थी, जो कुछ–कुछ मुचड़ी हुई लग रही थी। मोटी और गदबदी मूँछें थीं– काली। वह एक टीले के पास रुक गया। उसने दायीं तरफ़ गर्दन घुमाकर देखा। फिर एकाएक क़दम तेज़ कर लिए जैसे कुछ देख लिया हो। कोई खौफ़नाक चीज़। वह क्या हो सकती है? और उसे देखकर वह दौड़ने क्यों लगा? नशे में तो वह नहीं था।

इस फ़ैसले पर पहुँचने के दो कारण थे। एक तो, ऐसा लगता था, सुबह का वक़्त है। हालाँकि यह तय करना बहुत मुश्किल था

कि यह सुबह रही होगी या शाम। सलेटी–सा मौसम था। पेड़ों के पत्ते भी सलेटी लगते थे। बारिश आने से पहले का–सा बन्द–बन्द मौसम। चलो, मान लें कि सुबह रही होगी, तो क्या उसने तड़के दारू पी ली होगी? पी सकता है। पर भरोसा कम होता है। फ़र्ज़ कीजिए कि शाम का समय रहा हो। अँधेरा घिरने वाला हो। उसने दारू चढ़ा ली होगी, लेकिन दारू पीने के बाद डराने वाले 'ऑब्जेक्ट' को लेकर कोई इतना सजग कैसे हो सकता है?

क़रीब सौ–सवा सौ गज भागने के बाद वह बाँस के झुरमुटों की आड़ लेकर खड़ा हो जाता है। वह हाँफ रहा था। अपनी साँसों को संयत कर वह झुरमुटों के बीच से थोड़ा झुककर देखता है। माथे पर हाथ रख कर आँखों के आगे छज्जा–सा बनाता है और ग़ौर से देखने लगता है। उसके चेहरे का खिंचाव देखकर लगता था, वह रो देगा। किन्तु, वह एकाएक झुरमुटों के बीच से तेज़ी के साथ निकला और तिरछे–तिरछे आगे बढ़ने लगा। काफ़ी दूर निकल जाने के बाद वह सीसम के एक मोटे और ऊँचे दरख़्त की आड़ ले लेता है और फिर उसी दिशा में देखता है जहाँ देखते हुए घबरा गया था। उसका कण्ठ मछली के गलफड़ों की तरह धौंक रहा था। वह पेड़ के तने पर पीठ टिकाये कुछ देर हाँफता रहता है। साँसें सामान्य होने के बाद आँखें मूँद लेता है। कुछ ही देर में उसके चेहरे पर पीड़ा के लक्षण उभर आते हैं और आँखों से आँसू बहने लगते हैं। शायद वीडियो बनाने वाले के सेलफ़ोन का कैमरा अच्छा होगा। उसके फ़ोन में ज़ूमिंग अटैचमेंट लगा हो सकता है। कौन जाने उसने डिजिटल कैमरा से वीडियो बनाया हो। पर इतना तय है कि उसने ज़ूम किया होगा, तभी तिरछे आदमी के चेहरे के भावों को इतना स्पष्ट दिखा पाया। राधिका सोच रही थी।

वह कुछ देर पेड़ के तने से पीठ टिकाये हुए फूट–फूटकर रोता रहा। रो लेने के बाद एक बार फिर दम साधकर दौड़ पड़ा। दौड़ते हुए उसकी आकृति छोटी होती चली गयी। अन्त में वह कीकर की झाड़ियों के पीछे ओझल हो जाता है। यूँ कह सकते हैं कि वह कैमरे

की पहुँच से दूर निकल जाता है। वीडियो बनाने के पीछे, हो सकता है उस व्यक्ति की कोई योजना और इरादा न रहा हो। यों ही बना लिया हो। दिल्लगी में। जो भी हो, वीडियो पहेली तो बन गया। यही कि आख़िर वह तिरछा आदमी किससे डरकर भाग रहा है? वीडियो के बारे में जो चर्चाएँ आभासी दुनिया में शुरू हुई थीं, वे कुछ हद तक विश्वसनीय और कुछ-कुछ अविश्वसनीय लगने के बाद काफ़ी हास्यास्पद होती चली गयी थीं।

असल में, किसी ने उसे फेसबुक पर डाल दिया था। गुलाब जामुन सिंह ने जो पोस्ट शेयर की थी, वह कार्तिक नाम के किसी व्यक्ति की थी। कार्तिक ने लिखा था- अनुमान लगाकर बतायें कि यह व्यक्ति जंगल में घबराया हुआ क्यों भाग रहा है। क्या कोई इसके पीछे पड़ा है? इस पर टिप्पणियों की झड़ी लग गयी थी। कुछ लोग, जो फेसबुक में बेवजह सींग घुसेड़े रहते हैं, कूद पड़े। ज़्यादातर का मानना था जंगल में उसके पीछे बाघ, हाथी या भालू पड़ा होगा। कुछ लोगों के शक के दायरे में मनुष्य था। लेकिन डेढ़ मिनट के उस दृश्य में न कोई पशु दिखाई दे रहा था और न उसके सिवा कोई दूसरा मनुष्य। कई हैरान कर देने वाले कमेंट भी थे। कुछ लोग अपनी-अपनी राय और उसके पक्ष-विपक्ष को लेकर आपस में भिड़ गये थे। कई लोगों ने उस वीडियो को शेयर किया था और शेयर करने वालों ने कई-कई मित्रों को टैग कर डाला था। देखते-ही-देखते वीडियो कहाँ से कहाँ पहुँच गया। राधिका तक पहुँचने में उसे कई दिन लगे होंगे। शायद पन्द्रह, बीस या उससे ज़्यादा। ऐसा राधिका का अनुमान था।

वह कसमसाया। ऐसा लगा, उठकर जाना चाहता है। वीडियो देखने के बाद वह घबरा गया था। उसके माथे पर पसीना था। फ़ोन वापस देते हुए उसके हाथ काँप रहे थे।

"आपको यहाँ कई बार देखा है। एक बात तो समझ में आ गयी कि यह वीडियो जंगल का नहीं, इसी पार्क का है।" राधिका ने जब यह कहा, वह नर्भसाई गाय जैसा लगने लगा, जिसे किसी कुंजड़े ने

दूर तक खदेड़ा हो। लग रहा था, उसे वीडियो की जानकारी पहले से नहीं थी। वह बुदबुदाया, "उन्होंने देख लिया होगा।"

"किसने?"

उसने राधिका की बात का उत्तर नहीं दिया। वह अपने आप से बातें कर रहा था। उसकी घबराहट बढ़ गयी थी।

"तेज़ चलने और घबराने में ग़लत क्या है?" राधिका ने पूछा। उसने गहरी साँस छोड़ते हुए सिर झटका। बोला कुछ नहीं। राधिका ने इस घटना को हल्का बनाने की एक और कोशिश की, "किसी ने ऐसे ही शरारत में बना दिया होगा।"

"किसी के अन्दर क्या चल रहा है, इसका वीडियो कोई नहीं बना सकता।" उसने धीरे से कहा। आवाज़ काँप रही थी। सुनकर वह हैरान रह गयी। कोई सवाल या जवाब नहीं सूझा।

"बाय द वे, उस वक़्त आपके अन्दर क्या चल रहा था?"

"आप कौन हैं?"

"ओह, मैं तो अपना परिचय देना भूल ही गयी।" कहकर उसने बताया कि वह राधिका है। पार्क के सामने रहती है। सड़क पार। उसके पति को सुबह जल्दी निकलना होता है, इसलिए जब वे सैर से लौटते हैं, तब वह आती है।

"आप कहाँ रहते हैं?"

उसने उत्तर नहीं दिया। वह राधिका पर भरोसा नहीं कर रहा था। उनके बीच एक बार फिर सन्नाटा पसर गया। राधिका उठकर जाना चाहती थी कि तभी उसका मद्धम स्वर सुनाई दिया, "मैं पुरुषोत्तम हूँ। उधर रहता हूँ।"

उसने काफ़ी दूर स्थित घरों की क़तार की ओर उँगली लगायी, जिनकी धुँधली–सी ऊपरी मंज़िलें पार्क से दिखाई दे रही थीं। बातों का सिलसिला फिर थम गया। वह कान में उँगली डालकर मैल खुरचने की कोशिश करता रहा।

"आपकी घबराहट परेशान करने वाली थी। कई सवाल दिमाग़ में आते हैं।"

"मुझे प्यास लगी है।" उसने बेचैन होकर इधर–उधर देखा।

"मेरा घर पास में है। चाहें तो...।"

"तबीयत ठीक नहीं लग रही। चलूँगा।"

यह क्यों पीछे पड़ी है? वह सोच रहा था। हालाँकि उसने मुस्कराने की कोशिश की। राधिका समझ रही थी कि वह क्या सोच रहा है। इसके बाद दोनों के बीच संवाद की गुंजाइश नहीं बची थी। शायद दोनों ही उठ कर चल दिये होते, पर तभी दो पुलिसवाले ऐन मुँह पर आ गये। उनमें से एक ने, जो थोड़ा युवा लग रहा था और जिसका रंग बनिस्बत साफ़ था, पुरुषोत्तम की काँख में डण्डा कोंचते हुए पूछा, "के बात सै भाई हीरो? पार्क में यो सब के चाल रा सै?"

पुरुषोत्तम सकपका गया। उसने पुलिसवाले की ओर घूमते हुए पूछा, "क्या हो गया?"

"रै सुरेन्दर, काल जो छोरा–छोरी नै धुआँधार चूमा–चाट्टी मच्या राखी थी...योई जगा थी ना?" सुरेन्दर ने जब तक राजबीर की बात से सहमति जतायी, राधिका बौखला गयी थी, "आप कहना क्या चाहते हैं?"

"देखो जी मैडम, ये सार्वजनिक जगा है।" सुरेन्दर ने बताया।

"हाँ, तो?"

"ऐसे आप नहीं बैठ सकते।"

"कैसे?" उन दोनों के मुँह से एक साथ निकला। राधिका का गुस्सा बढ़ने लगा।

"हमारा यो रोज़ का काम है। ...जो पकड़े जाँ और कच्चे खिलाड़ी हों, वो भाई–भैन बन जाँ हैं। और जो थोड़ा पक्के हों, खुद को हजबेंड–वाइफ बतावें।"

वह तितमिला उठी। पुलिसवालों को महिलाओं से बात करने का सलीका समझाने लगी। पर वे ज़रा भी नहीं हिचके। उल्टा खिल्ली उड़ाने के अन्दाज़ में मुस्कराने लगे। साँवले पुलिसवाले ने सख़्ती से बताया, "ऊपर से आदेश हैं।"

"क्या आदेश हैं? रिश्ता जोड़कर परेशान करने के?"

"सार्वजनिक स्थलों को साफ़–सुथरा रखने के।"

"साफ़–सुथरा से मतलब?"

"यही कि फूल–फाल लाग रे हों, छोरा–छोरी सकूल से सिद्दा घर जा रे हों। बूडा–बूडी भजन–भुजुन गा रे हों...और के हो?" राजबीर ने आकाश की ओर देखकर किसी दार्शनिक की तरह बताया। राधिका थोड़ा नरम हुई। समझाने लगी कि उन दोनों का परिचय दस मिनट पहले ही हुआ। यह सही है कि बात कर रहे थे। पर इसमें किसी को आपत्ति क्यों होनी चाहिए? सुनकर पुलिसवाले हँसने लगे। मानो, उन्हें राधिका की बात पर भरोसा नहीं हो रहा था। सुरिन्दर ने फ़ैसला सुनाया, "माहौल बिगाड़ने की इज़ाज़त किसी को नहीं है।"

उन्होंने दोनों का नाम, पता, फ़ोन नम्बर नोट किया। परिवार के लोगों को बुलवाने की धौंस दी। वे उम्मीद कर रहे थे कि दोनों ग़लती मान लेंगे और मामले को रफ़ा–दफ़ा करने के लिए गिड़गिड़ायेंगे। जब उन्होंने ऐसा कुछ नहीं किया तो साँवले ने अपने विवेक से रास्ता निकाला, "ऐसा है मैडम, एक सलाह दूँ, आप तो निकल लो।"

"निकल लो का मतलब? आप मेहरबानी कर रहे हैं मुझ पर?"

"मेहरबानी ही समझो।" उसने कहा और पुरुषोत्तम का हाथ पकड़ लिया। राधिका ने समझाया कि एक वीडियो के सिलसिले में बातचीत उसी ने शुरू की। वीडियो का नाम सुनते ही दोनों के कान खड़े हो गये। राजबीर ने सुरेन्दर को बताया, "आजकल यो अश्लील बिडियो की बीमारी भी भौत चाल गी।"

राधिका हैरान। वह पुरुषोत्तम को बचाना चाहती थी, पर उसे लगा, उसकी बेवकूफ़ी से वह मुसीबत में फँस गया। पुरुषोत्तम ने सफ़ाई दी कि जैसा वे समझ रहे हैं, वैसा आपत्तिजनक वीडियो नहीं है। राधिका को हारकर वीडियो दिखाना पड़ा। देखते ही उनकी आँखें चमकने लगीं।

सुबह के दस बजने को थे। सैर कर रहे ज़्यादातर लोग लौट चुके थे। बचे–खुचे लोगों में से कुछ दूर से देखते रहे। पुलिसवाले पुरुषोत्तम को बाइक में, सीट के बीचोंबीच, बैठाकर ले गये।

कमरे में घुसते ही सब–इंस्पेक्टर ने राजबीर से पूछा कि पुरुषोत्तम की जोड़ीदार को क्यों नहीं लाये।

"उस जूलियट नै सेंडविच बणा के कैसे लात्ते ज़नाब?"

राजबीर का आशय बाइक में चौथी सवारी बिठाने से था। वह भी बीच में। एस.आई. सन्तुष्ट हो गया। उसने पुरुषोत्तम को सामने बैठाकर एक्स–रे मशीन की तरह उसका मुआयना शुरू किया। पुरुषोत्तम घबराया हुआ था लेकिन भरसक कोशिश कर रहा था कि उसका भय पकड़ में न आये।

"क्या करते हो?"

"गवर्मेंट सर्वेंट हूँ।" उसने आवाज़ को कड़क बनाते हुए कहा।

"अच्छा," एस.आई. का स्वर काफ़ी नीचा और धीमा था। पर अचानक जैसे उसे याद आ गया कि वह तो पुलिस अधिकारी है, "क्या हुआ अगर गवर्मेंट सर्वेंट है तो?...तुझे तो और भी मर्यादा में रहना चाहिए।"

"देखिए, मैं उस महिला को जानता तक नहीं। वो मेरे बगल में बैठ कर ख़ुद ही बात करने लगी थी।"

दोनों कॉस्टेबल उसे वीडियो की जानकारी देने लगे। उन्होंने इस बात पर ख़ास ज़ोर दिया था कि वह कीकर की झाड़ियों में घुस रहा था। सब–इंस्पेक्टर की रुचि वीडियो में नहीं थी। वह पुरुषोत्तम की ओर घूम गया, "क्या बात कर रही थी? ...किस टाइप की है?"

"आपको मर्यादा...ऐसी बातें नहीं करनी चाहिए।"

"वाह भाई, ग़ज़ब। अब मजणूँ पुलिस को मर्यादा सिखायेंगे?" उसने त्यौरियाँ चढ़ा लीं, "तो भाई, क्या कह रही थी? ताज़ा समाचार सुनाने बैठी थी बगल में?...कि शेख हसीना दिल्ली पहुँच गयी हैं और उनके लिए यहाँ भेटकी पातूरी (केले के पत्ते में लपेटकर भाप से पकाई जाने वाली भेटकी मछली) पक रही है? और वो...कश्मीर में आठ लोग फिर मारे गये?"

वह चुप हो गया। सब–इंस्पेक्टर का अनुमान था कि वह आते ही रिरियाने लगेगा। लेकिन उसकी ठसक देखकर वह बिदकता जा रहा था, "सुण ओ पुरषोत्तम। गवर्मेंट सर्वेंट क्या मर्यादा पुरषोत्तम होवें?"

पुरुषोत्तम की बोलती बन्द। पुलिस अधिकारी बड़बड़ाने लगा– माँ–बाप भी ससुरे कैसे–कैसे नाम रख दें। पुरषोत्तम !

वह भुनभुनाकर गुस्से का त्वरण बढ़ाता रहा। फिर अचानक फटा, "कीकर के झाड़ में तीतर पकड़ने घुसा था? हें?"

उसके दाँत देखकर पुरुषोत्तम घबरा गया।

"बोल भाई, गवर्मेंट सर्वेंट?"

"मुझे क्या पता कीकर की झाड़ियों में घुसना मना है।" उसने दबी ज़बान में कहा। पुलिस अधिकारी को पुरुषोत्तम का जवाब थोड़ा व्यंग्यात्मक और टेढ़ा लगा। उसके ख़ून में उबाल आ गया। तीस साल की नौकरी में सब–इंस्पेक्टर तक पहुँचा था। रिटायर होने में कुछ ही साल बचे थे। अब तक वह ढीला पड़ चुका था। शायद उसे लगता हो, इस धीमी गति और ढीलेपन से काम करते हुए उसकी नौकरी के बचे साल कुछ ज़्यादा खिंच जायेंगे। उसे गुस्सा भी धीरे–धीरे आता था। लेकिन टेढ़े जवाब सुन कर वह पहले गेयर से सीधा चौथे पर चला जाता। अभी तक वह सामने बैठे व्यक्ति के सरकारी नौकरी में होने का लिहाज़ कर रहा था।

"वीडियो के बारे में ज़रा डिटेल में बताओ रे।" उसने सिपाहियों को डाँटा। अब वह कोई ठोस बात पकड़ना चाहता था। सुरेन्दर ने बताया, "तेज़–तेज़ चल रहा था जनाब। कभी–कभी दौड़ने लगता था।"

"क्यों बे, तेज़–तेज़ क्यों चल रहा था? तूफ़ान की आशंका थी?"– उसने पूछा। पुरुषोत्म चुप रहा। सुरेन्दर ने फिर बताया, "एक बार तो बाँस के झाड़ के पीछे छुप गया और चोरों की तरह झाँकने लगा।"

"अच्छा?...पर इसकी तो चोर की औकात भी ना लगै।"

वह फिर भी चुप रहा। सुरेन्दर ने बताया, "और जी, जैसे साँड़ पीठ टिका लें दीवार से, वैसे ही पेड़ से पीठ टिका के फूँ–फाँ, फूँ–फाँ करो था। फिर थर–थर काँपण लग्गा।"

"बिना बात के क्यों काँपा भई?" कहकर उसने सुरेन्दर की ओर देखा, "हाँ, मलेरिया हो सकै।"

पुरुषोत्तम ने हल्के से 'हाँ' में गरदन हिलायी। उतनी ही जितना झूठ बोलने में हिलाई जा सकती है। एस.आई. ने झट से डपट दिया, "डॉक्टर का पर्चा दिखा।"

पुरुषोत्तम चुप।

"और यो रोने की बात समझ में ना आयी। कोई मर गया लगै?. ..नहीं, पूछ रहा हूँ। मर सकै। मर सकै है कि नहीं?"

पुरुषोत्तम ने तय कर लिया था कि अब फँसना नहीं है। 'हाँ' कहा तो ये पुलिसिया डेथ सर्टिफ़िकेट माँगेगा।

"घबराना और रोना तो अपराध नहीं होना चाहिए?" उसने डरते-मरते पूछा।

"बिना बात रोने और घबराने का जवाब तो क़ानून माँगेगा? और तेरे बाप को देना पड़ेगा। हमें नहीं तो अदालत को देगा। ...हरामज़ादे मज़ाक़ समझ लैं कानून को।" उसने फिर सुरेन्दर की ओर देखा। सुरेन्दर ने मुँह में गुटखा डाल लिया था। राजबीर ने मदद की, "फिर यो सरपट भाग्गा जी, जैसे किसी ने पूँछ पाड़ ली हो। और सिद्दा घुस लिया किक्कड़ के झाड़ में।"

उसी वक़्त एस.आई. कसमसाया। उसे चाय की तलब लग आयी थी। उसने राजबीर से चाय और समोसे लाने को कहा।

"क्यों भई, लोग पार्क में घूमणे जावैं या कीकर के झाड़ में घुसने?"

पुरुषोत्तम समझ नहीं पाया कि इसका क्या जवाब दे। राजबीर चाय और समोसे ले आया। एस.आई. गरम समोसे में मुँह मारकर मुश्किल में फँस गया। उगलने का इरादा बदलकर और निगलने से पहले उसे मुँह के अन्दर हिलाता रहा, "यो समोसा भी साला, नीयत खराब कर दे। डॉक्टर कैवें एक समोसे में दो सौ कैलोरी हो।" उसने अपनी तोंद पर नज़र मारी, "कुछ अकल के दुश्मन तो समोसे में काजू, किशमिश और पनीर भी भर दैं। वो तो ढाई सौ कैलोरी का हो लिया।"

राजबीर ने चाय सुड़कते हुए पूछा, "सर जी, यो कैलोरी के हो?"

"कैलोरी..." उसने रूल हाथ में लेकर कहा, "डॉक्टर का हथियार। "फिर पुरुषोत्तम की ओर देखकर बोला, "बाक़ी यो बतावेगा। पढ़ा–लिक्खा है। ...क्यों भई, यो कैलोरी ससुरी क्या हो?"

"माप है।"

"माप है...अच्छा?...मतलब कि...हम सब्ज़ी वाले के पास जायें और कहें कि ला बे बुधिया, एक कैलोरी टमाटर दे?" वह हँसा, "मतलब किस चीज़ की माप?"

"ऊष्मा की।"

एस.आई. ने राजबीर की ओर देखा, "चल भई राजवीर, तू ऊष्मा के बारे में कोई वाक्य बणा, जिसमें कैलोरी आवे।"

एस.आई. और सुरेन्दर एक इलाक़े के थे। उनकी भाषा एक थी। राजबीर की अलग। राजबीर थोड़ा मसखरा क़िस्म का भी था। दोनों उसके साथ मज़े लेते रहते थे।

"ऊष्मा माने?" राजबीर ने पूछा।

"ताप।"

"टैश्ट लो हो?" कहकर राजबीर ने दिमाग़ पर थोड़ा ज़ोर दिया और बोला, "कल रात मन्ने ताप आ गया ज़नाब। घरवाड़ी नबज़ पकड़ के बोली, सौ से एक–दो कैलोरी ऊपर लाग रा सै।"

यह सुनते ही एस.आई. और सुरेन्दर एक साथ हँस पड़े। एस.आई. ने उसकी तारीफ़ की, "रै ग़ज़ब। तू तो हिन्दी का मास्टर बणने लायक है।"

पुरुषोत्तम को तभी ग़लती का अहसास हुआ, "सॉरी, ऊष्मा नहीं, ऊर्जा की इकाई है।"

उसकी बात से राजबीर ख़फ़ा हो गया। वाक्य बनाने में बेकार मेहनत करा दी। उसने एक भद्दी–सी गाली दी। पर एस.आई. दिल्लगी के मूड में था, "अच्छा तो जैसे हर महीने हम चार सौ कैलोरी बिजली ख़र्च कर दें...?"

"नहीं, कैलरी का इस्तेमाल खाने की एनर्जी वैल्यू मापने के लिए होता है।"

एस.आई. बड़बड़ाने लगा, "चैन से ससुरी दो रोटी खाणा मुश्किल हो गया। उसकी भी ताक़त नाप लैं हरामज़ादे।"

फिर एकाएक उसे असल मुद्दा ध्यान आ गया। उसने सुरेन्दर की ओर देखा, "कीकर की झाड़ियों से कब निकला यो?"

सुरेन्दर ने झट से खिड़की के बाहर पीक थूककर बताया, "वीडियो में तो निकलते हुए नहीं दिखाई दिया ज़नाब।"

एस.आई. ने उसकी ओर भौंहें उचकाकर पूछा, "क्यों भई, निकला क्यों नहीं?"

उसने डरते हुए कहा, "मैं तो उसी वक़्त दूसरी तरफ़ निकल गया था सर।"

"निकला तो दिखाई क्यों नहीं दिया?"

पुरुषोत्तम ने सिर झुकाकर कहा, "वीडियो बनाने वाले ने निकलते हुए नहीं दिखाया...मैं क्या कर सकता हूँ।"

एस.आई. कुछ देर सोचता रहा। फिर उसने एक नया नुकता निकाला, "देख भाई, तू घुसा। दिख रहा है कि तू घुसा। तूने मान भी लिया। अब अगर तू कहता है कि घुसते ही निकल लिया, तो निकलने का सबूत तो तुझे देना पड़ेगा? वरना हम तो यही मानेंगे कि तू घुसा और निकला नहीं।"

"मैं वहाँ रहकर क्या करूँगा सर?"

"ये सवाल तो हम पूछेंगे। यही कोर्ट पूछेगा कि भइया मर्यादा पुरषोत्तम, कीकर की झाड़ियों में घुसकर क्या करते रहे? निकले क्यों नहीं?"

"देखिए, मैं गवर्मेंट सर्वेंट हूँ।"

"अरे तेरी जात का....घण्टे भर से एक ही रट लगा रक्खी है। गवर्मेंट सर्वेंट, गवर्मेंट सर्वेंट। क्या सरकारी नौकरी में कीकर की झाड़ियों में घुसना सिखावैं?"

पुरुषोत्तम बगलें झाँकने लगा। मामला लगातार उलझता जा रहा था। उसे समझ नहीं आ रहा था कि क्या करे। मन–ही–मन कभी वीडियो बनाने वालों को तो कभी राधिका को कोसता रहा।

सब–इंस्पेक्टर मुस्करा रहा था। उसे तफ़तीश के सही दिशा में जाने का भरोसा होने लगा। लग रहा था कि पुरुषोत्तम को उलझा लेगा। उसके बाद थोड़ी–सी सख़्ती और वह...इतना कमज़ोर आदमी तो मूत देगा। वह सोच रहा था। उसी वक़्त पुरुषोत्तम का फ़ोन बजा, जो सिर झुकाये बैठा था। उसका दोस्त मनोहर था। उसने कुछ पूछा। जवाब में पुरुषोत्तम ने बताया कि वह थाने में है। उधर से मनोहर ने शायद वजह पूछी हो। इसने बताया कि ऐसे ही, एक झंझट में फँस गया। एस.आई. उसकी बातें सुनता रहा। पुरुषोत्तम की घबराहट बढ़ रही थी और एस.आई. की उम्मीद।

जिस वक़्त राधिका पति के साथ थाने पहुँची पुरुषोत्तम को वहाँ बैठे–बैठे दो घण्टे बीत चुके थे। राधिका का पति झल्लाया हुआ था। पति को उसका इस तरह के झंझटों में पड़ना अच्छा नहीं लगा। वह बिना बुलाये थाने जाने के पक्ष में भी नहीं था। उसके अन्दर चाहकर भी पुरुषोत्तम के लिए किसी तरह की सहानुभूति पैदा नहीं हो रही थी। सब–इंस्पेक्टर ने राधिका की ओर देखा, "आप ह्यूमन राइट्स वाली तो नहीं हो मैडम?"

"क्यों?"

"नहीं, ऐसे ही। ...बिना बुलाये चली आयीं, इसलिए पूछा।"

पति ने राधिका की ओर देखा। जैसे कह रहा हो कि देखा, मैंने पहले ही कहा था। वह एस.आई. से कुछ कहना चाहती थी, जिसकी नज़र खिड़की पर और कान बाहर लगे थे। वह बच्चों की तरह मचलने लगा था। थाने के बाहर एक काला भुजंग आदमी, जिसका ऊपरी बदन नंगा था और कमर से नीचे झगोला–सा पहना था, अपनी पीठ पर कोड़े बरसाने का करतब दिखा रहा था। बाहर से एक अजीब–सा भिन–भिन का स्वर अन्दर आ रहा था। ऐसा लगता था जैसे हज़ारों मधुमक्खियाँ कमरे में घुसी चली आ रही हैं। उसने एक बार उठकर खिड़की से बाहर झाँका। बोला, "मुझे ये धुन बहुत अच्छी लगती है। गिनगिना–गिनगिना, गिनगिना–गिनगिना– सटाक्।"

वापस सीट पर आकर वह कुछ देर के लिए स्मृतियों में खो गया। फिर उसकी आवाज़ सुरंग के अन्दर चली गयी, जब उसने कहा, "इस धुन को सुन के मैं बचपन में बड़ा डरा करै था।"

अचानक सुरंग से बाहर निकलकर उसने पूछा, "यो ह्यूमन राइट्स वालों को कोई कोड़े ना बरसा सकै?"

उसने राधिका के पति की ओर देखा, "ऐसे ही सोच रहा हूँ। ...पूछो क्यों?"

किसी ने पूछा नहीं। उसने बताया, "पुलिस के हाथ बाँध दे करैं।"

फिर अचानक उसने राधिका से पूछा, "आप नारी अधिकारवादी हो?"

"फ़ेमिनिस्ट?"

"आप हो?"

"उतनी ही जितना हर औरत को होना चाहिए। ...पर लगता है, आपको हर ऐसी आवाज़ से... ।"

राधिका के पति ने उसे कुहनी मारी और उसके कान की ओर झुक कर बहस में उलझने के लिए मना किया। एस.आई. ने उसके पति को घूरकर देखा, जिसने पत्नी का वाक्य पूरा नहीं होने दिया था।

"सर, बहुत देर हो गयी।" पुरुषोत्तम कसमसाया। उसने ज़ोर से डपट दिया और राधिका के पति से मुख़ातिब हुआ, "उतावली देखी इसकी? जी करै है, पार्क में बैठणे के लिए इसे यहीं पदमश्री दे दूँ।"

फिर उसने मद्धम स्वर में कहा, "आपको ध्यान रखना चाहिए।"

"मुझे? किस चीज़ का?" राधिका का पति चौंका।

"देश का, समाज का। ...समाज में माहौल तो बिगड़ रहा है ना? ...आप जैसे पढे-लिक्खे लोग लापरवाह हो गये हैं समाज के प्रति। ...अपनी पत्नियों के प्रति भी।" फिर अचानक राधिका की ओर देखा, "जनरल बात कर रहा हूँ।"

राधिका का चेहरा तमतमाता देख उसने विषय बदला, "ज़रा वो, वीडियो दिखाओ मैडम।"

उसने वीडियो निकालकर फ़ोन एस.आई. की ओर बढ़ा दिया। वह उसे देखता रहा और मन्द-मन्द मुस्कराता रहा। इसी दौरान राजबीर

किसी जेबकतरे को पकड़ लाया। एस.आई. ने बिना कोई सवाल–जवाब किये उसके कान पर एक झन्नाटेदार थप्पड़ रसीद कर दिया। ऐसा पटाखा–सा बजा कि सब दहल गये। उसने राजबीर को इशारा किया कि वह जेबकतरे को अन्दर ले जाये, जहाँ कोई छोटा–सा यातना कक्ष हो सकता था। ऐसा पुलिसवालों की बातों से लगा।

वह फिर से राधिका और उसके पति से मुख़ातिब हुआ, "यो जो गरीब हों ना ससुरे, अच्छी चीजों से नफरत करैं। इन्हें कोट–पैंट की जेबें अच्छी ना लगें, मुंसीपल्टी की टूँटी तोड़ दें, बल्ब फोड़ दे करैं ...और भले घर की औरतों को भी...। यो ससुरे हर सुन्दर चीज़ को तोड़ने–फोड़ने की फिराक में ही लगे रैवैं।"

तभी बगल के कमरे से चीख़–पुकार सुनाई दी। एस.आई. ने आवाज़ दी, "अरे राजबीर, कपड़ा ठूँस हरामी के मुँह में...यो अपणा पुरुषोत्तम दहल जावेगा। गवर्मेंट सर्वेंट है।"

पुरुषोत्तम ने बकरे की तरह राधिका की ओर देखा। उसके होंठ सूखे थे और बहुत ही बेबस लग रहा था। राधिका के पति ने दूसरी ओर मुँह फेर लिया। राधिका ने अपनी विवशता जतायी, "देखिए, हम लोग जानते हैं कि आप अपनी जगह सही हैं। लेकिन ये वीडियो... अगर पुलिस की ज़िद है, तो आपको भ्रम दूर करना चाहिए।"

सब–इंस्पेक्टर मुस्कराया। पुरुषोत्तम ने सिर झुका लिया। उसी वक़्त उसे ढूँढ़ता हुआ मनोहर आ पहुँचा। उसे देखकर पुरुषोत्तम ने मुस्कराने की कोशिश की। इस संकट की घड़ी में वह बहुत बड़ा संबल लगा। उसने धीरे–धीरे बताना शुरू किया– जिस दिन वह वीडियो बनाया गया, उसे याद आ रहा है कि शनिवार था। वह पार्क में सैर करने आया था। एक स्त्री को देखकर वह चौंक गया था। उसकी क़द–काठी उसकी पत्नी जैसी थी। लम्बे और घुँघराले बाल भी हू–ब–हू वैसे ही थे। ग़ौर से देखा तो सचमुच वही थी। उसके साथ वही आदमी था। उन्हें देखकर उसे घबराहट होने लगी थी। उसने नज़रें दूसरी ओर घुमा लीं और तेज़ी से आगे बढ़ गया। एक बार मन में आया कि पलटकर देखे। बाँसों के झुरमुटों के पास पहुँचकर वह पलटा। उसने आड़ से देखा। वही दोनों थे।

उसने बताया कि उसकी घबराहट बढ़ने लगी थी। रफ़्तार और तेज़ हो गयी। वह जल्द से जल्द वहाँ से दूर निकल जाना चाहता था। वह नहीं चाहता था कि वे दोनों उसे देख लें।

"पत्नी के साथ कौन था?" एस.आई. ने पूछा। पुरुषोत्तम ने गहरी साँस ली। दाढ़ी पर हाथ फेरता रहा लेकिन कुछ बोला नहीं। उसके चेहरे पर फिर से घबराहट के लक्षण नज़र आने लगे।

"इससे आगे मैं बता नहीं पाऊँगा।" उसने कहा और रोने लगा।

कुछ देर में उसने फिर से हिम्मत जुटायी, "गुण्डा था।"

किसी ने पूछा नहीं कि कौन गुण्डा था। वह थोड़ी देर चुप रहने के बाद फिर से बताने लगा कि उस गुण्डे ने, उसकी पत्नी छीन ली। पुरुषोत्तम का गला फिर से भर आया। अपने–आप को थोड़ा संयत करने के बाद उसने बताया कि उसे बहुत डर लगने लगा। घबराहट हो रही थी। इतना कहकर वह फिर से फफक–फफककर रोने लगा। उसे अपने–आप को सँभालने में काफ़ी देर लगी। कमरे की हवा भारी हो गयी थी। सब–इंस्पेक्टर जिस भावुकता को तीस साल पहले सुला चुका था, वह कुनमुनाकर उठ रही थी। वह बेवजह छत पर लटके बन्द पंखे को देखने लगा।

"मैं रोया इसलिए क्योंकि जब मैंने छुपकर देखा तो उसने मेरी पत्नी के बाल पकड़कर उसे थप्पड़ मारा था।"

उसका गला रुँध गया। उसने एक गिलास पानी माँगा। पानी पीने के बाद बताया, "वो दोनों उसी तरफ़ आ रहे थे, जहाँ मैं छुपा था। मैं भागकर कीकर की झाड़ियों में घुस गया और दूसरी तरफ़ निकल गया।"

इतना कहकर उसने आँखें मूँद लीं और कुर्सी पर पीठ टिकाकर ऐसे लधर गया जैसे सो गया हो।

वह शान्त था। राधिका के पति ने उसके कन्धे पर हाथ रखा, पर उसने आँखें खोलकर नहीं देखा कि हमदर्द कौन है। अचानक मनोहर एस.आई. की ओर झुककर फुसफुसाया। उसने पुरुषोत्तम को कुछ देर के लिए कमरे से बाहर भेजने का अनुराध किया था, ताकि वह कुछ बता सके। एस.आई. बिना किसी ना–नुकुर के मान गया। उसे लग

रहा था कि शायद मनोहर घटना में कोई नया मोड़ ला दे। जिससे उसे करुणा और भावुकता को लतियाने का अवसर मिल जाये। मनोहर ने एक बार बाहर की ओर देखा। वह आश्वस्त होना चाहता था कि पुरुषोत्तम आसपास नहीं है। फिर उसने बताना शुरू किया– पुरुषोत्तम की पत्नी तीन साल पहले लापता हो गयी थी। उससे पहले कभी–कभी उसे किसी के साथ बात करते हुए देखा गया था। लोग उसकी पहचान एक गुण्डे के रूप में करते हैं। वह भी फ़रार बताया गया। पर बाद में किसी ने एक–दो बार उसे देखने की पुष्टि की। पुलिस इस मामले में कुछ नहीं कर पायी। पुरुषोत्तम थाने के चक्कर काटता रहा। लोग तरह–तरह की बातें करते। पर उसकी पत्नी कहाँ है, उसके साथ क्या हुआ, कोई नहीं जानता। पुरुषोत्तम को लगता है, वह आसपास ही है। कहता है, उसे वह दिखाई देती है। पर लोग कहते हैं जब भी कोई स्त्री उसे अपनी पत्नी जैसी लगती है तो वह इसी तरह सनक जाता है। सच क्या है, कोई नहीं जानता।

एस.आई. ने एक बार फिर पंखे को देखा। अभी गर्मी शुरू नहीं हुई थी, पर उसका मन पंखा चलाने को हो रहा था। सोच–विचार में डूबा पुलिसवाला बहुत ही फूहड़ लगता है, ऐसा उसका मानना था। फिर भी वह लगातार कुछ सोच रहा था। अचानक उसने राजबीर और सुरेन्दर को आवाज़ दी, जो बीच–बीच में बाहर की ओर निकल जाते थे। वे दोनों झटपट दरवाज़े पर खड़े हो गये। एस.आई. ने बड़े थके हुए स्वर में कहा, "वो बाहर ही है। राजीनामा करके रफ़ा–दफ़ा करो। यहाँ मत लाना।"

राधिका, उसका पति और मनोहर तीनों एक साथ चौंके। राजीनामा कैसा? और किसके साथ?

लेकिन उन्होंने पूछा नहीं। मधुमक्खियों की–सी भिनभिनाहट फिर से थाने में घुसने लगी थी। घुटन बढ़ती जा रही थी। वे जल्द से जल्द बाहर निकलकर खुली हवा में साँस लेना चाहते थे।

इन्द्रप्रस्थ भारती (सितम्बर 2017)

ख़तरनाक

वह अधेड़ लग रही थी। हालाँकि अड़तीस से ऊपर नहीं होगी। एक ख़ूबसूरत युवा स्त्री उसे मनोचिकित्सक के पास लाई है। वह अधेड़ को ऊपर से नीचे तक देखता है। उसके उड़े हुए बाल देखकर लगता था किसी महिला के साथ उसकी हाथापाई हुई होगी। जिसने बाल नोंचने के बाद जलती हुई लौ से झुलसा दिये होंगे। पर सच यह था कि उसके काफ़ी बाल झड़ चुके थे और वे घने लगें, यह सोचकर उसने हाल ही में कर्लिंग कराई थी।

मनोचिकित्सक उसे आरामदेह कुर्सी पर बैठने का इशारा करते हुए मुस्कराता है। यह जानने के लिए उसकी जवाबी मुस्कराहट का इन्तज़ार करता है कि वह हिंसक प्रवृत्ति की तो नहीं है। इन दिनों उसकी छवि बहुत ही मुँहफट, बल्कि आक्रामक स्त्री की हो चुकी है, ऐसा उसकी युवा सहेली ने फ़ोन पर बताया था। मनोचिकित्सक फिर से मुस्कराता है और उसे ग़ौर से देखता है। उसके ताँबई चेहरे पर गालों की हड्डियाँ उभरी हुई थीं और वह बेहद भौंडा लगने वाला तोतई रंग का सलवार–सूट पहने थी। मनोचिकित्सक मौसम की, लज़ीज़ व्यंजनों की और जाने किधर–किधर की फ़ालतू बातें करने लगता है। शायद यह सामान्य लगने वाले जटिल मरीज़ों की जाँच–परख से पहले की क़वायद हो। वह बार–बार मुस्कराता है, क्योंकि मानता है कि मुस्कराहट सामने वाले को अहिंसक बनाने का कारगर औज़ार है।

मुस्कराते हुए ही वह धीरे–से शिमला और नैनीताल पहुँच जाता

है। फिर रोप–वे की बातें करते–करते जानना चाहता है कि उसे ऊँचाई से डर तो नहीं लगता? साथ आयी युवती को उन बेसिर–पैर की बातों से ऊब होने लगी। डॉक्टर की मुस्कराहट से भी, जो देखा जाये तो, आकर्षक थी। उसका बस चले तो वह डॉक्टर के कमरे में रखी हर चीज़ को पत्रिकाओं की तरह उलट–पुलटकर देखने लगे। पर यह अभद्रता होती। वैसे भी, वहाँ उलटने–पलटने के लिए था ही क्या। एक मेज़, चार कुर्सियाँ, प्लास्टिक का एक स्टूल, एक लैपटॉप, दवाइयों के कुछ सैम्पल, एक पैन, राइटिंग पैड, उस दिन का टाइम्स ऑफ़ इंडिया, दो–तीन किताबें। कमरे के एक कोने में वॉशबेसिन था जिसके क़रीब एक डस्टबिन रखा था। एक और डस्टबिन डॉक्टर की टाँगों के पास पड़ा था। अख़बार और किताबें उसकी मेज़ पर दायें हाथ के पास रखी थीं, जिन्हें उठाने का मतलब डॉक्टर का ध्यान खींचना होता। मनोचिकित्सकों के पास स्टेथोस्कोप होता होगा या नहीं, यह जानने की युवा स्त्री को बड़ी जिज्ञासा हो रही थी। बेचैनी की हद तक। लेकिन इसके लिए मेज़ की दराज खोले बिना वह किसी नतीजे पर नहीं पहुँच सकती थी।

मनोचिकित्सक झुलसे बालों वाली से पूछता है कि उसे नींद अच्छी आती है? वह हँसती है, "रात–भर मॉस्कीटो रैकेट लेकर मच्छर मारती हूँ। दिन में ऊँघती हूँ।"

ऐसा लगा, उसकी इस बात पर बाहर वाले कक्ष में एक छोटी मेज़ के सामने बैठा डॉक्टर का सहयोगी हँसा। कौन जाने दूसरा सहायक, जो उनके अन्दर आते वक़्त वाटर प्यूरीफायर के पास खड़ा बोतल में पानी भरता हुआ दिखाई दिया था, वही हँसा हो। कमरे के बीच का दरवाज़ा बन्द था। दरवाज़ा हमेशा बन्द रहता था, ताकि मरीज़ को तसल्ली हो कि उनकी बातें कोई नहीं सुन रहा। लेकिन मरीज़ के अन्दर दाख़िल होने के बाद ये दोनों चौकन्ने होकर अन्दर की तरफ़ कान लगाये बैठे रहते हैं। उनमें से एक काफ़ी हट्टा–कट्टा था। दूसरा भी ठीक–ठाक ही था। दोनों ही किसी को दबोचकर क़ाबू करने में सक्षम थे।

मनोचिकित्सक उसके खानपान और भूख के बारे में पूछताछ करने के बाद अचानक जानना चाहता है कि क्या उसे गुलाब पसन्द हैं? अधेड़ लग रही झुलसे बालों वाली स्त्री साफ़ इनकार कर देती है। वह उसके चेहरे को देखता है। वह समझ जाती है कि डॉक्टर के देखने में सवाल छुपा है। बताने लगती है, "मुझे फूल पसन्द नहीं।"

डॉक्टर मन–ही–मन कहता है, वह तो तेरा चेहरा बताता है।

"क्यों?" वह पूछता है।

"उसे पसन्द हैं। हर रंग के, हर गन्ध के।"

वह पेन उठाकर पैड पर कुछ लिखता है और उसकी युवा सहेली की ओर देखता है, जिसका ध्यान अब झुलसे बालों वाली की ओर खिंच चुका था। युवती डॉक्टर का आशय समझ गयी। बोली, "अपने पति के बारे में बात कर रही हैं।"

"ओह। ...उन्हें बुके बहुत मिलते होंगे ना?" मनोचिकित्सक ने पूछा। युवा स्त्री ने बताया था कि उसका पति राजनीति में है।

कुछ देर रुककर उसने दूसरा सवाल किया, "सो ह्वाट, अगर उन्हें पसन्द हैं तो? इस दुनिया में ज़्यादातर लोगों को फूल पसन्द होते हैं।"

"लेकिन सब पराग–चोर नहीं होते।" झुलसे बालों वाली बताती है। वह थोड़ा परेशान हो जाता है। डॉक्टर की उलझन का हल युवा स्त्री के पास नहीं है। वह अगल–बगल देखने के बाद केवल पराग–चोर का अर्थ स्पष्ट कर पाती है, "वो...जो फूलों का पराग चुरा ले।"

डॉक्टर की उलझन कम नहीं हुई। पराग–चोर का मतलब तो वह भी समझ रहा था। वह अधेड़ लगने वाली स्त्री से ही पूछता है, "पराग कैसे चुराते हैं?...मतलब मनुष्य पराग कैसे चुराता है?"

"वह मनुष्य नहीं है।"

"मतलब कि भँवरा है?" मनोचिकित्सक तिरछी निगाहों से देखता हुआ होंठों ही होंठों में मुस्कराता है।

"प्लीज, रहने दीजिए। 'भँवरा' बड़ा ही रोमांटिक शब्द है। इट साउंड्स पॉज़िटिव।"

तल्ख़ी उसकी पुतलियों पर सवार हो गयी थी। मनोचिकित्सक ने उसे पानी पेश किया और उसके शान्त होने का इन्तज़ार करने लगा। उसने फिर से कुछ लिखा। यहाँ आने से पहले युवा स्त्री ने मनोचिकित्सक को फ़ोन पर बताया था कि उसकी एक सहेली है, जो अजीब–सी हरकतें करने लगी है। अजीब–सी बातें करती है। कभी–कभी तो बड़ी कोफ़्त होती है। कभी–कभी तरस भी आता है। हालाँकि तरस खाना उसे पसन्द नहीं है।

ऐसी बहुत सारी बातें बताने के बाद युवती ने चिन्तित स्वर में डॉक्टर से पूछा था कि उसकी सहेली को इस हालत से बाहर निकालने का कोई रास्ता है? मनोचिकित्सक पति–पत्नी के सम्बन्धों के बारे में खोद–खोद कर पूछने लगा। युवती घबरा गयी। उसने कहा, वह ज़्यादा बता नहीं सकती। मनोचिकित्सक ने मरीज़ को लाने के लिए कहा और बताया कि केस को आमने–सामने व सीधी बातचीत से ही समझा जा सकता है। देखना होगा कि कॉग्नीटिव बिहेविअर थेरेपी से काम चलेगा या कुछ और ज़रूरत है। पर्सनेलिटी डिसऑर्डर का मामला तो नहीं है। दवाइयों की ज़रूरत है या नहीं। कहीं फ़ैमिली थेरेपी तो ज़रूरी नहीं है। क्लीनिकल साइकोलॉजिस्ट के पास भी रेफर करना पड़ सकता है। युवती ने फ़ैमिली थेरेपी के बारे में पूछने के बाद यह बताना ज़रूरी समझा कि उनके परिवार में पति–पत्नी और एक बेटी है दस–बारह साल की। लेकिन इनका मामला थोड़ा पेचीदा है। पति नहीं आ पाएँगे। मनोचिकित्सक ने कारण पूछा तो उसने कुछ बातें स्पष्ट कीं। कुछ नहीं कीं।

"तो उसे हमिंगबर्ड कह सकते हैं?" मनोचिकित्सक ने बात को हलका–फुलका करने के लिए अपनी घुन्ना मुस्कराहट के साथ अधेड़ स्त्री से पूछा था।

"यह कौन–सी चिड़िया है, मैं नहीं जानती।"

"हिन्दी में उसे क्या कहते हैं, मैं भी नहीं जानता। पर मैं उसे गुनगुन चिड़िया कहता हूँ। बहुत ही ख़ूबसूरत और बहुत छोटी चिड़िया है। वह ख़ुद को हवा में स्थिर रखने के लिए मधुमक्खियों, भँवरों और टिड्डियों की तरह तेज़ी से पंख फड़फड़ाती है, जिससे गुनगुनाहट जैसी ध्वनि निकलती है ...और हाँ, वह फूलों का पराग चूसती है।"

अधेड़ स्त्री उस चिड़िया की कल्पना करते हुए मुस्करायी। फिर गरदन झटककर बोली, "आपको बता दूँ, मुझे छोटी चिड़ियों से बहुत प्यार है। और आपने इतनी ख़ूबसूरत और मासूम चिड़िया से उस व्यक्ति की तुलना की?"

"सॉरी, मैं तो पराग–चोर... ।"

"आप भँवरों और चिड़ियों को पराग–चोर कैसे कह सकते हैं?"– वह तैश में आ गयी। उसकी आवाज़ सुनकर डॉक्टर के दोनों सहायक अन्दर आ गये। उन्हें ऐसी हिदायत थी। कई बार मरीज़ बेक़ाबू हो जाते हैं। उनका काम है तैयार रहना।

मनोचिकित्सक उन्हें सब ठीक होने का इशारा करने के बाद बगलें झाँकने लगा। फिर बेबस होकर युवा स्त्री की ओर देखा। उसकी हालत देखकर युवा स्त्री का चेहरा सुर्ख़ हो गया था। अपनी खिसियाहट मिटाने के लिए मनोचिकित्सक ने विषय बदलते हुए पूछा, "वैसे कोई और तकलीफ़?"

"नहीं।"

"मन उदास रहता है?"

"हाँ।"

"कभी–कभी रोना आता है?"

"आ जाता है।"

मनोचिकित्सक का मन किया, वह उसे 'शुक्रिया, मेहरबानी' कह दे।

"उस वक़्त कैसी इच्छा होती है? मतलब कभी ऐसा विचार मन में आता है कि ज़िन्दगी बेकार है?"

"विचार आये या न आये, क्या फ़र्क़ पड़ता है? ज़िन्दगी तो है ही बेकार।"

उसने अधेड़ स्त्री को कुछ बातें समझायीं। सोच को पॉज़िटिव रखने की नसीहतें दीं। वह तटस्थ बनी रही तो डॉक्टर ने फिर से पिछली बात का सिरा पकड़ लिया, "तो पराग चुराने वाले जिस व्यक्ति की बात आप कर रही थीं, और जो, आपके मुताबिक़ भँवरा नहीं है, गुनगुन चिड़िया नहीं है, मनुष्य भी नहीं है...तो वह है क्या?" उसने महिला के चेहरे की तरफ़ देखा।

"भालू है।"

मनोचिकित्सक का दिमाग़ फटना चाहता है। लेकिन वह याद करता है कि वह तो मनोचिकित्सक है और उसके दिमाग़ को ऐसी बातों से फटना नहीं चाहिए। झुलसे बालों वाली स्त्री, जो अधेड़ लगती थी, अपनी रौ में बोलती जाती है। कि वह (भालू) बहुत मोटी खाल का बना है। उसकी खाल में भालू की तरह घने बाल हैं। वह मधुमक्खियों के छत्ते से भी सटासट शहद निकाल सकता है और गटागट गटक सकता है। वे उसे काट नहीं सकतीं। डंक के विरुद्ध उसके बाल ढाल का काम करते हैं। उसे मधु पसन्द है।"

"लेकिन आपने तो कहा था वह पराग चुराता है?"

"मधु किससे बनता है?"

"पराग से।" डॉक्टर ने झेंपते हुए कहा।

"तो ये दो अलग–अलग बातें कैसे हुईं भला?"

डॉक्टर को लगा, वह उससे उगलवाने के चक्कर में ख़ुद ही फँस रहा है। इसीलिए वह दुबारा झेंपकर रह गया। इस झेंप में वह युवा स्त्री की तरफ़ नज़र नहीं उठा पाया।

"राइट। बात तो एक ही है।" डॉक्टर ने थके स्वर में कहा। उसकी सवाल–जवाब करने की इच्छा ख़त्म होती लग रही थी। मनोचिकित्सक को चुप देखकर झुलसे बालों वाली ने अपनी ओर से सवाल कर दिया– कि क्या वह कभी उत्तरी अमेरिका गया है? मनोचिकित्सक ने गरदन को दो बार हिलाकर इनकार किया। वह

बोली, मैं भी नहीं गयी। फिर मुस्कराती हुई पूछने लगी, डिस्कवरी तो देखते होंगे? उसने स्वीकृति में सिर हिलाया, पर आश्चर्य के साथ कि यह कैसा सवाल है। अधेड़ स्त्री ने झट–से एक और सवाल दाग़ दिया, "डिस्कवरी पर कभी ग्रिजली बेअर देखा? भूरा भालू?"

वह उसका उत्तर मिले बिना ही बताने लगती है कि भूरे भालू मांसाहार के लिए मछलियों का शिकार करते हैं। वे बहुत आसानी से मछलियाँ पकड़ लेते हैं।

मनोचिकित्सक का मन अब भी बुझा हुआ लग रहा था। लेकिन अधेड़ स्त्री ने अपनी बात जारी रखी, "जब वह मत्स्यकन्याओं का आलिंगन करता है तो भालू की तरह ही एकदम अशिष्ट तरीक़े से–बेअर हग।"

मनोचिकित्सक की उदासी मामूली हैरानी में बदल गयी। वह 'मत्स्यकन्याओं' को होंठों ही होंठों में उच्चारित करता है। युवा स्त्री उसकी मदद करना चाहती है, "मतलब यह कि जब वह स्त्रियों को हग करता है तो...।"

यह बात मुँह से निकलते ही युवा स्त्री भयभीत–सी हो गयी। उसने डॉक्टर से एक वादा चाहा कि वह कभी किसी को नहीं बतायेगा कि मरीज़ को कौन लेकर आया था। वह हैरान रह गया। ऐसा क्यों? उसने पूछा। युवा स्त्री ने बताया कि कभी–कभी प्रभावशाली लोग अपने निजी जीवन की बातों को सार्वजनिक जीवन के लिए ख़तरा मानते हैं। ऐसे में वह (ख़ुद) परेशानी में पड़ सकती है।

उसका इशारा अधेड़ स्त्री के पति की तरफ़ था। मनोचिकित्सक ने उसे आश्वस्त किया कि वह ऐसा नहीं करेगा। यों भी, मरीज़ों को लाने वालों के बारे में पूछताछ कोई नहीं करता, जब तक कि पुलिस केस न हो। युवा स्त्री को तसल्ली हुई।

डॉक्टर इस छोटे से व्यवधान के बावजूद मत्स्यकन्याओं में उलझा था। उसने फिर से अधेड़ स्त्री पर ध्यान केन्द्रित किया। वह फिर से बताने लगी– मत्स्यकन्याओं की बात करते हुए उसे आत्मग्लानि नहीं होती। कोई अफ़सोस या पछतावा नहीं होता। पूरी बेशर्मी के

साथ सिर उठा कर बात करता है। वह उस छोटी चिड़िया की तरह गुनगुन नहीं करता। भालू की तरह डों–डों करता है। उसके शब्द लड़खड़ाते नहीं, बल्कि उसके मुँह से शब्दों का फव्वारा फूटता है।

डॉक्टर 'मत्स्यकन्याओं' को फिर से बुदबुदाता है। तभी वह स्पष्ट कर देती है, "मत्स्यकन्याएँ...मतलब जलपरियाँ। ...लेकिन, उन दिनों वह मुझे वनकन्या कहता था। जंगली औरत। जिसमें ऐसा ताब होता है...ऐसा ताब होता है कि...जाने दीजिए।"

वह हँसती है और ख़ुद को ऊपर से नीचे तक देखती है। मनोचिकित्सक भी उसे ऊपर से नीचे तक देखता है। इस खँडहर में ताब! वह भी हँसना चाहता है, पर हँसता नहीं। युवा स्त्री को देखता है, जिसने बताया था कि किसी को हँसता देखकर उसकी सहेली बहुत सतर्क हो जाती है। युवा स्त्री नज़रें दीवार की ओर फेर लेती है, क्योंकि मनोचिकित्सक भी युवा है और उसे कनखियों से देख रहा है।

"आप किन दिनों की बात कर रही थीं?"

"जब मैं उसके प्रेम में पड़ी थी। सोलह साल पहले की बात है।"

कुछ देर की ख़ामोशी के बाद वह अपने बालों पर हाथ फेरती हुई बोली, "मेरे बाल झड़ गये। चेहरे पर झुर्रियाँ नज़र आने लगी हैं। फ़ेशियल कराने से कुछ नहीं सुधरता। एजिंग को भले कुछ समय के लिए रोक लो, लेकिन जो भालू करता है, उसके असर को...वह उम्र से ज़्यादा मारक है।"

वह रुआँसी हो गयी।

"आपके पति तो कविताएँ भी लिखते हैं शायद? ...मैडम ने फ़ोन पर बताया था।" वह इस बार मैडम (युवती) की ओर सीधे देखकर मुस्कराता है। युवती भी बिजली की तरह हल्का–सा कौंधती है। झुलसे बालों वाली का चेहरा गुस्से में बदरंग हो जाता है, "घण्टा लिखता है कविता। भालू सिर्फ़ तुकबन्दी कर सकते हैं– डों–डों, डोंडों–डों।"

मनोचिकित्सक को यह डों–डों तुकबन्दी बहुत अच्छी लगी। वह मुस्कराता है। पूछता है, "सीधे शब्दों में बताइए कि आपके साथ क्या हुआ?...आइ मीन, आप क्या महसूस करती हैं?"

"ठगा हुआ।" वह तुरन्त जवाब देती है। मनोचिकित्सक ख़ुद ही ठगा–सा रह जाता है। वह इसका मतलब जानना चाहता है। वह कहती है, "मैं नहीं समझा सकती कि कैसा महसूस होता है। ठगे जाने में सबसे बुरा यह होता है कि आपको पता होता है ठग लिया गया।"

मनोचिकित्सक के सवाल अचानक ही चुक गये। अधेड़ स्त्री अब भी तुकबन्दी पर अटकी थी। वह बताना चाहती थी कि डों–डों की औलाद (उसका पति) कैसी फूहड़ कविताएँ लिखता है। लेकिन वह यह सब नहीं बताती। कहती है, "जैसे वह जानता है कि राजनीति कैसी हो, भाषण कैसा हो, बयान कैसा हो, वैसे ही वह जानता है कि तुकबन्दी कैसी हो।"

युवा स्त्री डॉक्टर को समझाने लगती है, "साहित्य जगत में ऐसे लेखन को कविता कोई नहीं मानता, लेकिन राजनीतिक हलक़ों में तुकबन्दियाँ कभी–कभी बड़ी मूल्यवान हो जाती हैं। क्योंकि फ़ेसबुक, व्हट्सएप वग़ैरह पर चलाने से मक़सद पूरा करती हैं, जिसके लिए उन्हें लिखा जाता है।"

"ये जो भालू है ना... " अधेड़ स्त्री बोलना चाहती है कि उससे पहले डॉक्टर बोल पड़ता है, "ग्रिजली बेअर या आपके पति?"

"आप भालू ही कहिए।"

"मतलब कि जिसके साथ आप रहती हैं?"

डॉक्टर को थोड़ा चुहल सूझ रही थी। वह कोई उत्तर नहीं देती। केवल बताती है कि भूरे भालू को मत्स्यकन्याओं से खेलने में परम सुख प्राप्त होता है। वह उन्हें वहाँ से पकड़ता है जहाँ से उनका शरीर मनुष्य का होता है। कमज़ोर हिस्से से। धड़ के मछली वाले निचले हिस्से से नहीं। वहाँ से फिसल जाने का ख़तरा रहता है।

मनोचिकित्सक ठीक–ठीक समझ पाने में पेश आ रही दिक़्क़त के बारे में बताना चाहता है और कुनमुनाता है। लेकिन पूछता दूसरी तरह से है,"आपके घर में एक्वेरियम है?"

"हाँ, वो एक्वेरिअम, लाफिंग बुद्धा, घोड़ा, कछुआ और ऐसी कई विचित्र चीज़ों को शुभ मानता है।"

"आपको कभी ऐसा लगता है कि उस एक्वेरियम में मत्स्यकन्याएँ तैर रही हैं? या कभी ऐसा लगा हो कि भालू उनकी ओर बढ़ रहा है?"

वह उसकी आँखों में झाँककर उसके भय को ढूँढना चाहता है। अधेड़ स्त्री अपनी छूट गयी अधूरी बात को जारी रखती है, "वह एक–एक मत्स्यकन्या का नाम लेकर उसके साथ जलक्रीड़ा का उल्लेख करता है। उसे संकोच नहीं होता। मैंने कहा था ना, कि उसके शब्द लड़खड़ाते नहीं, बल्कि उसके मुँह से फव्वारे की तरह फूटते हैं। वह बताता है कि मत्स्यकन्याएँ उसके पीछे इस तरह भागती हैं जैसे मछलियाँ रोशनी के पीछे। दरअसल, रोशनी वह ख़ुद दिखाता है। ऐसी रोशनी जो केवल हमारा भ्रम होता है।"

मनोचिकित्सक को सिगरेट की तलब लगी है। वह अपने अन्दर छटपटाहट महसूस कर रहा है। ऊपर से इस स्त्री की बातें। वह पाँच मिनट का समय माँगते हुए उसकी सहेली से कहता है, "आप इन्हें समझाइए कि डॉक्टर कविता की भाषा नहीं समझते।"

वह बाहर निकल गया। दोनों सहेलियाँ बातें करने लगीं। युवा स्त्री समझाती रही कि उसे इस तरह नहीं, बल्कि सीधे–सीधे बात करनी चाहिए। अगर वह समझेगा नहीं तो कोई निदान नहीं सुझा सकता। वह युवा स्त्री की ओर देखती रही। सुना कुछ नहीं। जैसे उसके दोनों कानों के बीच कोई सुरंग हो और बातें यहाँ से वहाँ निकलने का रास्ता बना लेती हों।

वह आठ मिनट बाद लौटा। लघुशंका से निपटकर उसने वॉशरूम में हाथ धोये, कुल्ला किया और हाथों को सूँघा। सिगरेट की गन्ध आ रही थी। दुबारा हाथ धोये और आते ही 'हाँ तो अब बताइए' कहकर अधेड़ लगने वाली महिला की ओर देखा। वह थोड़ा तरोताज़ा लग रहा था।

"एक फ़िल्म थी 'पायरेट्स ऑफ़ दि कैरेबियन : ऑन स्ट्रेंजर टाईड्स'। आपने देखी?" अधेड़ स्त्री ने उल्टा उसी से सवाल किया। इंतिहाई सवालों से परेशान कर देने वाले मरीज़ों से कभी–कभी ही साबका पड़ता है।

"शायद। मुझे ठीक से याद नहीं आ रहा। मुझे फ़िल्मों के नाम याद नहीं रहते।"

"ख़ैर, ये जो भालू है, अपनी उम्र बढ़ाने के लिए जलपरियों के आँसू पीने की तमन्ना नहीं रखता। जैसा फ़िल्म में होता है। ये उनकी रोज़मर्रा की मुस्कराहटें पीता है। उसी से इसकी उम्र बढ़ती है। और जानते हैं, जलपरियों से भालू क्या कहता है?"

"क्या?"

"मुझे देखिए," वह अपनी बात से भटककर एकाएक अपने हाथों को उलटने–पलटने लगती है और उदास हो जाती है, "लगता है, बहुत जल्दी बुढ़ापा आ जायेगा। कितनी झुर्रियाँ पड़ गयीं। इसका कोई इलाज है?"

स्त्री को पटरी पर लाने के लिए डॉक्टर पूछता है, "भालू जलपरियों से क्या कहता है?"

"यही कि तुम कब तक गूँगी बनी रहोगी? अपने–आप को अभिव्यक्त करो। अपनी कूवत पहचानो। आगे बढ़ो। अवसर तुम्हारा इन्तज़ार कर रहा है। तुम केवल सुन्दर ही नहीं हो, तुम्हारे पास सुन्दर विचार भी हैं। सुन्दर सोच है। साहस है। अपनी गूँगी ज़बान को शब्द दो। अभी तुम आधी स्त्री और आधी मछली हो। पोखर में रहने वाली। समन्दर में उतरो। तुम्हारा खुलापन तुम्हें पूरी स्त्री बना देगा। एक सम्पूर्ण स्त्री। तुम्हारे पैर निकल आयेंगे।"

उसने एक–एक शब्द पर ज़ोर देते हुए, धीरे–धीरे बताया था। मनोचिकित्सक का मुँह खुला रह जाता है। अधेड़ स्त्री उसे समझाती है,"वह 'पर' नहीं, 'पैर' कहता है।"

मनोचिकित्सक के सिर में खुजली होने लगी जैसे अन्दर कीड़े बिलबिलाने लगे हों। युवा स्त्री उसकी स्थिति समझ रही है। वह बहुत सारी बातें खुलकर बताना चाहती है लेकिन डरी हुई है। भरोसा नहीं कर पा रही कि ये बातें दरवाज़ों और दीवारों से बाहर नहीं निकलेंगी। इसीलिए जब वह कोई टिप्पणी करती है तो किसी भी सूरत में अधेड़ स्त्री के पति का नाम नहीं लेती। वह ख़ुद को हिम्मत देती है

और मामूली हस्तक्षेप करती है, "कुछ लोग जैसे यह जानते हैं कि कामयाब राजनीति कैसी हो, काम का भाषण और बयान कैसा हो, कविता कैसी हो, वैसे ही यह भी जानते हैं कि काम की स्त्री कैसी हो। कुछ मामलों में वे बहुत ही क्षमतावान होते हैं।"

युवती कुछ और कहना चाहती थी, लेकिन उससे पहले अधेड़ स्त्री बोल पड़ी, "वह जानता है कि जलपरियों के पैर नहीं होते। उन्हें खड़े होने के लिए पैरों की सख़्त ज़रूरत होती होगी। उसे जलपरियों की कमज़ोरियों को समझने में महारथ हासिल है। वह इसका बड़े मनोयोग से और लगातार अध्ययन करता है।"

मनोचिकित्सक फिर से परेशान होने लगा था। बोला, "अब तो आप दोनों ही उलझा रहे हैं। साफ़–साफ़ बतायें। कोई घटना जो कहानी की तरह हो, या कोई दृश्य जो फ़िल्म की तरह हो।"

अधेड़ स्त्री ने युवती की ओर देखा। कुछ इस अन्दाज़ से जैसे कह रही हो, तुम्हीं बता दो। युवा स्त्री ने गला साफ़ किया। मानो, गीत गाने वाली हो। फिर थोड़ा रुककर बात शुरू की– जामुन के पेड़ से कोई पाँच हाथ की दूरी पर एक मेज़ और दो कुर्सियाँ लगी थीं। पेड़ के पीछे से चाँद झाँक रहा था। पत्तियों से छनकर आ रही चाँदनी एक लड़की के चेहरे और बालों पर पड़ रही थी, जो राजनीति का 'र' नहीं जानती थी। लेकिन राजनीति में जाना चाहती थी। चाँदनी रात में उसे राजनीति की वर्कशॉप में बुलाया गया था। दो ही लोग थे, एक वह लड़की और दूसरा रात में राजनीति सिखाने वाला। लॉन में हरी दूब आधी हरी और आधी मटमैली लग रही थी। कभी–कभी हरे हिस्से में ओस की बूँदें झिलमिला जातीं। मेज़ पर बीयर के कैन थे, रोस्टेड चिकन था, भुने हुए काजू थे, एक डायरी थी और एक पेन।

युवती ने अपनी जाँघों के पास से उघड़ आयी लैगिंग को कुर्ते से ढाँपते हुए कहा, "उस चाँदनी रात में लड़की को राजनीति का कुपाठ सिखाया गया। लड़की की भूरि–भूरि प्रशंसा के मन्त्रजाप से चाँदनी की शीतलता में सौन्दर्य धीरे–धीरे पिघलने लगा। पिघलते सौन्दर्य

को जब हथेलियों में समेटा जा रहा था तब मेरी सहेली बेडरूम की बत्ती बुझाकर खिड़की से देख रही थी। लड़की को बताया गया कि स्त्री और पानी एक जैसे होते हैं। जितना गहरे (नीचे) उतरोगे, उतना ही ऊपर उठोगे। उस रात लड़की को पता चल गया कि राजनीति और कुछ नहीं, कुरूपताओं का कोलाज है।"

उसने गहरी साँस छोड़ी और अपनी सहेली की ओर संकेत करते हुए बताया कि इस तरह का प्रशिक्षण लेते इन्होंने कई राजनीतिक कार्यकर्त्रियों और कवयित्रियों को देखा है। वह प्रशिक्षु महिलाओं को राजनीति के या साहित्य के आसमान में पहुँचा देने का बड़ा ही विश्वसनीय आश्वासन देता है। वह अपने प्रभामण्डल से चकित करने के लिए कई तरह के लटकों–झटकों और जुमलों का इस्तेमाल करता है।

"आप कविताएँ लिखती हैं? या आपकी रुचि राजनीति में...?" मनोचिकित्सक ने युवा स्त्री से प्रश्न किया तो उसने सिर झुका लिया। वह सफ़ाई देना चाहता था कि उसने युवती की बेहतरीन और सिर के ऊपर से निकल जाने वाली हिन्दी से प्रभावित होकर यह सवाल पूछा था। लेकिन जानता था कि सफ़ाई देना और भी हास्यास्पद होगा।

अधेड़ स्त्री के पति के बारे में लगभग निर्मम खुलासे और युवा स्त्री के सिर झुका लेने के बाद तीनों के बीच सन्नाटा पसर गया। सभी एक–दूसरे की ओर देखने से बच रहे थे। युवा स्त्री ने इस सन्नाटे को तोड़ने और अपनी झुकी हुई गर्दन को उठाने के लिए फिर से अपनी बात रखी, "अति महत्वाकांक्षा कभी–कभी बहुत ख़तरनाक होती है। राजनीति में तो और भी ज़्यादा। वह व्यक्ति राजनीति में आक्रामकता की और स्त्रियों के समक्ष विनम्रता की सीमाएँ छू लेने में पारंगत है। राजनीतिक हलक़ों में और स्त्रियों के अन्तरंग जगत में उसे चुम्बक कहा जाता है।"

इस पर मनोचिकित्सक ने छोटी–सी टिप्पणी की जिसकी क़तई आवश्यकता नहीं थी, "ओह, तो यह बात है।"

"सिर्फ़ यही नहीं है।" कहते हुए अधेड़ स्त्री निराश और दुखी होने की जगह, अचानक बहुत उत्साहित हो गयी, "मत्स्यकन्याओं को देखते ही उसके मुँह से लार का सोता फूट पड़ता है।"

असहाय–सा लग रहा मनोचिकित्सक फिर से उसकी सहेली की ओर देखता है और पैड पर कुछ नोट करता है। सहेली भी कुछ–कुछ असहाय–सी लगती है। अधेड़ लगने वाली स्त्री फिर से बताने लगती है,"आपने कभी देखा, कोई अपनी अलग–अलग दिन की लार को काँच के मर्तबान में सँभालकर रखता हो, ताकि उसकी नुमाइश की जा सके? सोचिए।"

"ओह," डॉक्टर इस तरह कहता है जैसे किसी नतीजे पर पहुँच गया हो, "ये तो बेशर्मी है।"

अधेड़ स्त्री को वह बेशर्मी याद करते हुए उबकाई–सी आने लगती है। मनोचिकित्सक पूछता है, "लेकिन नुमाइश क्यों?"

"पता नहीं। इसके पीछे कोई सोचा–समझा इरादा भी हो सकता है।"

डॉक्टर ने सिर खुजाया, "मैं चाहता था आपके पति भी यहाँ आयें।... लेकिन लगता नहीं। ...आ पायेंगे?"

"वो नहीं आयेगा। मैं चाहती भी नहीं।"

वह उदास हो गयी थी। डॉक्टर ने घड़ी देखी। कोई नया मरीज़ शायद अभी–अभी पहुँचा था। अधेड़ स्त्री ने मनोचिकित्सक के चेहरे को देखा, "एक बात बताइए, क्या भालू की लार से एंटीवेनम टाइप कुछ नहीं बन सकता? नपुंसक बनाने वाला वैक्सीन?"

मनोचिकित्सक स्तब्ध रह गया। वह जान रहा था कि कभी–कभी वह अचानक ही सटक जाती है। जब वह सटकती है तो आक्रामक होने लगती है। वह बुदबुदाया। मानो उस स्त्री से नहीं, बल्कि अपने–आप से पूछ रहा हो कि इतना ज़हर वह अपने अन्दर क्यों पाले हुए है?

वह तल्ख़ज़बाँ हो गयी, "आपके चिकित्सा विज्ञान की भाषा में गुस्से को ज़हर कहते हैं?"

मनोचिकित्सक घिघियाने लगा। वह आक्रामक लगने लगी। हाथ हिला–हिलाकर बोलने लग गयी, "फ़र्ज़ कीजिए, आपकी पत्नी अपने प्रेमियों के बारे में आपसे बात करे... ।"

उसकी ऊँची आवाज़ सुनकर डॉक्टर के दोनों सहयोगी फिर से कमरे में दाख़िल हुए। पत्नी के प्रेमियों की बात करते ही डॉक्टर उखड़ गया था। अपनी पत्नी का कोई एक भी प्रेम प्रसंग वह नहीं जानता था। उसे अपनी पत्नी पर पूरा भरोसा था।

"घबराइए नहीं," अपने गुस्से को क़ाबू करते हुए उसने आहिस्ता से कहा, "मुझे आपकी पत्नी के बारे में ऐसी कोई जानकारी नहीं है। केवल कल्पना करने को कह रही हूँ। ...मान लीजिए कि वो विस्तार से बिस्तर का वर्णन करे...तो आपको गुस्सा तो आयेगा? उसे हम आपके अन्दर का ज़हर कहेंगे?"

मनोचिकित्सक ने बड़ी मुश्किल से ख़ुद को सँभाला। उसके सहयोगी बाहर जा चुके थे। झुलसे बालों वाली उसके चेहरे पर आ–जा रहे भावों को पढ़ रही थी। अचानक ही वह फिर से फट पड़ी, "गुस्सा क्या होता है यह आप नहीं जान सकते, क्योंकि आपके साथ सब कुछ ठीक–ठाक है। लेकिन मेरा बस चले तो, मैं... ।"

एक सहयोगी ने दरवाज़े की दरार से अन्दर झाँका।

"आप क्या...?" डाक्टर ने पूछा।

"मैं उसका... ।"

"क्या?"

वह अपनी दो उँगलियाँ खोलकर कैंची का निशान बनाती है और झटके से दोनों उँगलियों को मिला देती है– खचाक।

"क्या काटा?" डॉक्टर घबराकर पूछता है।

वह जवाब देने की जगह भौंहें चढ़ाकर हवा में देखने लगती है। जैसे रूठ गयी हो। डॉक्टर प्रश्न भरी निगाहों से युवा स्त्री की ओर देखता है। फिर जल्दी से कुछ नोट करता है। युवा स्त्री मुँह फेर लेती है और छत की ओर देखने लगती है, जहाँ सफ़ेदी के बीच लटके पंखे के अलावा कुछ नहीं है। डॉक्टर की घबराहट बढ़ने लगी।

उसकी कनपटियाँ उसके कानों में साँय–साँय बजने लगी थीं। मरीज़ों की हालत देखकर वह कभी इमोशनल नहीं होता। बल्कि कई बार बातचीत में रस लेने लगता है। लेकिन उन्हें बेक़ाबू होते देख वह घबरा जाता है। इसीलिए वह अपनी मेज़ पर पेपरवेट या ऐसी कोई भारी चीज़ नहीं रखता। काँच का सामान या धारदार वस्तुएँ उसके पूरे कमरे में कहीं नहीं मिलेंगी।

वह उठ खड़ा हुआ और अपना मुँह युवा स्त्री के कान के पास ले गया। युवा स्त्री घबरा जाती है। हालाँकि विश्वास नहीं होता कि डॉक्टर खुल्लमखुल्ला कोई बेहयाई करेगा। वह चेहरा पीछे हटाने की कोशिश करती है। डॉक्टर बुदबुदाता है, "कोई धारदार या नुकीली चीज़ इनके हाथ नहीं पड़नी चाहिए। चाकू, कैंची, पेचकस वग़ैरह–वग़ैरह।"

वह अँगड़ाई ले रही अधेड़ स्त्री की ओर देखते हुए कहती है, "ये तो उस आदमी के मुक़ाबले ज़रा भी ख़तरनाक नहीं हैं। कुछ लोग धारदार चीज़ों के बग़ैर नुकसान पहुँचा देते हैं।"

"ये ख़ुद को नुकसान न पहुँचायें इसलिए कह रहा हूँ।" डॉक्टर धीरे–से बोला। युवती ने बताया कि वह उसका आशय समझ गयी। वह तो केवल यह बताना चाहती है कि हिंसा हथियारों और औज़ारों के बिना भी हो सकती है।

मनोचिकित्सक के अन्दर सिगरेट की तलब और पानी की प्यास हूक की तरह एक साथ उठी। वह मरीज़ के रुख़सत होने से पहले ही बाहर निकलने को उतावला हो गया।

बहुवचन (अप्रैल–जून, 2018)

□□